LES COLONNES DU CIEL

BERNARD CLAVEL

Les colonnes du ciel

★

LA SAISON DES LOUPS

roman

FRANCE LOISIRS
123, bd de Grenelle, — Paris

Édition du Club France Loisirs, Paris,
avec l'autorisation des Éditions Robert Laffont.

ISBN 2-7242-0078-0

à Robert Boyer,
fraternellement.
B. C.

L'action se déroule en Franche-Comté en 1639, c'est-à-dire durant cette guerre dite de Dix Ans, qui dura neuf ans (1635-1644), que les historiens français préfèrent ignorer ou connaissent seulement comme un épisode sans importance de la Guerre de Trente Ans. En janvier 1629, Richelieu avait écrit à Louis XIII pour lui rappeler que la Navarre et la Franche-Comté pouvaient être considérées comme lui appartenant. Il précisait : « contiguës à la France et faciles à conquérir toutes fois et quantes que nous n'aurons autre chose à faire ».

La conquête de la Franche-Comté vit de grands massacres. Les Français aidés par les gens du Bugey (les Gris), des mercenaires allemands, suédois, suisses, etc., se heurtèrent aux troupes régulières de la Comté, province espagnole, et aux partisans (les Cuanais, diminutif de Séquanais) placés sous les ordres de capitaines souvent illettrés dont le plus célèbre fut Pierre Prost dit Lacuzon (mot qui signifie souci en patois).

La Franche-Comté tenait à l'autonomie que lui assuraient les traités de neutralité, mais de tous temps, les traités ont été piétinés par les princes.

Ce roman, qui n'a aucune prétention historique, peut donc être reçu comme un épisode de l'histoire d'un crime commis par un roi de France et son ministre, mais il doit l'être surtout comme une aventure humaine, hélas ! encore actuelle pour l'essentiel.

B. C.

PREMIÈRE PARTIE

LE CHARRETIER D'AIGLEPIERRE

1

L'aube se devinait à peine. Mathieu Guyon observa un moment le ciel de grisailles informes qui écrasait une lueur maladive. Le haut des monts disparaissait, englué dans ces nuées que le vent pétrissait. Mathieu pensa que cette aube annonçait de la pluie. Par-delà l'esplanade, derrière les maisons que la nuit noyait encore, le rougeoiement du grand feu que l'on entretenait vers la porte de Bracon, dessinait l'angle aigu des toits. Le vent rabattait la fumée dont l'odeur âcre venait parfois jusque-là. Mathieu la respira à petits coups et grogna :

— Doivent plus avoir assez de genévrier, voilà qu'ils brûlent du sapin.

Ce vent qui semblait arriver sur la ville en suivant le cours de la Furieuse était froid. Il enveloppait le torse nu et ruisselant de Mathieu qui grommela :

— Ces vents de rivière, c'est tout mouillé. Je le sens bien... Ce sont ces vents-là qui apportent le mal. Ils ont traîné toute la nuit au fond de la vallée à ramasser des miasmes... Peut rien y avoir de bon là au fond. Ma mère le disait : Jamais ni bonnes gens ni bon vent ne sont sortis de là-dedans.

— Qu'est-ce que tu grognes encore, Guyon ? Avec toi, y a toujours quelque chose qui ne va pas !

La voix aigre du saunier tombait d'une portion de nuit à peine teintée d'une lueur jaune que diluait le flot de buée jaillissant d'une étroite lucarne. Mathieu devina la tête du vieux Domet qui se penchait pour le surveiller. De là-haut, il devait très bien voir Mathieu qui se tenait assez près de la porte pour être encore éclairé par les flammes du foyer.

— Faut toujours que tu me surveilles, cria Mathieu. On dirait bien que la saline est à toi et que le sel se vend à ton compte.

Aussitôt dehors la vapeur était saisie par le vent et plaquée contre la toiture où elle se mêlait à la fumée qui s'échappait du conduit, toute constellée d'étincelles.

— C'est aussi mon travail de surveiller la chauffe. Alors, qu'est-ce qui ne va pas ?

— Ça va bien. Je dis seulement que ce vent est mauvais. Il vient du même endroit que la rivière. On le sent glacé. Il vous pousse le froid jusque dans les os. C'est un vent qui porte le mal !

— Si tu chargeais ta charrette aussitôt dehors, tu n'aurais pas le temps de le sentir. N'oublie pas, hein : c'est mon travail de te surveiller. N'oublie pas, hein ! Et force-moi ce feu, ça ne chauffe rien du tout ce matin !

— C'est cette saloperie de vent qui refoule.

— Qu'est-ce que tu me racontes ! Tais-toi. Et fais ta besogne, fainéant ! Ce vent-là, il n'a jamais empêché un bon chauffeur de faire sa besogne.

La silhouette du saunier disparut et la lucarne fut soudain habitée de remous plus lumineux. Mathieu écouta un instant le racloir de bois que maniait

Domet plonger dans la muire et tirer le sel, puis il se mit à charger les bûches de charmille et de foyard. A mesure qu'il les empilait entre les ridelles déglinguées, la petite charrette s'inclinait un peu plus sur les deux roues trop grêles qui la portaient de guingois. Dès que Mathieu empoigna les limons, toute l'armature se mit à craquer et les moyeux couinèrent jusqu'au moment où le chargement s'immobilisa à l'intérieur, devant la gueule du foyer. Cette fois, c'est en se penchant au-dessus du trou d'homme où se dressait une mauvaise échelle torte, que le saunier cria :

— Tu es solide, Guyon. Mais je t'ai déjà dit que cette charrette l'est moins que toi. Si tu as la paresse de faire deux voyages au lieu d'un, ça n'ira pas longtemps. Tu casseras la charrette.

— J'en prendrai une à une autre poêle. Ça ne privera personne puisqu'il n'y a plus que nous dans cette saline.

— Et tu crois que ça va durer ! Les autres poêles vont se rallumer d'un jour à l'autre. C'est défendu d'y prendre du matériel, tu entends ? Fais comme je te dis, charge moins, sinon tu ne resteras pas longtemps ici.

Sans se donner la peine de répondre, Mathieu se mit à lancer les bûches sous la voûte de l'âtre ou le feu grondait, fouaillé par le vent qui, par moments, rabattait les flammes et les poussait vers le servant, l'obligeant à reculer, le visage brûlé et le torse attaqué par un essaim d'étincelles qui lui grillaient le poil et lui jaspaient la peau. Des tourbillons de fumée refluaient du conduit et envahissaient la chambre de chauffe exiguë où l'air ne pouvait entrer que par la porte basse. Dès que le vent reprenait son cours, un grondement d'orage chassait la fumée, les flammes et les étincelles vers la cheminée comme un torrent charriant des reflets d'étoiles.

Mathieu allait son train. Grognant de temps à autre, il s'en prenait au vent, à la fumée, aux flamèches qu'il écrasait de la main sur le velours de son pantalon. Il se souciait peu des coups de gueule du vieux saunier grincheux. Sans se hâter, mais sans trop traîner non plus, il rentrait le bois et bourrait le foyer. Et, chaque fois qu'il sortait pour emplir la charrette, le jour avait tiré de l'ombre quelques maisons de plus ou un pan de coteau. Mais c'était un jour avare de lumière et qui n'irait probablement pas au soir sans amener la pluie. Il ne restait plus que quelques bûches dans la charrette, lorsque Mathieu entendit un appel venu de l'esplanade.

— Oh là ! Il y a des servants, à cette poêle ?

En haut, le racloir et les sabots du saunier se turent. Mathieu allait gagner la porte pour répondre, mais déjà, sans bouger, le vieux Domet lançait :

— Ça doit se voir de loin, pour un qui n'est pas aveugle, c'est la seule qui fume !

Il y eut un court silence, et la voix demanda :

— Guyon Mathieu, est-ce qu'il est ici ?

Sur le plancher, au-dessus de sa tête, Mathieu entendit saboter le saunier qui s'approchait de sa lucarne pour demander :

— Qu'est-ce que vous lui voulez, à Guyon ?

— Le voir.

— Il est en bas, à la chauffe. Mais ne lui faites pas perdre de temps, il n'est déjà pas si bon servant.

Mathieu hésitait. Tout d'abord prêt à sortir, il venait de se reprendre, envahi soudain par une grande anxiété. Celui qui venait interrompre son travail à pareille heure ne pouvait rien apporter de bon. C'en était certainement un qui arrivait avec le mauvais vent.

Mathieu se donna le temps de lancer au feu ses dernières bûches, puis, poussant sa charrette vide, il sortit.

Le jour n'irait pas plus avant. On le sentait à la clarté glauque qui noyait la ville et les coteaux d'alentour, donnant aux murs, aux toitures et aux forêts la même teinte cendrée et froide qui sentait l'hiver. Ce ne fut pourtant pas cette clarté qui fit courir un frisson dans le dos de Mathieu, mais la vue de l'uniforme rouge et bleu d'un sergent de police qui se tenait planté à une dizaine de pas, l'épée au côté et le mousquet au pied. Près de lui, enveloppé dans une cape noire dont le vent soulevait les pans, un Jésuite tenait à la main un gros sac de cuir jaune à fermoir luisant.

— Guyon Mathieu, d'Aiglepierre, charretier de métier et actuellement servant de chauffe à la saline, c'est bien toi ? demanda le sergent.

— Bien sûr que c'est moi.

— Alors, laisse ta besogne, et viens avec nous.

— Qu'est-ce qu'on me veut ?

— Le mayeur te le dira.

Du haut de sa lucarne, le vieux saunier glapit :

— Quoi ! Vous m'emmenez mon servant de chauffe. Mais de quoi tu te mêles, sergent ? Tu es fou. En temps ordinaire, nous sommes trois pour servir une poêle, et c'est déjà dur. Je vais tout de même pas continuer tout seul !

— Un autre va venir le remplacer, dit le sergent.

— Et lui, qu'est-ce que tu lui veux ? Il est très bien, ce charretier. Solide et tout. On s'entendait bien tous les deux.

— J'ai des ordres.

— Des ordres de qui ? Tu n'as pas le droit de l'emmener sans dire pourquoi tu l'arrêtes, c'est la loi.

— La loi ne dit pas ça du tout.

— Elle le dit.

— Ce n'est pas vrai. Je la connais mieux que toi.

Le ton montait. Le Jésuite avança d'un pas et leva la main pour faire taire les deux hommes. Dès que le silence se fut fait, d'une voix grave et calme qui contrastait avec les cris des deux autres, il dit :

— Guyon, vous êtes désigné pour monter avec moi aux loges de derrière la Beline. Il n'y a plus d'enterreur, vous le remplacerez.

Il y eut un silence qui parut interminable. Le vent et le feu pleuraient. A peine perceptible, le bruit de l'énorme pompe à muire qui se trouvait loin sous leurs pieds était pareil à un battement de cœur assourdi. Un instant cloué de stupéfaction, Mathieu lâcha les brancards, et la charrette tomba dans un vacarme de bois sec qui parut déborder la vaste esplanade. L'écho revint, puis ce fut de nouveau le silence avec ce battement profond du cœur de la terre que Mathieu percevait comme s'il eût plaqué son oreille sur la poitrine d'un malade. Il allait se décider à parler, lorsque le saunier le devança en hurlant :

— Mais vous êtes tous fous, dans cette ville ! Il y a certainement une erreur, vu que Guyon est d'Aiglepierre. Il n'est même pas de Salins. Qu'est-ce qu'il a à foutre de vos loges !

— Toi, cria le sergent, ça ne te regarde pas. Il sera remplacé, c'est tout ce qui compte pour le sel !

Les sabots du vieux raclèrent le plancher, puis les barreaux de l'échelle, puis le sol dallé de la chambre de chauffe. Guyon ne se retourna pas. Tout le temps que mit le vieil homme pour venir le rejoindre, il demeura figé, comme pétrifié par le regard clair du Jésuite qui le fixait dans les yeux. Le bruit des sabots prenait une ampleur étonnante dans ce silence habité du vent et du battement sourd montant des tréfonds. Lorsque le vieux fut à côté de Guyon, il dit :

— Toi, sergent, tu n'y es pour rien. Et le père non plus, certainement ; mais moi, j'aimerais bien savoir comment a été fait le tirage au sort et connaître le nom des échevins qui étaient présents.

Le sergent interrogea du regard le père Jésuite avant de dire :

— Il n'y a pas eu de tirage, Guyon est désigné enterreur parce qu'il est entré dans la ville alors que sa femme venait de mourir de la peste.

Guyon s'avançait en direction des deux hommes, mais le sergent l'arrêta du geste en disant :

— Reste à distance, tu portes certainement le mal.

— Moi !... Mais c'est du mal de poitrine, que ma femme est morte, c'est pas de la peste. Ça fait deux ans qu'elle crachait le sang. Tu peux demander au barbier qui la soignait. La peste, il y en avait pas encore à Aiglepierre quand ma femme est morte.

— Si celui-là portait le mal, fit le vieux saunier en empoignant le bras nu de Mathieu, je l'aurais attrapé. Et lui, il ne travaillerait pas de la sorte.

— Ne le touche pas, cria le sergent. Tu pourrais bien être envoyé dans les loges avec lui.

Le vieux lança un rire qui faisait mal à entendre tant sa voix était aigrelette. Son visage maigre et pâle se stria de mille rides et son corps sec et voûté fut tout secoué sous sa chemise brune où il semblait perdu.

— Mais ça fait plus d'un mois qu'on travaille tous les deux, fit-il. Je l'ai touché bien des fois. Nous avons partagé le pain et tout. On a bu à la même gourde. Tu me fais rigoler, tiens. Si tu passais ta vie à te rôtir devant ce feu, tu n'aurais pas si peur d'attraper la mort.

Il envoya un long jet de salive sur le sol, en direction du sergent, puis, comme si ce crachat l'eût débarrassé de sa colère, il se tourna vers Mathieu qu'il prit par les épaules pour lui donner l'accolade. Sa voix s'était radoucie, mais elle tremblait un peu lorsqu'il dit :

— Je peux rien faire pour toi, mon pauvre petit. Je t'ai pas mal engueulé, mais tu sais, ça venait pas de bien profond. Dans notre métier, c'est une habitude, d'engueuler ceux qui chauffent. Ça tient compagnie, tu comprends... Tu reviendras... Je sais bien que tu reviendras, t'es un gars solide... Tu reviendras...

Sa voix s'étrangla. Il tapa doucement sur l'épaule nue de Mathieu, puis il disparut dans la chambre de chauffe. Ses sabots avaient monté trois ou quatre barreaux de l'échelle, lorsque sa voix à peine raffermie arriva :

— T'es un bon garçon. Tu sais... Un bon garçon comme était mon fils... Lui aussi, je l'engueulais... Et je voudrais bien pouvoir l'engueuler encore... Bon Dieu, je voudrais bien...

Mathieu qui avait toujours cru que le saunier le détestait ne pouvait rien dire. Quelque chose serrait sa gorge qui l'empêchait d'articuler le moindre mot. Il se retourna et fit deux pas vers l'intérieur où il arriva juste pour voir disparaître par le trou d'homme les sabots mouillés du vieillard.

A présent, la chaleur du foyer en colère qui lui avait si souvent semblé pénible, l'attirait. Cette lueur ardente le fascinait. Tendu, il écouta le bruit du racloir au fond du bac et il envia le vieux saunier penché sur la muire d'où montait la vapeur salée qui vous ronge le dedans de la poitrine. Il allait peut-être se diriger vers l'échelle lorsque le Jésuite entra et vint se planter devant lui.

C'était un homme à peu près de sa taille, avec des épaules plus étroites et un visage rond sous le chapeau noir d'où tombaient des cheveux châtains un peu raides. Mathieu remarqua aussi les mains très blanches, mais, dès qu'il revint au visage du prêtre, il fut empoigné par son regard clair dont l'intensité surprenait. D'une voix ferme et chaude, sans aucune dureté, le prêtre dit :

— Je suis le Père Boissy. Vous ne pouvez pas me connaître, je viens de Dole. Nous allons monter tous les deux chez les malades. Vous verrez, ce n'est pas si terrible qu'on le dit. Quand on est sain et fort comme vous, ce n'est rien du tout. Moi, j'ai vécu deux épidémies, et plus graves que celle que nous traversons. Et je suis toujours là. C'est que le bon Dieu a jugé que je pouvais encore être utile sur cette terre. Et si vous savez vous rendre utile vous aussi, si vous savez aimer ceux que nous allons secourir, il saura bien vous conserver en vie.

Il parlait avec beaucoup de naturel, exactement comme s'il eût convié Mathieu à une promenade d'agrément. Il posa sa main fraîche sur l'épaule du charretier, et il dit :

— Habillez-vous, Guyon. Vous êtes en sueur. C'est comme ça que l'on peut prendre du mal.

— Mais ma femme n'est pas morte de la peste, elle avait le mal de poitrine. Le barbier qui la soignait vous le dirait. Elle crachait le sang depuis deux ans.

— Je vous crois, mais ça ne change rien. Nous prierons pour le repos de son âme. Allons, ce n'est pas la peine de récriminer, ils vous ont désigné, il faut que vous veniez... Allez, enfilez votre chemise.

Mathieu avait en lui des mots tout prêts pour se défendre, pour s'élever contre cette mesure qui lui paraissait injuste. Il n'était pas de cette ville. Il n'avait rien à faire sur la Beline où allaient mourir les malades et ceux qu'on désignait pour les soigner, les nourrir et les ensevelir. Il se sentait prêt à se battre avec le sergent et à s'enfuir plutôt que d'accepter ce qui équivalait à un arrêt de mort. Il était prêt, et pourtant, il enfila sa chemise et jeta sur ses épaules sa grosse pèlerine de charretier. Si les mots lui restaient en travers de la gorge, ce n'était pas à cause des paroles prononcées par le Jésuite, non, ce qui le paralysait, c'était ce regard clair, à la fois amical et plein d'autorité. Il ne comprenait rien. Tout en lui hurlait à la révolte, et voilà que ce regard l'empoignait, lui ôtait la volonté de fuir, l'obligeait à accepter cet ordre. Il n'y avait rien de brutal dans les yeux de ce prêtre, mais il en émanait une force étrange à laquelle le charretier se sentait incapable de résister.

Ils restèrent immobiles un instant, face à face, regards mêlés, et Mathieu se sentit prisonnier de cette force. Même le grognement du foyer, même le rabotis du saunier, même la brûlure des flammes n'existaient plus.

Le prêtre eut un mouvement vers la porte, puis, se retournant soudain, il montra la gueule ardente où les bûches à demi calcinées s'écroulaient dans des gerbes d'étincelles.

— Vous n'allez tout de même pas me dire que vous regretterez cette fournaise ! Il fait plus chaud ici qu'en enfer. Je n'y tiendrais pas une heure. Allons Guyon, la chauffe de saline, ce n'est pas votre métier. Vous êtes un homme de chemins et de grand air. Croyez-moi, vous respirerez bien mieux là-haut que dans ce trou qui ressemble à l'antichambre du royaume de Satan.

Ils passèrent le seuil l'un derrière l'autre, puis le charretier fit un pas plus long pour se porter à hauteur du Jésuite et demander :

— Vous montez avec moi pour rester aux loges ?

— Bien entendu. Ce n'est pas pour le seul plaisir de faire la route en votre compagnie.

— Vous êtes de Dole et ils vous ont désigné tout de même !

— Non, personne ne m'a désigné, mais tous nos frères de Salins sont morts. On ne peut pas laisser les malades sans le secours de Dieu.

Le sergent les laissa prendre quelques pas d'avance puis les suivit en gardant la distance. Le Père Boissy se retourna pour l'observer, puis, sans baisser le ton, il dit :

— Ça ne vous amuse pas, vous, de voir cet homme de police qui n'ose pas approcher ? S'il devait vous empoigner pour vous emmener, il ferait une drôle de tête !

Son rire clair comme son regard fit naître le rire de Mathieu qui sentit se desserrer un peu l'étau qui comprimait sa poitrine.

Ils avaient presque atteint le milieu de l'esplanade encombrée de piles de bois, lorsque la voix de métal fêlé du saunier jaillit de la lucarne.

— Si la saline s'éteint, la Comté est foutue. Vous pouvez le répéter au mayeur et aux échevins. C'est moi qui vous le dis. Et j'ai soixante-trois ans. Foutue, vous entendez ! Le sel, c'est quelque chose. Ils se rendent pas compte, mais c'est quelque chose !

Mathieu se retourna, mais le vieillard n'était pas

visible. Sa voix s'était tue, comme étouffée par le nuage blanc que vomissait la lucarne et que le vent mêlait à la fumée du foyer où se consumaient les dernières bûches.

Devant la porte du bas qu'habitait encore une grande lueur fauve, la charrette était pareille à un insecte grêle et déséquilibré.

2

Le Jésuite allait d'un bon pas, et Mathieu se disait : « Voilà un homme qui marche bien. Pour un curé, il marche bien. Ce ne doit pas être un endormi qui passe sa vie à marmonner des prières. » Il regarda les grosses chaussures ferrées du prêtre, et il eut envie de lui demander s'il était venu de Dole à pied, mais le temps qu'il se décide à formuler sa question, le Jésuite s'était remis à parler.

— Vous savez, le vieux saunier a raison. La Comté sans le sel, ce n'est plus la Comté. Je connais d'autres pays, mais je n'en vois pas qui aient une pareille richesse. Les bois de la montagne, la pierre, la viande, le lait, les fromages, le miel, le charbon, les céréales, le vin et le sel par-dessus le marché, c'est quelque chose ! Une terre qui est faite pour vivre sur elle-même. Les Comtois ont raison de tenir à leur indépendance. Ils ont toutes les richesses. Tout ce que le bon Dieu a fait de meilleur sur la terre, il l'a donné à ce pays. Même les rivières et les torrents avec leur force pour exploiter tout cela. Mais voir ce pays dans la misère, et parce que des hommes sont pris de folie, quelle tristesse !

Ils allèrent un moment sans parler. Leur pas sonnait sur le pavé et celui du sergent qui les suivait était comme un écho mal accordé.

— Ça fait tout de même trop longtemps que ça dure. Le pays, il s'en relèvera pas, dit Mathieu.

— Ne dites pas une chose pareille. J'ai vécu le siège de Dole, vous savez. L'année 36 a été terrible. A certains moments, personne n'espérait plus en voir la fin. Mais si Dieu nous envoie de pareilles épreuves, c'est pour que nous parvenions à les surmonter. A vivre dans ce pays où tout était si facile, peut-être que les hommes s'étaient un peu trop endormis. Croyez-moi, Guyon, nous en sortirons, et nous en sortirons fortifiés et plus purs.

Mathieu eut envie de parler de sa femme et d'autres gens qu'il avait vus mourir faute de soins et de nourriture. Il eût aimé demander à ce prêtre ce qu'avaient bien pu faire au bon Dieu tous ceux qui avaient trouvé une mort atroce dans leurs villages incendiés, mais il n'osa pas. Il était charretier. Il était beaucoup plus habitué à la compagnie des chevaux qu'à celle des hommes. Il eût aisément trouvé les mots pour parler à ses bêtes, mais s'adresser à un prêtre, c'était une autre affaire. Et celui-là vous avait une manière d'évoquer le pays, et la vie, et les hommes, qui ne vous laissait guère loisir d'intervenir.

Comme le Jésuite parlait de la Comté telle qu'elle avait été autrefois, du Comté de Montbéliard au territoire de l'Evêché de Bâle, du pays de Neuchâtel à celui de Vaud, comme il allait de la Savoie à la Bourgogne, le charretier eut envie de lui demander s'il était un oiseau. Lui, Mathieu Guyon, il l'avait parcouru en tous sens, ce pays du temps de la paix, mais au pas des chevaux tirant d'énormes chariots lourdement chargés. Les lieues de route, il les avait grignotées heure après heure, au prix de bien des efforts. Jamais il n'avait regardé cette terre comme ce religieux semblait l'avoir vue, dans une espèce de survol où les chemins, les villages, les torrents, les ponts, les terres labourées et les forêts finissaient par ressembler à un visage humain où se lisait la peine des hommes.

Mathieu écoutait sans comprendre tout ce que disait cet homme, mais il trouvait un certain plaisir à l'entendre. Il se laissait prendre au point d'en oublier où il allait.

Les rues étaient toujours à peu près désertes, et c'est à peine s'ils aperçurent deux ou trois civils et autant de soldats et de miliciens au cours du trajet qui les conduisit jusqu'à la place de l'Hôtel de Ville.

Avant le temps du malheur, à pareille heure, cette large esplanade était pleine de vie. Les chars, les cavaliers, les gens à pied, les marchands, les ouvriers, les artisans, tout le monde avait à passer par là dès les premières lueurs du jour. Ce matin, il n'y avait qu'eux et leur pas sonore dans ce vide. Un homme d'armes immobile devant le porche semblait figé dans le petit jour. Sur la droite, rangé le long du mur, un gros chariot à quatre roues attendait, les brancards levés. C'était un char sans arceaux ni ridelle, et, sous une bâche délavée et mal tendue, on devinait un chargement de sacs et de tonneaux. Le Père Boissy le désigna de la main et dit :

— Il paraît que nous allons monter avec cette voiture.

Le sergent qui avait disparu sous le porche de la mairie, revint bientôt accompagné d'un vieil homme long et sec, vêtu d'un manteau noir boutonné très haut et chaussé de bottes en cuir roux. S'adressant à Mathieu qui ne l'avait jamais rencontré, cet homme dit d'une voix tranchante :

— Tu as de la chance, Guyon. Dans d'autres cités, tu aurais été pendu ou arquebusé par le guet. Tu es entré à Salins sans dire de quoi ta femme était morte.

— Mais elle n'est pas...

Le Jésuite empoigna le bras de Mathieu qu'il serra fort en disant au vieil homme.

— Monsieur l'échevin, peu importe de quoi son épouse est morte. Cet homme est dans les mêmes dispositions que moi. Il est volontaire pour monter aux loges et s'y rendre utile.

Les lèvres minces de l'échevin découvrirent des dents jaunâtres. Il eut un ricanement pour dire, avec un geste du menton en direction du sergent :

— Volontaire avec un homme d'armes pour lui en donner l'ordre !

— Il ignorait qu'on avait besoin de monde là-haut. Mais dès qu'il a su qu'un enterreur était attendu, il a dit qu'il pouvait faire ce travail. Demandez à votre sergent.

Le Père Boissy se tourna vers l'homme de police et le regarda. Le sergent hésita un instant, puis il dit :

— C'est vrai, Monsieur l'échevin.

— Dans ce cas, ce n'est pas la peine que le sergent vous accompagne. Et c'est tant mieux, car je n'ai pas trop de monde valide ici.

— De toute manière, assura le Jésuite, je me porte garant de Guyon.

— Je vous remercie, mon Père, dit l'échevin. Que Guyon fasse l'attelage. Pendant ce temps, je vais vous préparer le sauf-conduit.

— Que Dieu veille sur votre cité.

— Je vous remercie, mon Père. Je ferai savoir à votre supérieur que vous avez rejoint nos loges.

Il s'en alla suivi du sergent, et Guyon gagna l'écurie. Il n'y trouva qu'une jument qui avait dû être une bête solide mais devait manquer de nourriture. Il la détacha et l'amena près du char où le Père Boissy était occupé à caler son sac de voyage sous la bâche.

— Si nous n'avons que cette bête pour monter ça là-haut, nous ne sommes pas encore arrivés.

Le Père eut un petit rire, vint caresser le col de la jument et dit :

— Bon, à présent, vous voilà bien pressé d'arriver. Si l'échevin vous entendait, il serait tout à fait rassuré.

Le sergent qui revenait tendit un pli au prêtre. Guyon demanda :

— Il n'y a que cette bête ?

— Encore bien heureux qu'on te fasse pas tirer le char, ricana le sergent.

Guyon haussa les épaules, serra les sangles, et, lorsqu'il se retourna, le sergent avait déjà disparu. Comme il le cherchait des yeux, le prêtre dit en riant :

— Il n'a pas traîné... Vous savez, il est persuadé que vous portez le mal.

— Bon Dieu, avec cette carne, on n'est pas au bout.

— Laissez donc le bon Dieu tranquille, et avancez toujours.

— Vous ne montez pas, mon Père ?

— Non, pour le moment, je préfère marcher. Allons, en route. Il me tarde de quitter cette ville.

Le charretier observa le prêtre, mais rien dans son

regard clair ne semblait vouloir ajouter quoi que ce fût à ses propos. Et pourtant, Guyon se disait que ce mensonge pour se débarrasser du sergent et cette hâte à vouloir quitter la ville, devaient dissimuler quelque chose. Il prit le fouet fiché à l'avant du chariot, le fit claquer tandis que, de la main gauche, il empoignait le bridon pour guider la bête. Les sabots de la jument et les roues ferrées firent sur les pavés un grand bruit qui emplit toute la rue.

— Alors, lança le Père Boissy, ça fait du bien, de retrouver le métier !

— Vous alors, vous êtes fort. Bon Dieu, quand j'ai fait claquer le fouet et que ça c'est mis à rouler, c'est justement ce que j'ai pensé.

— Il ne pouvait pas en être autrement. Vous êtes charretier. Vous retrouvez votre vie... Mais je vous ai déjà demandé de laisser un peu le bon Dieu tranquille.

Dès qu'ils eurent pris sur la gauche le chemin des Galvoz, ils devinèrent la porte à l'épaisse fumée grise qui montait du feu entretenu par les gardes pour chasser la maladie. Désignant cette fumée qui se couchait sur la ville et barrait en diagonale le fond de la vallée, le prêtre observa :

— Tout à l'heure, le vent venait de l'est, et le voilà qui tourne au nord. Nous sommes à la mi-novembre, si la bise s'installe, c'est que le froid va venir. Et avec le froid, la fin de l'épidémie. On l'a observé : c'est toujours l'hiver qui se rend maître des épidémies.

Le chemin descendait légèrement et la bête allait bon train. Ils furent vite à la barrière où deux sergents de police se tenaient près du brasier, au pied de la redoute, lançant de temps à autre, sur le feu, des branches de sapin et de genévrier. Le crépitement était continu, et le vent tordait la fumée comme un linge avant de l'étendre sur les toits et les jardins.

Guyon arrêta le char et un sergent s'approcha en demandant :

— Où allez-vous ?

— Derrière la Beline, dit le Père Boissy, aux nouvelles loges. Voici le sauf-conduit.

Il tira de sa poche de poitrine un pli qu'il tendit. L'homme d'armes lut et rendit le papier en disant :

— C'est bien. Mais avec cette carne, vous n'êtes pas encore là-haut.

— Nous avons tout notre temps.

Le sergent tira la longue perche qui reposait sur deux chevalets placés de chaque côté du chemin, et Guyon fit claquer son fouet.

Ils avaient à peine parcouru une centaine de pas que l'abbé demanda :

— Vous savez lire ?

— Seulement les chiffres. Pour mon métier, il faut savoir lire les chiffres et compter.

Le prêtre se mit à rire.

— C'est dommage que vous ne lisiez pas l'écriture. Mais vous n'êtes pas le seul. Le sergent de garde non plus ne sait pas lire.

Son rire était clair comme son regard et tout son visage reflétait une grande joie.

— Vous voyez, reprit-il, vous auriez pu sortir de la ville tout seul, en présentant n'importe quel chiffon de papier. Ce que je lui ai montré, c'est une lettre d'un de nos frères, ce n'est pas le sauf-conduit.

Guyon se mit à rire avec lui, puis il dit :

— Tout ça, c'est du mensonge, mon Père. Et pourtant, vous êtes prêtre.

— Il faut bien rigoler un peu. Le Créateur ne nous

a pas mis sur la terre pour que nous passions notre vie à pleurer. Il veut que nous vivions dans la joie. Il y a déjà assez de misère comme ça. Quant au mensonge, tant qu'il n'est pas plus grave, vous savez, ça ne prête pas à conséquence.

Il s'interrompit. Le chemin commençait à monter lentement, et surtout, il se rétrécissait, coincé entre un talus couvert de ronces et un bois. Le vent lâchait de loin en loin une poignée de gouttes froides qui cinglaient comme du sable. Les deux hommes allongèrent le pas pour se porter devant la jument et marcher plus à l'aise entre les ornières.

— Vous auriez préféré qu'un sergent nous suive jusqu'aux loges ?

— Non, fit le charretier. Mais si celui qui est venu me chercher avait dit à l'échevin : C'est pas vrai, Guyon voulait pas monter à la maladière ?

— Cet individu n'est pas un génie, ça se voit. Mais tout de même, il n'est pas complètement stupide. Et je sentais bien qu'il n'avait pas envie du tout de monter là-haut. Il a trop peur du mal.

Il y eut une rafale mouillée et nerveuse qui les contraignit à baisser la tête. Le Jésuite avait posé la main sur son chapeau. Ils allèrent en silence jusqu'à un tournant qui les mettait un peu à l'abri du nord. Ils se redressèrent, et le prêtre regarda Guyon en disant :

— C'était le bon moment.

— Le bon moment ?

— Oui, quand j'avais la tête baissée. Un coup de manche de fouet derrière le crâne.

Le charretier sentit son visage devenir brûlant. Il voulut répondre, mais il ne put que bafouiller :

— Mais, mon Père... Qu'est-ce que vous...

— Arrêtons-nous une minute. Cette bête a besoin de souffler et moi aussi.

Guyon arrêta l'attelage et laissa la jument brouter le talus. Le Père Boissy s'était engagé sous les premiers arbres et s'assit sur une souche. Le vent dans les hautes branches et les quelques gouttes crépitant sur les feuilles rousses que portaient encore les chênes et les charmilles faisaient un bruit de rivière. Guyon s'assit sur une grosse racine, en face du Jésuite qui le fixa un moment sans rien dire. Le charretier se sentait comme dévêtu par ce regard, et pourtant, il ne parvenait pas à le quitter.

— Vous n'êtes certainement pas un mauvais garçon, fit le Père Boissy, mais j'ai peur qu'à certains moments, vous manquiez de courage. Vous vouliez d'abord me proposer de foutre le camp. De gagner le pays de Vaud ou la Savoie comme tant d'autres. Et puis, vous vous êtes dit : Si cet imbécile a demandé à monter chez les malades, je n'ai aucune chance qu'il m'écoute ; je suis plus fort que lui, à la première occasion, je l'assomme et je m'en vais avec la jument.

Mathieu ouvrait la bouche pour tenter de répondre, mais le prêtre l'interrompit.

— Non, Guyon, je n'ai pas fini. Nous voilà partis tous les deux pour vivre une aventure qui peut être fort pénible. Je ne mens pas quand je dis que j'ai grand espoir à cause du froid, mais nous devons être préparés au pire. Beaucoup de souffrance et peut-être la mort au bout. Une mort douloureuse. J'ai donné les derniers sacrements à un grand nombre de pestiférés. Ce n'est pas drôle, vous savez. Alors, Mathieu Guyon, écoutez bien ce que je vais vous dire.

Il marqua un temps, se souleva légèrement sur sa

souche pour déplacer sa jambe gauche et l'allongea devant lui. Son regard semblait moins aigu et, un instant, le charretier éprouva le sentiment que c'était à l'intérieur de lui-même que regardait le Jésuite. Cependant, la lumière redevint intense dans ses yeux, et Mathieu se sentit de nouveau prisonnier. La voix posée, régulière, repoussait aux limites de la forêt les grognements capricieux du vent.

— Comprenez-moi bien, mon fils. S'il vous arrivait de mourir en vous occupant des malades et que vous n'ayez rempli cette tâche que contraint par les échevins qui vous ont désignés, votre souffrance serait terrible. Car la peste est rarement un mal foudroyant. Elle vous laisse le temps de voir arriver la mort, et, aux souffrances du corps, s'ajoutent parfois celles de l'âme qui peuvent être atroces. Vous penseriez à ceux qui vous ont désigné, et vous quitteriez ce monde dans la haine. Vous vous sentiriez victime d'une injustice. Peut-être que votre dernière pensée serait pour maudire ces échevins. Ce serait affreux, Guyon. Vraiment affreux. Et moi, je serais coupable de n'avoir rien tenté pour vous épargner une fin pareille... C'est un risque que je ne veux pas courir... Alors, je vous propose ceci : nous allons continuer de monter. Quand nous serons assez près des loges pour que je puisse y mener le cheval et le char, si vous en avez envie, vous partirez. Je dirai que vous vous êtes enfui et que je n'ai pas pu vous retenir.

Le charretier voulut intervenir, mais, une fois de plus, le religieux leva la main pour l'en empêcher.

— Non, non, fit-il. Ne me dites rien pour le moment. Vous devez réfléchir. Je veux que vous preniez votre décision en toute liberté, et après avoir bien regardé au fond de vous.

Il se leva. Guyon l'imita et ils se trouvèrent face à face, beaucoup plus près l'un de l'autre. Le Jésuite enleva son chapeau, et ses cheveux qui en conservaient la marque se soulevèrent au vent. Son visage ne reflétait aucun trouble. Il semblait tout entier habité par une belle force tranquille qui faisait un peu penser aux gros arbres dont la bourrasque ne fait remuer que les petites branches.

— Vous devez réfléchir, dit-il encore. Si c'est vous qui décidez de venir, tout sera changé. Vous verrez qu'à vos yeux le monde aura un autre visage. En acceptant, vous vous placerez bien au-dessus des gens qui vous ont désigné. Leur décision n'aura plus de sens. Vous aurez le droit de dire : Ce sont des lâches qui m'ont choisi pour épargner un homme de leur cité. S'ils ne m'avaient pas eu sous la main, ils auraient été contraints de tirer au sort. Ils ont triché, ils ont menti, mais ça n'a aucune importance puisque je suis volontaire pour cette mission qui me donne une magnifique occasion de me dévouer pour mon prochain.

Il fit un pas en direction du chemin où le cheval attendait en secouant sa bride, puis, se retournant soudain, il prit Mathieu par les épaules et le regarda intensément. Il n'était plus le gros arbre solide et insensible au vent. Il était un être de tendresse qui s'ouvrait. Une espèce de miroir infiniment profond auquel on ne pouvait mentir. A le voir ainsi, le charretier se sentit remué.

— Vous avez la foi, dit le prêtre... Vous croyez en Dieu... Vous croyez vraiment...

Il ne parlait pas sur le ton de l'interrogation, et pourtant, par trois fois, Mathieu répondit par un hochement de tête affirmatif.

— Allons, Guyon, puisque vous avez la foi, la

mort, vous savez fort bien que ce n'est qu'un commencement. Le commencement d'une autre vie. Une porte qui s'ouvre sur un monde de lumière et de joie... A condition, bien sûr, d'avoir mérité une place en ce monde d'éternité.

3

Les deux hommes marchèrent longtemps sans parler. Le Jésuite avait coupé une pousse de noisetier et s'était fait une canne. Il allait d'un pas régulier, et, comme il arrivait que la jument s'arrêtât ou ralentît, Guyon se retrouva bientôt assez loin derrière cette cape noire qui, par moments, semblait seulement habitée de vent. Le prêtre s'appuyait rarement sur sa baguette, mais la faisait tourner et passer d'une main dans l'autre comme font les petits bergers pour tuer le temps.

Le charretier était surpris de voir ce religieux qui mentait, riait d'un rien, et s'en allait vers la retraite des pestiférés avec tant d'insouciance. Lui, un moment à la joie d'avoir retrouvé un attelage même s'il n'avait rien de commun avec les trains de six bêtes qu'il menait jadis, un moment heureux d'allonger le pas et de claquer du fouet, il se trouvait à présent avec cette silhouette noire devant lui, ce prêtre qui jouait avec une badine et qui venait de lui donner le choix entre la vie et la mort.

A première vue, ça paraissait facile, de choisir. Il fallait être fou pour accepter la mort. C'est qu'il la connaissait, la peste ! Il l'avait vue à Saint-Claude, à Clairvaux, et à Soucia les années précédentes. A Saint-Claude, il avait même failli y rester. Les gens se souvenaient encore de 1630. Ça n'était pas si loin. Ils racontaient que tous les religieux s'étaient sauvés pour se réfugier à Saint-Lupicin dès le premier jour. Seul le grand Prieur du couvent avait eu le courage de demeurer avec un novice. Les échevins, il n'en était resté que trois. Les gens s'étaient affolés. Ils avaient cherché à fuir les maisons que les gardes barraient avec des madriers parce que des cas de peste y étaient signalés. On avait tiré des coups d'arquebuse sur des malades, sur des suspects, sur des nettoyeurs de maisons et même sur un médecin. L'an dernier, des gens avaient reparlé de tout cela, terrifiés à l'idée de voir reprendre le carnage. Mathieu qui se trouvait traverser la ville avec un chargement de poutres, s'était hâté de quitter l'auberge où il s'était arrêté pour manger la soupe en compagnie de deux autres charretiers. L'un d'eux qui était grandvallier et remontait la route en sens inverse avait ri de cette hâte. Il avait déclaré qu'il passerait la nuit à l'auberge parce que ses bêtes étaient fatiguées et qu'un bon charretier ne fait pas marcher des chevaux de jour et de nuit sans raison. Mathieu devait apprendre, quelques semaines plus tard, que l'homme du Grandvaux n'était sorti de la ville que les pieds devant, et pour gagner sur le char des morts, le cimetière des pestiférés. En fait, le malheureux n'était pas mort de la peste, mais d'une décharge de mousquet. Comme il venait de l'extérieur, on l'avait accusé d'apporter la maladie dans cette ville. On avait chassé ses chevaux à grands coups de fouet, puis brûlé ses voitures et leur chargement de blé. La peur de la peste s'était montrée plus forte que la faim qui, pourtant, taraudait les estomacs.

Les loges, Mathieu en avait vu de loin, aux abords des villes. On les évitait, mais tout le monde savait qu'il était bien rare que l'on en vît sortir un être vivant.

Ce Jésuite avait beau affirmer que l'hiver viendrait exterminer les miasmes, nul ne pouvait être certain de rien. Cet homme était instruit. Il suffisait de l'entendre parler pour en avoir la conviction. Mais peut-être, justement, parlait-il avec trop d'aisance. La peste, personne ne savait ni d'où elle venait ni ce qu'elle était. Elle avait éclaté au cours de l'été précédent parmi les troupes déguenillées du duc de Lorraine qui cantonnaient du côté de Vesoul. Mais elle avait couru aussi vite qu'un bon cheval pour gagner Besançon, Gray, Dole, Salins et bien d'autres villes.

Non, ce Jésuite était trop beau parleur. Il fallait se méfier de ses propos tout autant que de son regard qui vous retournait comme de rien.

Son histoire de se mettre au-dessus du mayeur de Salins et de ses échevins, c'était un beau discours. Mais une fois dans la tombe, quel plaisir pouvait avoir un charretier de se savoir au-dessus d'un échevin ? Bien sûr que Mathieu croyait en Dieu, mais était-ce une raison pour ne pas s'efforcer de sauver sa peau ? Entre la peste, la guerre et la famine, ce n'était déjà pas si facile !

La guerre, il l'avait vue d'aussi près que la peste, et l'an dernier également. Il se trouvait à Poligny, vers le milieu de juin, lorsqu'on l'avait requis avec son attelage pour un charroi de poudre et de vin à Chamole. Beau voyage ! Une fois là-bas, il était resté terré un jour et une nuit à trembler, les mains sur les oreilles, tapi au fond d'une cave, sous une maison dont le canon ébranlait sans relâche les murs de pierre.

En sortant, il avait appris que la bataille avait fait plus de 3 000 morts, mais que les Comtois de Charles de Lorraine avaient mis en déroute l'armée française commandée par le duc de Longueville. Il avait bu avec les autres qui voulaient l'entraîner à Poligny pour fêter un peu mieux la victoire à laquelle on l'associait à cause du transport qu'il avait fait. Mais lui, Mathieu Guyon, il était charretier et il devait regagner Aiglepierre où la besogne l'attendait.

Et parce qu'il était un honnête charretier, il avait échappé à la mort. Car Longueville était revenu assiéger Poligny. Il avait tué, pillé, brûlé. Depuis, la ville n'était plus que ruines calcinées et empuanties par des centaines de cadavres que personne n'enterrait.

Lorsqu'elle avait appris cela, son épouse, que le mal de poitrine tenait déjà au lit, lui avait dit de remercier le ciel. Il avait brûlé trois chandelles à l'église d'Aiglepierre pour remercier le bon Dieu et la Sainte Vierge.

Mais aujourd'hui, s'il acceptait de monter jusqu'aux loges, est-ce que saint Roch qui était le patron des pestiférés le protégerait ?

Après tout, ce prêtre ne lui avait pas dit qu'il perdrait son âme s'il décidait de s'en aller.

Derrière lui, la jument peinait, qu'il devait à présent tirer par la bride chaque fois que la pente s'accentuait ou que de grosses racines traversaient le chemin. La bête soufflait, écumait et butait souvent du sabot.

— Héo ! cria Mathieu. Faut s'arrêter. La jument a besoin de se reprendre.

Le prêtre revint sur ses pas et demanda :
— Est-ce que nous sommes encore loin ?
— Au moins trois fois ce qu'on a fait.
— Alors, nous n'y serons guère avant la nuit. Et moi, la marche me donne faim.

Le religieux sortit son sac de dessous la bâche, ouvrit le fermoir de métal luisant et tira un torchon blanc qu'il posa sur le brancard pour refermer le sac. Mathieu avait dételé la jument qu'il conduisit vers un petit pré en contrebas où l'herbe était encore verte.

— Il y a de l'eau tout au fond, dit-il. Une bonne source. Elle saura bien la trouver.

Il ne pleuvait plus du tout, et le vent du nord semblait courir au niveau des nuages qu'il mettait en charpie et effilochait en les accrochant aux cimes des monts couronnés d'arbres et de quelques roches saillantes. L'averse avait trempé le sol et les deux hommes s'installèrent sur les limons de la voiture. Le Père Boissy déroula son torchon et en sortit un bon morceau de pain bis et un couteau à manche de corne. Il coupa une tranche pour le charretier, une pour lui, et enveloppa soigneusement le reste du pain et le couteau. Mathieu remercia et ils se mirent à manger lentement cette mie dure qui devenait pâteuse lorsque la salive l'imprégnait. Tout en mâchant le charretier observait le prêtre dont le regard allait de la montagne à la forêt, de la jument au chemin, de ses brodequins à son pain. Il examinait tout, sauf Mathieu. Et il ne disait rien. Pas un mot, pas un regard. Le charretier se sentait mal à l'aise. Il comprenait que le prêtre devait s'interdire de faire ou de dire quoi que ce soit qui pût influer sur sa décision. Et c'est ce qui rendait si pesant le silence qui était entre eux.

Le charretier avait toujours en lui les images des loges de Saint-Claude construites aux Cabornes et des centaines de morts de Chamole et de Poligny. Est-ce qu'en fuyant la peste il ne risquait pas d'être pris par la guerre ? Est-ce que les Français, les Suédois et les Allemands à la solde du Cardinal ne continuaient pas leurs ravages ?

Sans bien savoir pourquoi, et peut-être tout simplement parce que ce silence finissait par devenir trop épais, il demanda :

— Lacuzon, mon père, vous en avez entendu parler ?

— Bien sûr, il faudrait être sourd pour ne pas en avoir entendu parler.

Il y eut un silence, puis, comme le charretier ne soufflait mot, le Père Boissy demanda :

— Vous voulez aller le retrouver ? Vous enrôler avec ses Cuanais ?

— Ce serait peut-être aussi utile que d'enterrer des morts.

— En enterrant les morts, on protège parfois les vivants de la maladie... Bien sûr, si vous étiez parti vous battre avec Lacuzon, vous ne seriez pas ici aujourd'hui. De toute façon, si vous me quittez, je ne veux pas savoir si c'est pour aller vous battre contre les Français ou pour vous mettre à l'abri. Cela ne me regarde pas. Tout ce que je peux vous dire, c'est que je ne suis pas le seul à avoir assez de cette guerre. Un de nos frères m'a raconté ce qui s'est passé au mois de mai, quand les troupes de La Mothe-Hondancourt ont brûlé Montepile et Septmoncel. Il paraît que tout de suite après, les capucins de Saint-Claude ont fait des démarches par l'intermédiaire des Vaudois pour avoir la paix à tout prix. Et il y a des gens pour leur en faire le reproche.

Comme si les serviteurs de Dieu n'étaient pas là pour défendre la vie !

Mathieu n'avait pas entendu parler de cela, et il restait avec son idée de choix entre la peste et la guerre.

— Si je vais du côté de Saint-Claude, dit-il, je trouverai sûrement des gens qui me diront où il se tient.

— Qui donc ?

— Lacuzon.

Le Père Boissy le regarda. Peu à peu, son visage se détendit, un sourire se forma sur ses lèvres avant de gagner ses yeux, puis il se mit à rire en disant :

— Je me demande pourquoi vous vous donnez tant de mal avec moi. Je vous ai pourtant mis à l'aise. Je ne veux rien savoir. Comprenez-moi bien : ce n'est pas ce que je penserai de vous qui est important, c'est ce que vous pensez vous-même.

Le charretier hésita. Il regarda vers le bas du pré où la jument était dans les joncs jusqu'en haut des jarrets.

— Je savais bien qu'elle trouverait l'eau.

— Moi aussi, j'ai soif, dit le prêtre.

Ils se levèrent et descendirent lentement vers l'endroit où la source sortait du bois. Il y avait là une roche un peu plus haute qu'un homme avec une petite cavité dans laquelle on avait planté un bourneau creusé dans une cime de sapin. Un bon filet d'eau claire coulait où ils purent boire l'un après l'autre. Le menton encore mouillé, le prêtre dit en souriant :

— Vous voyez que le ciel fait bien les choses, j'ai du pain, et vous, vous savez où trouver l'eau ; il était tout indiqué de nous faire voyager ensemble.

Mathieu alla prendre le cheval par la bride et ils

remontèrent lentement jusqu'au chemin. Là, ayant commencé d'atteler, le charretier s'arrêta, se redressa et fit face au prêtre qui l'observait. Il avait senti son regard sur sa nuque alors qu'il se baissait pour placer la sous-ventrière. Un instant passa qui lui parut fort long, puis, comme le Père Boissy lui demandait ce qu'il attendait, Mathieu le questionna timidement :

— Dans les loges, qu'est-ce que vous allez faire, au juste ?

— Je vous l'ai dit, c'est un travail qui n'est pas nouveau pour moi. Ma mission, c'est d'aider les gens à mourir en leur donnant les sacrements. Faire en sorte qu'ils n'aient pas le sentiment de partir pour l'inconnu. Mais comme il manque toujours du personnel pour les soins, je ferai certainement pas mal d'autres choses.

Le prêtre se tourna vers le bois comme s'il eût voulu y entrer, mais resta immobile, scrutant le lointain entre les troncs. Lorsque le charretier eut terminé son attelage, le Père Boissy se retourna et, d'une voix douce, il ajouta :

— Aider les malades à mourir, c'est notre rôle. Mais moi, quand je peux en aider un à vivre, je trouve cela tellement mieux !

Il reprit sa baguette de noisetier qu'il avait plantée dans la terre meuble d'une taupinière, puis, comme il avait fait le matin, il partit devant d'un pas que la jument ne pouvait suivre.

Mathieu qui tenait la bride, allait sans quitter des yeux cette forme noire qui s'éloignait peu à peu. Le prêtre marchait d'un pas dansant, comme s'il eût été heureux de cette promenade. Et, à la vue de cette cape sous le ciel gris dévoré de vent, il semblait à Mathieu que le monde était moins triste ; qu'un peu de lumière tiède filtrait à présent au ras des cimes où les nuées continuaient pourtant de se déchirer.

Soudain, la forme noire disparut à un tournant et Mathieu éprouva le sentiment d'un vide où descendait une ombre froide. Malgré lui, il fit claquer son fouet et cria :

— Hue, Bon Dieu ! Hue donc, charogne !

Hâtant le pas, il tira sur le bridon. Epuisée, la jument soufflait dans son mors, un ronflement rauque, venu du fond de la gorge.

Lorsqu'il eut passé le tournant, Mathieu aperçut de nouveau, beaucoup plus haut sur le chemin et à demi cachée par la haie, la forme noire qui dansait en jouant avec sa baguette. Il éprouva un certain soulagement, laissa du mou à sa jument, mais appela très fort.

— Mon Père ! Attendez-moi !

Le prêtre s'arrêta, se retourna, et son chapeau disparut derrière la haie. Mathieu comprit qu'il s'était assis sur le talus et il reprit un pas normal.

Arrivé devant le prêtre qui s'était levé à son approche, il arrêta l'attelage. Il était essoufflé et la sueur perlait à son front.

— Vous êtes comme cette pauvre bête, dit le Jésuite en riant, vous soufflez et vous transpirez. Mais aussi, pourquoi marchez-vous comme un dératé ? Vous tirez le cheval et le char. Je n'ai jamais vu un charretier pareil !

Ici, le vent était plus proche. Il dévalait directement des cimes avec un bruit de cascade irrégulière. Une gifle rasant les haies balaya le chemin, obligeant le Jésuite à poser la main sur son chapeau qui se soulevait déjà et qu'il enfonça de travers sur sa tête. Mathieu se mit à rire.

— Hé, dit le Père, ça vous amuse. Bien sûr, je n'ai pas un chapeau de charretier, moi. Il faudrait que je me l'attache sous le menton, pour qu'il ne s'envole pas !

Mathieu suivit des yeux la bourrasque qui déferla jusqu'au petit pré où ils avaient bu et qu'ils dominaient à présent. Elle le traversa au grand trot en piétinant les joncs, puis elle se mit à grogner dans la forêt après avoir bousculé le filet d'eau de la source.

Lentement, Mathieu ramena son regard qui s'arrêta au visage du prêtre que la course avait coloré. Il se racla la gorge, fit un effort pour assurer sa voix et dit :

— Faut pas croire, mon Père, je suis pas un mauvais charretier. J'ai pas pour habitude de crever une bête... Si je l'ai poussée un peu, c'est qu'elle pouvait le faire.

— Mais je ne vous fais pas de reproche, Guyon. Je plaisante. D'ailleurs, je ne connais rien ni aux chevaux ni à votre métier. Je me garderais bien de vous juger. Mais si nous en avons le temps, il faudra me parler un peu de tout cela. Je n'ai jamais eu d'ami charretier, et ce qui touche à ce métier est un fameux trou dans mes connaissances. J'aime bien que les gens me parlent de leur travail.

Mathieu était surpris. C'était la première fois qu'un homme de pareille condition s'intéressait à ce qu'il faisait. Décidément, cet être-là n'était pas comme les autres. Mais il parlait trop. Avec cette histoire de métier, il l'avait interrompu au moment où il allait lui dire une chose importante. Et ce n'était déjà pas si facile. Il y eut un temps avec le chant des buissons et des haies qui se démenaient de plus en plus, puis ce fut encore le prêtre qui parla :

— Je marche à mon pas. Mais si je vais trop vite,

ce n'est pas une raison pour épuiser cette brave bête. Moi, je n'ai pas de char à tirer.

Le prêtre marqua un temps, mais trop court pour que le charretier pût prendre la parole.

— A propos de métier, demanda le Jésuite, ces poêles de la saline, je n'ai pas bien compris comment ça fonctionne ?

Guyon hésita. Il n'avait pas l'habitude des explications et le religieux dut l'aider un peu en disant :

— Vous, vous étiez en bas pour mettre du bois dans le foyer, bon, c'est simple, et en haut, qu'est-ce qu'il y a, exactement ?

— Il y a un grand bac où l'eau du puits salé arrive. Quand on la chauffe, elle part en vapeur, et les sauniers tirent le sel.

— Et comment elle monte du puits, cette eau ?

— Eh bien, sous terre, il y a une pompe avec une roue haute comme trois fois un homme, et qui actionne un levier de bois gros comme un arbre. C'est l'eau de la Furieuse qui arrive par un canal et qui fait tourner la roue. Faut voir, ça se trouve profond sous terre. Une voûte que vous pourriez y loger l'église d'Arbois !... La pompe, quand il n'y a pas de bruit, on l'entend battre depuis le haut.

Le prêtre hocha la tête, l'air fort intéressé, mais, cette fois, le charretier ne lui laissa pas le temps de poser une autre question. Très vite, craignant de perdre à nouveau les mots si laborieusement préparés, il dit :

— Je voulais vous rattraper pour vous dire... pour vous dire...

— Pour me dire quoi, mon garçon ?

— Pour vous dire que je vais avec vous.

Le prêtre sourit.

— Eh bien, tant mieux, fit-il en soupirant. Vous

m'ôtez un grand poids. Parce que j'aime beaucoup les chevaux, mais je vous l'ai dit : je n'y connais rien. Et continuer seul avec cet attelage, vraiment, ça ne me disait pas grand-chose, même pour un tout petit bout de route.

Lorsque les deux hommes et leur jument fourbue arrivèrent sur le replat, la nuit rampait déjà sous les bois et se hissait lentement du fond des reculées.

Depuis que Mathieu lui avait annoncé son intention de rester, le Jésuite n'avait plus cherché à le laisser seul. Le charretier qui avait un peu espéré une autre réaction, s'était trouvé déçu. Mais, très vite, il avait senti combien sa décision apportait de joie au religieux. Ils avaient parlé du charroi, des longues courses à travers le pays, et ils l'avaient fait avec joie, comme si leur voyage en commun eût été l'une de ces courses du temps de paix.

Puis ils s'étaient tus. A cause de la montée, peut-être, qui leur prenait tout leur souffle, mais certainement aussi parce que l'approche de la nuit et du lieu où étaient bâties les loges réveillait l'angoisse.

Les loges, ils les aperçurent alors que le chemin avait à peine pris pied sur le replat depuis une centaine de pas. Elles furent devant eux au débouché d'une courbe bordée d'arbustes. Encore éloignées, ces baraques en planches couvertes d'ancelles de sapin plaquaient une tache claire, un peu insolite, sur la suie du crépuscule. Quatre ou cinq lueurs orangées clignotaient.

— Quel que soit le lieu où l'on se rend, dit le prêtre, une lampe allumée à l'approche de la nuit est toujours un salut amical adressé au voyageur.

Mais ces loges apparaissaient à Mathieu comme un village trop neuf et trop bien aligné de part et d'autre de ce chemin qui filait droit vers l'horizon.

Le Père Boissy s'arrêta et le charretier cria :
— Oh !

La jument s'arrêta et le cri continua, emporté par le vent jusqu'aux rives du visible. Le prêtre regarda autour d'eux, et il dit :

— En somme, si je n'ai pas perdu le sens de l'orientation, nous avons fait un long détour pour nous retrouver à peu près au-dessus de la ville.

— Avec un attelage, on ne peut pas faire autrement. Il y a un chemin bien plus court, mais il est en escalier presque tout du long.

Par-delà les loges, on devinait la fuite du plateau qui se cassait d'un coup au bord de la falaise en surplomb sur la ville invisible. Vers la droite, beaucoup plus loin, une masse sombre s'écrasait sur le sol.

— Ce sont les anciennes loges, expliqua Mathieu. Elles sont tout près du fort en construction. C'est à cause de ça qu'ils en ont bâti d'autres ici. Les maçons ne voulaient plus monter travailler au fort, même quand les loges étaient vides. Ils disaient qu'il y restait de la maladie. On devait y foutre le feu, et puis, l'épidémie est venue, et, aujourd'hui, il n'y a plus de maçons.

Il se mit à rire et le prêtre lui demanda ce qui l'amusait soudain.

— Mon patron disait toujours : c'est bien le moment de construire des fortifications, une fois que l'ennemi est sur nous.

— Il n'y a rien là de risible, Guyon. Et votre patron n'était pas bien malin de parler ainsi. La Comté est un pays pacifique. En mai 35, quand Louis le Treizième a déclaré la guerre au roi d'Espagne, personne ici ne s'est ému de ce bruit d'épées. Vous oubliez que si notre Comté dépend de la couronne d'Espagne, elle se sentait protégée par un pacte de neutralité. Je sais bien que ce pacte, Henri IV l'avait déjà violé en 1595, mais tout de même, en 1611, on l'avait renouvelé. Et j'en connais le texte. Il est formel. En cas de conflit entre la Maison de France et celle d'Autriche, il est bien spécifié que jamais les deux Bourgognes ne seront mêlées aux hostilités. Eh bien, vous voyez ce qu'il en est de la parole des rois ! Mais nous ne connaissons pas tous les dessous de la politique. Tant de gens sont peut-être morts tout simplement parce que quelque prince a fait un mariage qui ne plaît pas à un ministre !

— Tout ça, dit Mathieu, c'est trop compliqué pour moi. Mais ce que je vois, c'est que la misère ne nous épargne pas.

— Encore, ne vous plaignez pas trop. Salins est une cité relativement heureuse qui n'a pas subi les horreurs d'un siège. A Dole aussi, il y avait la peste. Et croyez-moi, ce que nous avons vu quand la ville était assiégée n'était pas drôle.

Il était devenu grave. Il se tut. Et le charretier n'osa pas le questionner davantage. Cet homme semblait souffrir beaucoup à évoquer ce qu'il avait vécu et dont Mathieu avait déjà entendu parler par des gens terrorisés.

Le froid devenait vif. La bise qui ne trouvait plus sur son parcours que de maigres buissons dépouillés, soufflait plus librement ici que dans la combe. Elle quittait une forêt pour s'en aller vers une autre. Le ciel s'alourdissait peu à peu et le crépuscule grognait au ras des prés maigres comme une bête harassée.

— Il faudrait aller, dit le charretier. La jument est toute mouillée de chaud, si on la laisse comme ça trop longtemps, elle risque de prendre mal.

— Eh bien, dit le religieux, allons, je vous attends.

Ils se remirent en route, et Mathieu, pour chasser le souvenir des propos de tristesse qu'avait tenus le Jésuite, éprouva le besoin de parler encore de la jument.

— Elle n'est pas faite pour de telles charges avec une pente pareille, dit-il. C'est une brave bête, elle a rudement marché. Déjà que ce chariot est terriblement lourd. Ces gens ne savent pas ce que c'est. Ils n'ont pas le respect des bêtes qui travaillent. J'espère que dans ces loges, je trouverai de quoi la mettre à l'abri du froid. Un cheval, si on veut pas le perdre, faut pas le traiter n'importe comment.

— C'est bien, dit le prêtre. Je vois que vous êtes un bon charretier.

Mathieu avait parlé de cette bête tout naturellement, parce qu'il avait toujours eu l'habitude de se soucier de ses chevaux beaucoup plus que de lui. C'était normal, puisqu'il était charretier. Et pourtant, à mesure qu'ils approchaient des baraquements et que les fenêtres éclairées grandissaient, il sentait sa peur le reprendre. Sa gorge était serrée, et il ne put souffler mot pour répondre au prêtre qui lui dit :

— Je n'ai jamais vu une maladière aussi bien faite. J'ai l'impression que nous serons mieux ici qu'en ville. Et puis, au moins, nous serons préservés de la guerre. Ni les Gris ni les Cuanais ne viendront mettre le nez par là... Vous ne dites rien, vous qui vouliez rejoindre Lacuzon ? Ça ne vous étonne pas de savoir que je redoute à peu près autant les uns que les autres ?... Vous savez, moi, les hommes de guerre, je m'en méfie toujours. Il faut qu'ils vivent sur le pays, ils n'ont aucune raison de se priver. Ils se servent. Et celui qui s'aviserait de faire une réflexion, risquerait fort de prendre un mauvais coup. A mon avis, il vaut mieux fréquenter les pestiférés que les guerriers. Il y a moins de danger.

Le Jésuite parlait, tournant la tête de temps à autre pour lancer un regard à Mathieu qui demeurait muet, le cou tendu, tirant sur le bridon de la jument dont le souffle était rauque et de plus en plus court.

Ce dernier se disait : « Guyon, ce n'est pas vrai. Tu n'es pas un bon charretier. Cette bête est épuisée. Elle ne peut plus aller d'une traite jusqu'à ces baraques. Ça paraît tout près, comme ça, à cause des lumières et de ce bois si blanc, mais ça fait une longue tirée. »

Le chemin ne montait plus, mais les ornières étaient profondes et boueuses. Les roues enfonçaient sous la charge et la jument devait s'accrocher ferme pour que le char ne reste pas enlisé.

Il eût fallu s'arrêter. Accorder à la bête au moins encore une petite pause avant d'atteindre ces loges que la nuit semblait vouloir épargner à cause de leur blancheur et de leurs points de feu. Ces loges qui n'en finissaient pas de reculer à mesure qu'avançait l'attelage. D'instinct, Mathieu repérait les passages les moins boueux du chemin, les dalles ou les bosses empierrées qui permettraient un arrêt avec la certitude de pouvoir repartir sans peine. Mais, chaque fois, il remettait au suivant et il se répétait :

« Guyon, tu devrais arrêter. Si tu n'arrêtes pas, c'est que tu as peur. Tu as peur que ta peur soit plus forte que toi. Qu'elle te fasse foutre le camp. »

A côté de lui, le prêtre ne cessait guère de parler, mais il ne l'écoutait pas vraiment. Par moment, il se voyait arrêtant le cheval. Il s'entendait dire :

— Mon Père, j'ai réfléchi. Je vais rejoindre Lacuzon. A présent, vous êtes quasiment arrivé. Vous prenez la bride et la bête vous suivra.

Mais non, ce n'était pas possible. Il ne fallait rien dire. Même pas s'arrêter. Lâcher le bridon et le fouet, et foutre le camp en courant. Aller vite, très vite, en se bouchant les oreilles pour ne pas entendre ce que dirait ce curé qui devait être sorcier.

Mathieu savait qu'il n'irait pas rejoindre les Comtois qui menaient la guérilla. S'il partait, ce serait pour filer droit sur le pays de Vaud. Il connaissait des passages où les soldats n'étaient jamais. Il n'aurait pas dû venir à Salins. Il aurait dû s'en aller de ce foutu pays aussitôt après la mort de sa femme, quand le travail avait commencé à manquer. Il était venu se jeter dans la gueule du loup avec cette histoire de salines. Et à présent, le loup, il le traînait à ses basques. Le loup, c'était ce Jésuite qui avait peut-être davantage de liens avec le diable qu'avec le bon Dieu. Depuis ce matin, cet homme n'arrêtait pas de deviner ses pensées. A plusieurs reprises, rien qu'en le regardant aux yeux, il l'avait obligé à agir contre sa propre volonté.

Et voilà qu'il continuait de parler, de sa voix régulière et toute douce. Il parlait sans se lasser, peut-être uniquement pour faire cette espèce de musique qui paralysait Mathieu et l'empêchait de déguerpir avant d'arriver aux loges. Il y avait certainement chez cet homme quelque chose de magique. Au moment précis où le charretier pensait au pays de Vaud, voilà le prêtre qui se mettait à dire :

— Au fond, tous ceux qui s'en vont à l'étranger, on ne sait pas au juste ce qu'ils deviennent. Je me demande comment ils sont reçus. S'exiler, à mon sens, ce n'est jamais la meilleure solution. Ou alors, il faut connaître quelqu'un qui vous reçoive. Moi, je ne partirais pas pour un empire. Mais je comprends bien que d'autres le fassent. Je ne vois pas comment on pourrait leur en vouloir de quitter un pays que la guerre et la peste ravagent depuis six ans. Plus de maison, plus de travail, parfois plus de famille, les malheureux, qu'est-ce qu'ils pourraient bien faire ici ? On ne voit pas ce qui les retiendrait. D'autant que ça finira bien un jour. A ce moment-là, ils pourront toujours revenir. Ils trouveront de la place !

Peu à peu, la peur de Guyon se muait en colère. Il lui semblait que cet homme faisait tout pour l'inciter à partir et que, en même temps, il détenait le pouvoir secret de le retenir. Sur ce plateau nu que la bise prenait par le travers, sous ce ciel de suie que la nuit disputait à un reste de jour accroché à quelques nuées, sur ce chemin boueux où luisait çà et là le trait métallique d'une ornière gorgée d'eau, Mathieu se sentait comme arraché à lui-même. Jamais de sa vie il ne s'était senti aussi peu maître de ses gestes. Il tirait comme une brute sur la gueule de la jument à bout de forces, mais, en réalité, c'était l'attelage qui le poussait de toute sa masse vers ces baraques blanches où il allait certainement trouver la mort.

Et l'attelage, c'était peut-être ce prêtre qui lui donnait élan avec ce flot de mots qu'il livrait au vent mauvais du plateau. Est-ce qu'il ne l'avait pas souhaitée, cette bise glaciale, en prédisant qu'elle tuerait le mal ? C'était peut-être le souffle du diable qu'il avait appelé.

Guyon entendait à présent la voix des vieux de son enfance, racontant au coin de l'âtre, ces histoires qui font trembler. Dans leurs récits, il y avait ces mêmes couleurs de crépuscule, ces hurlements du vent d'hiver, ces formes noires pareilles à la silhouette du Jésuite. Il y avait aussi des chevaux tirant des chars trop lourds sur des plateaux immenses. Des chars où, sans doute, la mort s'était cachée sous la bâche pour que les charretiers l'emmènent partout avec eux.

Ce matin, il n'avait pas regardé de quoi cette voiture était chargée. Etait-ce le vent ou la mort qui soulevait la bâche et la faisait claquer ainsi ? Si la mort était là, n'allait-elle pas bondir soudain et le prendre à la gorge ?

— Nous ne sommes plus guère loin, Guyon, dit le Jésuite, mais le chemin est pénible. Est-ce qu'il ne faudrait pas laisser souffler cette bête une minute ?

Mathieu sentit un sol plus dur sous ses semelles ferrées. Il cria :

— Oh là !

Sa jument s'arrêta. Le prêtre se tut. Le vent lui-même reprit son souffle et le charretier éprouva le sentiment que son cri s'en allait, distordu et énorme, jusqu'aux confins de la nuit noire, jusqu'au fond des forêts, jusqu'au bord du plateau pour rouler sur la cité tapie au creux de sa vallée. Un frisson glacé parcourut son dos. Ses dents se mirent à claquer, il sentit ses poings se serrer et ses membres trembler. Alors, sans qu'il pût rien faire pour les retenir, ses bras se levèrent, ses mains s'ouvrirent et empoignèrent la cape du prêtre à hauteur de sa poitrine. Elles le secouèrent tandis que Guyon s'entendait hurler :

— Mais tu es le Diable ! Curé ! Tu es le Diable. Tais-toi... Tais-toi... Je te dis de te taire !

Le prêtre ne réagit pas. La nuit était déjà trop dense pour que le charretier pût lire ce que disaient les yeux clairs. Il y eut un silence. Un silence des hommes avec le souffle rauque de la jument qu'emportait le souffle plus acéré du vent. Un silence avec le claquement de la bâche et puis, loin derrière eux, le hurlement d'un loup.

Trois fois. Quatre fois, ce long cri pareil à un appel de mourant. Et puis plus rien.

Alors seulement, de sa voix toujours aussi calme, sans chercher à se libérer, le Père Boissy se mit à parler :

— Vous avez raison, Guyon, il fallait se taire, sinon, nous n'aurions pas entendu le loup.

Les mains de Guyon lâchèrent prise et tombèrent le long de son corps où elles se remirent à trembler. Le prêtre tourna la tête vers l'endroit d'où étaient venus les hurlements, comme s'il eût espéré découvrir quelque chose dans cette obscurité qui s'épaississait d'instant en instant.

— Les loups, dit-il, ils ne sont pas dangereux par les temps qui courent. Entre les morts de la guerre et ceux des épidémies, ils ont largement de quoi se nourrir. Mais tout de même, je n'irais pas me promener cette nuit en pleine forêt.

Le charretier ne savait plus quoi faire. Il venait de secouer cet homme, de l'accuser de diablerie, et, pour toute réponse, le Jésuite avouait sa peur des loups.

Il était là, les bras encore tremblants, partagé à présent entre l'envie de fuir et le désir de s'excuser. Mais il n'avait ni la force dans les jambes ni les mots dans la gorge. C'était le vide. Le vide en lui comme sur ce plateau que la nuit dérobait à la vue mais que l'on devinait à la course du vent. Et ce fut encore le Jésuite qui parla pour demander :

— Les loups, vous en avez certainement rencontré quelquefois, dans votre métier de roulier ?

— Bien sûr, murmura Mathieu.

Mais il ne put en dire davantage.

Il portait pourtant le souvenir de bien des nuits passées dehors avec ses bêtes, sur les plateaux, au fond des vallées où grondaient les torrents ou au cœur noir des grandes forêts qui sont le domaine de l'ombre et du vent, Sans doute avait-il connu quelquefois la peur, mais ce qu'il éprouvait en ce moment était bien différent. Ce froid qui semblait sourdre à la fois de la terre et du ciel, cette obscurité que la bise apportait d'au delà des montagnes invisibles, cette vision réduite à quelques pas et cette sensation d'immensité où il se sentait perdu, jamais il n'avait ressenti pareil froid en lui et pareil trouble. Même les planches neuves des loges n'étaient plus visibles, et seules continuaient de vivre les taches de feu des fenêtres derrière lesquelles tremblotaient des chandelles.

Alors, il lui parut soudain que ce lieu dont il avait tant redouté l'approche l'attirait, irrésisistiblement. Tout s'était fait hostile sur cette terre excepté ces petits yeux au regard tremblotant qui l'appelaient. Ces baraques où mouraient des gens par centaines, où il allait peut-être rencontrer sa propre mort lui apparaissaient brusquement comme le seul refuge contre la peur qui s'était emparée de lui. Il les fixa un moment en silence, puis, se tournant vers le prêtre, il dit :

— A présent, il faut aller. La jument est reposée. Elle prendrait froid.

4

Ils étaient encore à plus de cent pas des premières bâtisses lorsque, malgré le vent qui soufflait par le travers et le bruit du chariot, ils perçurent une rumeur. Sans même s'être assuré que les roues ne risquaient pas de s'enfoncer, Mathieu serra la bride contre son épaule et arrêta. Il fit un pas de côté pour s'écarter du souffle bruyant de la jument, et il s'immobilisa. Le prêtre qui s'était avancé un peu plus revint vers lui, et, le prenant par le bras, dit doucement :

— Je sais. Quand on entend cela pour la première fois, c'est toujours impressionnant. Mais on s'y fait vite. Vous verrez... Et puis, vous ne passerez pas vos journées ici. Le cimetière est certainement assez loin des loges... Il faut être fort, Guyon. Je ne veux pas que vous trembliez de la sorte.

Il marqua un temps, puis, s'approchant davantage, d'une voix plus sourde, il reprit :

— Ecoutez-moi, mon fils. Si vous avez vraiment peur, il est encore temps. Personne d'ici ne nous a vus. Vous pouvez aller. Mais moi, même s'il m'est arrivé d'hésiter, de douter qu'ils aient vraiment besoin de nous, à présent, que je les entends, je ne doute plus. C'est le mal qui les fait se plaindre et crier ainsi. Et je suis venu pour les aider à dominer ce mal. Le mal, et la solitude où chacun d'eux se sent, malgré le nombre.

Il laissa encore passer un moment de cette nuit où les plaintes venues des loges repoussaient les sifflements du vent et les claquements de la bâche. Ce qui sortait de ces baraques aux quelques yeux de lumière était pareil au vent, mais à un vent de mort comme celui que Mathieu avait parfois entendu à Salins, alors que passaient dans les rues les ramasseurs de malades et de cadavres avec leur char surmonté d'une cloche.

C'était des choses que l'on entendait mais qu'on ne voyait pas, car chacun se terrait chez soi de crainte d'être touché par le mal ou soupçonné de l'être et emmené de force chez les malades.

Le prêtre lâcha le bras de Mathieu, se découvrit, plaça son chapeau sous son coude, se signa, joignit les mains et dit :

— Guyon, vous allez prier avec moi.

Et le charretier s'étant découvert et signé à son tour, répéta derrière le prêtre les paroles qu'il disait de sa voix toujours aussi tranquille :

— Mon Dieu, bénissez ces malheureux et accordez leur la guérison. Mon Dieu, bénissez aussi ceux que vous ne guérirez pas et faites qu'ils trouvent place en votre royaume. Mon Dieu, donnez-moi la force de les aimer comme vous les aimez vous-même, car ils sont vos créatures. Mon Dieu, bénissez votre fils Mathieu Guyon qui saura les aimer et les servir.

Il ajouta quelques mots en latin que le charretier ne comprit pas, puis, s'étant de nouveau signé, il dit :

— Allons !... C'est par ce village de douleur que passe le chemin qui nous conduira au royaume du Père.

Il se remit à marcher, et le charretier, terrorisé mais incapable d'agir autrement, tira sur la bride et fit claquer son fouet. La bise qui l'enveloppait lui parut soudain plus froide encore parce que son visage et son dos s'étaient couverts de sueur.

Lorsqu'ils arrivèrent à hauteur des premières baraques, une porte s'ouvrit et deux hommes parurent dont l'un tenait à la main un fanal. C'était un homme d'armes. Celui qui venait derrière lui et qu'éclairait encore le lumignon intérieur devait être le barbier reconnaissable à son bonnet rouge.

— C'est le nouvel enterreur ? cria l'homme d'armes dont la voix était pâteuse.

— Oui, répondit le prêtre. Et le confesseur aussi.

Le sergent s'avança en grognant :

— Le confesseur, on peut s'en passer. Mais l'enterreur, il a de la besogne, sacré Dieu !

Et l'homme eut un gros rire qui le fit tousser et cracher gras.

— Entrez par ici, dit le barbier. Entrez, mon Père.

Le prêtre s'avança, mais Mathieu demeura près de sa jument.

— Et l'autre, cria le sergent, il entre pas ?

— Je voudrais savoir où mettre le cheval.

— Dans l'enclos qu'on va te montrer, dit le barbier. Sergent, accompagnez-le.

Le rire gras sonna de nouveau et l'homme d'armes déclara :

— Moi, c'est pas mon travail. Ce serait au charretier des malades de lui montrer l'enclos, mais il est trop saoul. Celui qui voudrait le réveiller, il est pas encore de ce monde.

Le barbier fit entrer le prêtre en disant qu'il allait revenir, puis, bousculant le sergent, il lui arracha son fanal en le traitant de porc et d'ivrogne. L'autre fut repris par son rire entrecoupé d'insultes tandis que le barbier rejoignait Mathieu.

— Viens, dit-il. C'est à deux pas. Je vais te montrer. Il ne faut rien attendre de ce soudard. Nous avions un très bon sergent, mais il est mort. Depuis que celui-là est seul, c'est comme si nous n'avions pas de garde. Il ne pense qu'à boire et à cogner. C'est encore quand il est vraiment saoul qu'on est le plus tranquille. Parce qu'il faut se méfier il tirerait sur n'importe qui. Il voit partout des gens qui voudraient se sauver. Comme si les malheureux qui sont ici en avaient la force !

Mathieu avait dételé, et ils contournèrent la première baraque pour atteindre un petit enclos où un cheval arriva en trottant pour s'arrêter à quelques sabotées du fanal dont la lueur faisait luire son œil comme une braise.

— J'aimerais la bouchonner un peu.

— C'est bon, dit le barbier, je te laisse la lumière. Tu trouveras de la paille sèche sous les bottes qui sont là, à gauche de l'entrée.

Il s'en alla et Mathieu demeura seul dans la nuit, avec, devant lui, cette lueur pauvre du fanal qui tirait de l'obscurité, pas après pas, un monde inconnu et hostile.

Les plaintes et les cris des malades lui parvenaient toujours auxquels se mêlaient les éclats de voix et le rire épais du soudard. Le charretier longea la palissade de bois, trouva quelques bottes de paille qu'il dut remuer pour en découvrir une qui ne soit pas trop mouillée.

— Bon Dieu, la paille dehors, même pas un abri pour les bêtes, ça m'a l'air d'être du beau travail, par ici.

Tant qu'il fut occupé à frictionner sa jument, il ne pensa pas aux malades. L'autre cheval s'était approché qui, à plusieurs reprises, vint lui arracher des mains quelques brins de paille. Mathieu resta un moment à caresser ces deux bêtes et à leur parler. Avec elles, il se sentait en bonne compagnie. Il se demanda où on allait le loger, et il se dit que s'il y avait eu une écurie, il serait venu coucher près des bêtes. C'était encore avec les chevaux qu'il se trouvait le plus à l'aise. Les chevaux étaient toute sa vie, et il avait beaucoup souffert le jour où son patron lui avait appris que les soldats venaient d'emmener les six bêtes merveilleuses qu'il avait l'habitude de conduire. A la saline, c'était davantage de l'absence des bêtes que de la brûlure du feu qu'il avait souffert.

Il sortit de l'enclos, referma la barrière de planches, et se dirigea vers la baraque où était entré le Jésuite.

Des autres loges, le concert des plaintes s'élevait sans cesse. Des voix de femmes et des cris d'enfants semblaient venir d'une bâtisse qui n'était guère éloignée que d'une vingtaine de pas. Mathieu hésita, puis, comme fasciné par la lueur d'une étroite fenêtre, il aveugla son fanal sous sa pèlerine et marcha droit vers cette lumière. De nouveau la peur l'avait couvert de sueur, et pourtant, il continuait d'avancer. Rien ne l'obligeait à se rendre vers cette baraque, sinon une force indéfinissable, peut-être pareille à celle qui l'avait empêché de fuir quand le prêtre lui en avait offert la possibilité.

Lorsqu'il atteignit la zone de clarté qui venait des quatre carreaux de verre, il marqua un temps, scruta l'ombre autour de lui, et avança encore. Il faillit tomber car il y avait, contre la paroi de planches, un fossé assez profond et dont le fond était vaseux. Dans le mouvement qu'il fit, le fanal heurta les planches, s'éteignit et fit un bruit que l'on dut certainement entendre de l'intérieur. Son cœur battait vite et fort. Il crut un instant que les plaintes avaient diminué, mais non, au contraire, elles lui parvenaient plus nettes. Un enfant devait sangloter tout contre les planches, et une voix de femme entrecoupée de soupirs fredonnait une pauvre berceuse. La femme ne disait pas les paroles, mais il les retrouva au fond de lui où elles sommeillaient depuis son enfance.

Dormez mon enfant
N'écoutez pas le vent
La nuit vous console
Maman vous gaïole
Dormez mon joli
Dormez mon petit.

Il demeura un moment à n'écouter que cette voix, et il lui sembla que se mêlaient en une seule image les visages de sa mère et de sa femme. Il murmura :

— Si elles n'étaient pas mortes toutes les deux, si j'avais un enfant, peut-être qu'ils seraient tous là, en prison derrière ces planches.

A cause du fossé, il dut se lever sur la pointe des pieds pour parvenir à la fenêtre. Il le fit lentement, prenant soin de ne pas heurter de nouveau le fanal qu'il n'osait poser dans la boue. Lorsque son regard atteignit le bas des vitres, il eut un mouvement instinctif de recul, baissa les paupières mais les rouvrit aussitôt.

Deux quinquets à l'huile suspendus à des crosses plantées dans les piliers de sapin qui soutenaient le toit, éclairaient une vingtaine de corps allongés ou recroquevillés sur deux banquettes de planches où un peu de paille était éparpillée. Il devait y avoir davantage de malades, car Mathieu ne pouvait voir ni ceux qui se trouvaient aux extrémités de la baraque, ni ceux dont il percevait le mieux les râles, tout près de lui, contre la paroi. Regardant plus attentivement, il put constater qu'il n'y avait là que des femmes et des enfants.

Il fixa son regard d'abord sur une vieille qui se trouvait en pleine lumière, adossée au pilier, et qui tenait entre ses genoux écartés la tête d'un garçon d'une dizaine d'années dont le corps maigre se tordait. Les genoux étaient comme deux boules, les mains n'avaient plus de forme, doigts retournés, boursouflés et pourtant osseux. Elles se crispaient sur le ventre du malade qui tirait parfois sur le tissu déchiré d'une chemise sale. De l'écume sortait des lèvres entrouvertes. La vieille ne bougeait pas. Son regard effrayant semblait fixer un point de l'infini.

Plus loin, une femme qui devait être jeune s'arcboutait sur ses talons et sa nuque. Son corps se soulevait en pont, tremblait, puis retombait lourdement sur les planches. Elle aussi écumait. A hauteur de son ventre où elle portait souvent les mains, sa chemise était imprégnée d'un liquide qui devait être un mélange de sang, de pus et d'urine. Lorsque la bise qui soufflait dans le dos de Mathieu prenait un temps de repos, une odeur irrespirable suintait des planches disjointes.

Le regard du charretier demeura longtemps attaché à cette femme dont les cheveux bruns défaits et mouillés collaient par mèches aux planches d'où la paille avait été écartée par les mouvements du corps.

D'autres malades demeuraient immobiles. La plupart avaient les genoux ramenés contre la poitrine et la nuque tendue par la tête cassée en avant. Presque tous avaient l'écume aux lèvres.

Mathieu allait se retirer, lorsqu'il entendit claquer la porte. Il s'écarta d'instinct, puis regarda de nouveau. Entre les deux rangées de claies, une grosse femme aux jambes énormes, très courte, avançait lentement, se dandinant d'un pied sur l'autre. Elle tenait à la main un seau dans lequel était une louche. Elle cria :

— Qui veut de l'eau ?

Plusieurs malades recroquevillées parvinrent à s'asseoir en grimaçant et à tendre une écuelle où la grosse femme versait de l'eau. La vieille qui tenait entre ses jambes la tête du garçon sortit de sa prostration et tendit un gobelet. La grosse femme demanda :

— Vous voulez que je vous aide à le faire boire, mémé ?

La vieille fit oui de la tête et la porteuse d'eau dit alors :

— Vous feriez mieux de boire avant lui, vous finirez bien par être malade aussi.

Elle avait une grosse voix d'homme un peu éraillée, mais ses gestes étaient pleins de douceur. Elle essaya un long moment de faire boire l'enfant, mais les dents devaient être serrées et l'eau coulait sur le menton et la poitrine. Lorsqu'elle eut renoncé, la tête du petit retomba sur la cuisse maigre de la vieille. La grosse femme essuya le gobelet avec son tablier, puis elle l'emplit et le tendit à la vieille qui but seule, à longues goulées tandis que la porteuse continuait sa distribution.

Mathieu attendit qu'elle fût sortie pour se retirer. Il monta hors du fossé et demeura le dos tourné à la lueur pour laisser ses yeux s'habituer un peu à la nuit. Ils transpirait toujours, son cœur battait fort et il respira avec délice de longues bouffées de vent froid.

Lorsqu'il longea l'enclos, les chevaux le suivirent. Il les caressa et le contact de leur poil tiède lui fut agréable. Lentement à cause des obstacles qu'il devait enjamber, il gagna la baraque de garde en coupant droit à travers un bout de terre remuée où il buta plusieurs fois contre des bûches et des piquets qui traînaient épars.

Les plaintes continuaient, et, de la baraque des gardes, venaient toujours le rire et les coups de gueule de l'ivrogne.

5

Lorsqu'il entra dans la loge de garde, Mathieu fut d'abord suffoqué par la chaleur qui y régnait. Une chaleur lourde portant une odeur indéfinissable, où le vin, la fumée de bois et la sueur dominaient. Le Père Boissy était assis à une longue table et mangeait une écuellée de soupe. En face de lui, le barbier se tenait à califourchon sur un banc, un coude posé sur la table et appuyant sur sa main sa tête coiffée du bonnet rouge. A chaque bout de la pièce, il y avait, derrière un bat-flanc, une banquette de couchage pareille à celles que Mathieu venait de voir chez les malades, mais plus courte. Sur celle de gauche, le sergent était allongé, les épaules et la nuque appuyées au bat-flanc crasseux. Dès qu'il vit entrer le charretier, il se leva, ramassa dans un angle un vêtement de la même couleur que le bonnet du barbier, s'avança de quelques pas et le lança au visage de Mathieu en criant :

— Enfile ça, puisque tu es le nouvel enterreur. C'est la casaque de celui que tu remplaces. On l'a pas encore enterré. C'est toi qui vas t'en charger. Mais on lui a tout de même ôté sa casaque.

Mathieu qui avait attrapé le vêtement le lança par terre. Le sergent dont la phrase s'était achevée dans un gros rire, se raidit soudain. Dressé de toute sa taille, dominant Mathieu d'au moins deux têtes, il marcha sur lui en hurlant :

— Ramasse cette casaque et enfile-la ! Tu es enterreur, tu dois porter l'habit d'enterreur !

— Fous-lui la paix, cria le barbier, il la mettra demain. Ce sera bien assez dôt.

— Non, brailla l'ivrogne, il va l'enfiler. Je veux le voir avec.

Comme il se faisait menaçant, Mathieu recula et prit en main le fouet dont il avait passé la lanière derrière sa nuque.

Le sergent hésita un instant, la main sur la poignée de sa dague, puis il marcha sur le charretier qui avait contourné la table et attendait, tenant le manche de son fouet par le bout le plus mince.

— Vadeau, cria le barbier, fous-lui la paix !

— Non. Il obéira !

— Ce n'est pas toi qui commande, ici !

— Pour les malades, c'est toi. Mais le personnel, c'est moi qui le mène. Ordre du mayeur !

Le Père Boissy se leva lentement et vint se placer entre le sergent et le charretier.

— Non, fit-il, désormais, c'est moi qui suis responsable de cette maladière.

Le sergent eut un hoquet, une espèce de quinte de rire et de toux mêlés, il cracha puis parvint à dire :

— Toi, le curé, mêle-toi de ton bon Dieu. Et fous-moi le camp d'ici, que je corrige ce petit salaud.

— Laissez, mon Père ! cria le charretier.

Allongeant son grand bras, le sergent écarta le prêtre qu'il plaqua contre les planches, et il avança sur Mathieu qui allait se trouver pris dans l'angle de la baraque. Mais le charretier était leste et rapide. Alourdi par l'alcool, le sergent ne parvint qu'à moitié à esquiver le coup. Le manche de fouet l'atteignit à l'épaule, lui arrachant un rugissement de bête. Sa dague brilla au bout de son bras lancé en avant. Mathieu évita la lame en bondissant sur la banquette, mais le geste du sergent ne s'acheva pas. Derrière lui, le prêtre avait ramassé un rondin de charmille, et il avait cogné. Le grand corps vacilla, puis, les jambes se dérobant, il tourna en vrillant, comme un sac vide.

— Fallait pas faire ça, mon Père, dit Mathieu. Je l'aurais eu, vous savez.

— Je n'en doute pas. Mais il vaut mieux que ce soit moi. Si vous l'aviez corrigé, il se serait vengé d'une façon ou d'une autre. Et un coup d'arquebuse de plus ou de moins, pour un animal de cette espèce, ça ne compte guère.

— Vous avez bien fait, dit le barbier. J'ai eu cent fois envie de l'assommer. Mais moi, je ne suis qu'un vieil homme... J'espère seulement que vous ne l'avez pas tué.

Le barbier se leva et s'en fut retourner le sergent qui grogna, essaya de s'asseoir, et retomba lourdement en marmonnant des jurons.

— Je vais lui foutre un pot d'eau, dit le barbier, ça le réveillera. Mais il va être dans une rage terrible.

— Attendez, dit le Jésuite. Est-ce que cette brute sait lire ?

— Il le dit, mais je ne le crois pas.

— Je m'en doutais. Ils sont tous les mêmes. Alors, dit le Père Boissy en adressant un clin d'œil à Mathieu, si vous voulez qu'il nous fiche la paix, nous allons lui faire le coup de l'ordre écrit.

Il avait tiré de sa poche un pli qu'il tendit au barbier en ajoutant :

— Regardez, c'est le sauf-conduit que le maire nous a remis pour quitter la ville. Quand cet ivrogne reviendra à lui, vous serez en train de le lire. Vous lui direz que c'est la lettre m'accréditant ici et me donnant tout pouvoir de discipline. Et vous lui direz d'en prendre connaissance.

Le barbier hésitait. Il avait parcouru le sauf-conduit et le lisait à nouveau, avec davantage d'attention. Son corps maigre et voûté portait une grosse tête que le bonnet semblait alourdir encore et tirer en avant. Ses petits yeux gris avaient un regard un peu craintif qui vola très vite du papier au sergent pour se poser enfin sur le prêtre.

Voyant que le barbier laissait le Père Boissy lui tenir le regard, Mathieu se dit :

« Toi, te voilà ficelé, mon vieux. Ce curé-là, moi je le connais seulement depuis ce matin, mais je sais que si on veut lui échapper, faut pas le laisser vous empoigner avec ses yeux de source. C'est ça. Je cherchais à quoi ils me faisaient penser, ses yeux, eh bien, j'ai trouvé. Ils me font penser à une source de montagne. Les petits crotots dans la roche, avec le fond si propre qu'on le dirait bleu. »

Il y eut un silence durant lequel on entendit monter un ronflement de derrière le bat-flanc de la planche de repos qui se trouvait à gauche de l'entrée. Mathieu s'en approcha et, se penchant, il vit un homme entièrement recouvert d'une peau de chèvre et d'une espèce de couette en tissu brun. Devançant sa question, le barbier expliqua :

— C'est Huffel, le charretier des malades. Colin Huffel, un gars d'Alièze. Il est là depuis le mois d'août, depuis que les Français ont brûlé son village.

Il leur a échappé de justesse parce qu'il connaissait les bois comme sa poche, mais ça lui a laissé la tête pas très solide. Il vous racontera son affaire. Il ne sait raconter que ça. Les premiers temps, il était bien. Renfermé, mais travailleur. Depuis que le sergent est là, ils boivent ensemble, et quand ils sont saouls, ils se battent... Je vous jure que c'est pas drôle pour moi et pour les deux femmes qui sont ici.

Il parut chercher quelque chose dans sa tête, et ses petits yeux gris clignotèrent un moment, puis, regardant de nouveau le prêtre, il dit :

— Sûr que je suis content de vous sentir près de moi. Et si vous croyez pouvoir les tenir, ma foi...

Il montra le papier qu'il posa sur la table. Il lança un coup d'œil au sergent toujours étendu et qui s'était mis à ronfler, puis il reprit :

— Oui, mais si c'est vrai qu'il sait lire ?

— Nous aviserons, dit le Jésuite sans se troubler, mais ça me surprendrait vraiment.

— On pourrait le laisser dormir, mais s'il se réveille dans la nuit, il risque de s'en prendre à vous. Il déteste tous les prêtres. Il passait son temps à insulter le Père qui était ici avant vous et qui le craignait un peu.

Le prêtre fit signe au barbier de s'asseoir devant le sauf-conduit étalé sur la table, et, reprenant sa bûche de charmille, il alla se planter à côté du sergent.

— Guyon, dit-il, versez-lui de l'eau sur la figure, et passez de l'autre côté de la table... Moi, je ne me laisserai pas insulter par cette brute.

Mathieu prit un pot de terre, alla l'emplir dans le seau qui se trouvait à côté de la porte, et le vida d'un coup sur le crâne du sergent. L'homme poussa un cri sauvage, s'assit d'une détente et se frotta le visage et les cheveux. Clignant des yeux, il regarda autour de lui et porta aussitôt sa main à sa ceinture. Mais sa dague n'y était plus.

— Salauds ! hurla-t-il. Bande de fumiers !... Vous allez payer !

Calmement, le prêtre leva son rondin et dit :

— Doucement, sergent. C'est moi qui vous ai assommé pour vous empêcher de faire une sottise. Quand vous commencerez de voir clair, j'aimerais que vous preniez connaissance de ce que Maître Grivel est en train de lire.

S'agrippant des deux mains au bord de la table, l'ivrogne se leva péniblement et, aussitôt, se laissa choir sur le banc à côté du barbier. Il passa sa main droite derrière son crâne et grogna :

— Nom de Dieu, tu m'as fait une sacrée bosse... Et par-derrière, salaud !

— Je vous prie de ne pas blasphémer et d'être poli. Et pour commencer, je vous interdis de me tutoyer.

Le prêtre avait élevé le ton. Sa voix redevint normale lorsqu'il ajouta :

— Alors, Maître Grivel, est-ce clair ?

— C'est clair, dit le barbier d'une voix timide. Vous êtes responsable de l'ordre et...

Il s'arrêta, guignant du côté du sergent qui se tenait la tête à deux mains, les coudes posés sur la table.

— Et, dit le prêtre, le sergent qui constitue la force de police ainsi que l'enterreur et le charretier des malades doivent se plier à la discipline que j'imposerai.

— C'est bien ça.

— Montrez le papier au sergent, qu'il sache à quoi s'en tenir.

Le barbier fit glisser lentement le pli sous les yeux de l'ivrogne qui le repoussa d'un geste brusque en criant :

— Pas besoin de lire, si tu le dis, abruti ! Et puis, ça m'étonne pas. Dans ce foutu pays, c'est les curés qui mènent tout. On voit partout des curés à la tête des armées. Paraît même qu'il y en a un avec Lacuzon et qu'ils lui ont foutu le grade de lieutenant. Tu parles... Et ces abrutis veulent pas des Français... Mais les Français, c'est un cardinal, qu'ils ont, tu n'as qu'à voir... Moi, les curés, je les...

Le prêtre cogna un grand coup sur la table avec la bûche qu'il tenait toujours. Les autres sursautèrent.

— Ça suffit, sergent ! lança-t-il. Dans l'état où vous êtes, vous feriez mieux de vous coucher. Nous mettrons les choses au point demain matin.

Le sergent éclata de rire.

— Me coucher, fit-il, lorsqu'il eut toussé et craché. Et la garde, qui est-ce qui la prendra ?

— Quelle garde ?

— Moi, je suis là pour les nuits. C'est vous qui commandez et vous savez même pas ça...

— Tais-toi donc, dit le barbier. Tu sais très bien que depuis que tu es seul, il n'y a plus de garde.

Le sergent se leva, vacilla un instant, puis d'un pas traînant il rejoignit derrière le bat-flanc, le charretier des malades qui ronflait toujours.

Le barbier expliqua qu'il était ridicule de vouloir garder neuf baraques. N'importe qui pouvait entrer et sortir à la faveur de la nuit, mais personne n'avait envie de venir ici. Quant à s'en aller, rares étaient les malades qui en avaient encore la force. Et puis, ils n'avaient que très peu de vêtements sur eux et ne pouvaient pas prendre la route pieds nus et en chemise. De plus, ils étaient tous de Salins, et, s'ils s'avisaient de regagner la ville, les sentinelles qui veillaient aux portes avaient ordre de les abattre.

— Alors, demanda le prêtre, à quoi sert cet abruti ?

— Au début, il y avait quatre sergents. Ils gardaient vraiment. Et c'était nécessaire car nous avions des gens qui étaient là pour avoir approché un malade. Ceux-là se seraient volontiers enfuis. De même que les gens requis et qui étaient bien plus nombreux. A présent, la peste et la guerre sont partout, où voulez-vous aller ?

Tout en parlant, il avait désigné à Mathieu une écuelle et la soupe qu'un maigre feu tenait au chaud dans une casserole de terre vernissée. Mathieu s'était servi, et cette bouillie de froment et d'orge sans sel mais brûlante lui faisait grand bien.

Lorsque le barbier eut finit d'expliquer comment était organisée la vie de la maladrerie, il se leva et désigna la banquette dans l'angle opposé à celui qu'occupaient les deux dormeurs.

— Vous, mon Père, dit-il, vous pourrez dormir là. Moi et Guyon, nous irons avec les deux autres.

Il avait prononcé les derniers mots lentement, comme à regret.

— Non, dit le Jésuite. Laissez donc ces deux ivrognes, nous pouvons bien nous loger tous les trois de ce côté.

Le barbier eut un sourire qui éclaira ses petits yeux gris, et il dit :

— Merci, mon Père. Ça m'aurait coûté, vous savez, d'être avec ces deux-là. C'est déjà bien assez de les supporter la journée.

6

Les trois hommes se préparaient à se coucher, lorsque la grosse femme que Mathieu avait vu distribuer de l'eau entra. Dès qu'elle aperçut le Jésuite, elle se signa et dit :

— Y a un homme qui est en train de passer.

— Je vais y aller, dit le Père. Vous êtes l'ensevelisseuse ?

Ce fut le barbier qui répondit :

— Non. Cette femme est la nourrice. Elle s'appelle Ercilie Maclot. Elle est de Salins. Son mari est mort il y a trois semaines, et depuis, c'est elle qui nourrit nos malades. Et toute seule, ce n'est pas drôle.

La femme écoutait en se dandinant. Elle souriait. Elle avait de gros yeux saillants et un visage luisant, comme huilé.

Le Père Boissy avait tiré de son sac un petit crucifix de métal blanc, son livre de prières et une étole toute simple qu'il déroula et passa derrière sa nuque. Il prit aussi deux petits pots en métal couverts, où étaient les saintes huiles.

— Allons, dit-il.

Ils sortirent derrière le barbier qui avait allumé le

fanal. La nuit parut plus noire encore à Mathieu, et plus froide aussi. La bise miaulait en s'écorchant aux toits des baraques dont les fenêtres n'étaient plus éclairées. Il y avait toujours des plaintes et des cris, mais un peu moins qu'au moment de leur arrivée.

— Est-ce que la femme Brenot est prévenue ? demanda le barbier.

— Oui, dit Ercilie Maclot. Elle est là-bas.

— Je vous ai déjà dit qu'il ne fallait pas que les mourants voient arriver l'ensevelisseuse.

— Mais à présent, ils la voient toute la journée. Il n'y a plus qu'elle pour m'aider à faire la soupe et à donner les vivres.

— Tout de même, dit le barbier, à pareille heure...

— Vous lui direz vous-même, barbier. Mais moi je crois qu'elle a raison. Les agonisants aiment mieux la voir elle que de rester seuls.

Mathieu allait le dernier, ne distinguant qu'entre les autres la lueur du fanal qui tirait de l'obscurité les ornières et les flaques de boue. Dans le ciel où le vent continuait de mener le branle, plus aucune clarté ne se dessinait. A plusieurs reprises, Mathieu frissonna. Il lui semblait que cette nuit était un immense drap mortuaire mouillé et glacé qui allait les envelopper tous d'un mouvement brutal. De nouveau son envie de fuir le reprit, mais il suffisait de plonger un instant le regard dans cette obscurité pour comprendre que c'était encore elle qui montait la meilleure garde. Lui qui avait si souvent marché ou dormi dans les bois et sur les terres par les nuits les plus sombres, voilà qu'il se sentait prisonnier de celle-ci, exactement comme si elle eût été différente de toutes celles qu'il avait traversées. Il se sentait, en ce lieu habité par la pire des maladies, comme en un univers totalement inconnu, entouré de ténèbres hostiles, pleines de pièges. Il lui semblait en ce moment, que le peu de vie tremblotante que le monde conservât encore, se trouvait ici, dans ces quelques baraques où des êtres pareils à lui s'accrochaient à leur douleur.

C'était peut-être le monde, qui allait s'éteindre avec eux. Jusqu'à présent, lui, le charretier qui n'avait plus ni maison ni famille, s'était tiré de tous les pièges que la mort peut tendre, mais ici, il était entré dans celui qui ne s'ouvre pour personne. On l'avait envoyé là, un homme lui avait offert la possibilité de s'enfuir, et pourtant, il était venu. Il allait devoir toucher la mort avec ses mains. Toucher cette mort que les mourants et les trépassés communiquent aux vivants pour les entraîner avec eux comme s'ils redoutaient d'accomplir seuls le voyage.

Ils arrivaient en vue d'une fenêtre éclairée et le barbier dit :

— Alors, c'est encore dans la dernière loge. Ça fera le quatrième aujourd'hui.

— Et ça n'est pas fini, dit la grosse femme.

Le barbier ouvrit la porte et entra le premier. Aussitôt, les cris et les plaintes redoublèrent.

Un seul quinquet était allumé, dans le fond de la pièce, mais le fanal que portait le barbier tirait de l'ombre des visages d'hommes amaigris sous la barbe déjà longue. Les regards brillaient, des mains se tendaient, squelettiques et déformées. Mathieu crut tout d'abord qu'il allait vomir tant l'odeur était écœurante. Il se retint un moment de respirer, s'arrêta mais n'osa pas ressortir. Il mit devant son nez sa main moite qui gardait l'odeur des chevaux, et respira le plus lentement qu'il put.

Il suivit les autres et vit une femme brune d'une

trentaine d'années, assez belle et qui se tenait debout, les mains croisées sur la poitrine, devant un corps allongé et recouvert d'un drap gris des pieds à la tête.

Mathieu comprit que cette femme était l'ensevelisseuse et, aussitôt, il se demanda comment l'habilleuse des morts pouvait être si jeune et si belle.

Elle les regarda de ses yeux bien noirs et, d'une voix calme, elle dit au prêtre :

— Vous arrivez trop tard, mon Père, il vient de passer.

Le prêtre fit le signe de croix et récita la prière des morts. Il y eut un moment de silence, puis comme un bruit léger de vent. C'étaient les malades qui murmuraient la prière. Lorsque le Père eut fait un autre signe de croix, il se détourna et le barbier dit :

— Nous allons l'enlever.

Il y eut alors, en même temps, plus de vingt voix épuisées qui se mirent à appeler le prêtre.

— Mon Père, venez vers moi.

— Monsieur le Curé... Monsieur le Curé !...

Le prêtre fit un grand geste d'apaisement et dit :

— Oui oui, je suis là pour tout le monde. Restez dans le calme, je vous verrai tous, l'un après l'autre.

Les appels et même les gémissements cessèrent. Il y eut un silence lourd avec seulement le bruit des respirations et quelques hoquets. Le prêtre s'était déjà assis sur le bord de la couche, à côté d'un malade dont il tenait dans les siennes la main déformée.

— Allons, dit le barbier, aidez-moi... Toi, tu es costaud, prends sous les épaules.

Mathieu n'eut aucune peine à surmonter sa répugnance. Il ne pensait plus. Il était comme absent de son corps qui exécutait les ordres du barbier. Il glissa ses mains sous les épaules tièdes du mort. Le drap était mouillé et visqueux, mais le charretier ne retira pas ses mains. Le barbier prit les pieds, et, placées de chaque côté, la nourrice et l'ensevelisseuse passèrent leurs bras sous le milieu du corps pour l'empêcher de ployer. Ils levèrent en même temps et se dirigèrent lentement vers la porte. Un malade cria :

— Faut tout de suite laver sa place. Je la voudrais. Je suis trop près de la porte.

— Je vais venir, dit l'ensevelisseuse. On vous changera demain matin.

— Non, ce soir... Je peux pas dormir près de la porte.

Ils sortirent et posèrent le corps à quelques pas de la loge.

— Demain, nous aurons de la besogne, dit la jeune femme en touchant le bras du charretier. C'est bien toi qui vas enterrer ?

— Oui, dit-il, c'est moi.

— Alors, on est pour travailler tous les deux. La femme se tourna vers le barbier qui venait de reprendre sa lanterne et de fermer la porte.

— J'ai compté, dit-elle, il y en a dix-neuf avec celui-là. Il faudra qu'il creuse une grande fosse. Est-ce que Colin pourra l'aider ?

— Faudra bien, dit le barbier.

— Si on pouvait l'empêcher de boire, celui-là ! Le barbier eut un petit rire et dit :

— Avec le Père Boissy, j'espère bien que les choses vont changer.

— S'il n'y avait pas ce sergent, dit encore l'ensevelisseuse, l'autre serait maniable. Ce n'est pas un mauvais bougre. Mais ce sergent, il a le démon dans la peau.

— C'est bon, dit le barbier. Allons ! Antoinette, restez ici pour raccompagner le Père Boissy. Il n'a pas de fanal. Il se perdrait.

Les deux femmes rentrèrent dans le baraquement et Guyon suivit le barbier. Depuis le matin, il n'avait quitté le Jésuite que pour panser la jument, et, le laissant avec les malades, il éprouva une curieuse impression. Ils marchèrent un moment sans rien dire, puis le barbier obliqua sur leur gauche et se dirigea vers un endroit où pleurait une source. Le fanal éclaira un long bassin de pierre à demi enterré sous un mur ventru et moussu dont une partie était recouverte d'un lierre que la bise faisait frissonner. L'eau coulait à filet d'une gouttière de pierre taillée. Le barbier posa le fanal sur le bord du bassin et dit :

— Si tu veux faire comme moi.

Ils se lavèrent les mains et l'homme expliqua qu'on avait choisi cet endroit pour les nouvelles loges à cause de cette source qui ne tarissait jamais. C'était une bonne chose qui évitait les transports d'eau et permettait de lessiver le linge.

Lorsqu'ils arrivèrent à la loge de garde, un homme large et épais, au lourd visage envahi d'une barbe rousse et aux cheveux frisés tombant sur son front était assis à la table et mangeait de la soupe.

— C'est à présent que tu te réveilles, grogna le barbier.

— J'ai vu personne, dit le rouquin d'une voix d'enfant qui constrastait avec sa carrure. Alors, j'ai dit, je vas manger.

Il regardait Mathieu sans étonnement, et le barbier dit :

— C'est Guyon Mathieu. Il est d'Aiglepierre. C'est

lui qui remplace l'enterreur. Demain, tu lui aideras à creuser la fosse.

— Faut que je descende chercher des malades.

— Tu descendras après.

L'homme eut un regard en direction du sergent qui ronflait, la bouche grand ouverte, un bras pendant au bord de la planche.

— Celui-là fit le barbier, il a trouvé son maître. C'est plus lui qui commande. Et je te conseille de te tenir sur tes gardes. Il est monté un Père Jésuite qui sera le chef et qui n'a pas l'air de se laisser marcher sur les pieds.

Le rouquin hocha la tête. Rien ne semblait le surprendre. Mathieu s'était assis en face de lui, de trois quarts sur le banc, et il s'était versé un plein godet d'eau qu'il but lentement mais sans s'arrêter. Colin Huffel le regarda avec une légère lueur d'étonnement dans ses yeux bruns, puis il dit :

— Tu devrais pas boire de l'eau. C'est les sources qui charrient la peste. Tout le monde te le dira.

Il se remit à manger, puis lorsqu'il eut vidé son assiette, il la poussa sur le côté, passa plusieurs fois le revers de sa main sur ses lèvres épaisses que cachaient en partie sa barbe et ses moustaches ; il s'accouda commodément, regarda Mathieu et demanda :

— T'es de quel pays, il a dit ?

— Aiglepierre.

— Où c'est ?

— Une lieue et demie de Salins, en tirant sur la plaine.

— Ah !... C'est pas près d'Orgelet ?

— Pas du tout, dit Mathieu. Mais je connais Orgelet, et même Alièze. Je suis charretier, alors, tu comprends, j'ai fait du chemin.

— Moi, je suis vacher.

Il se tut, parut réfléchir un moment, le regard préoccupé, un pli profond partageant en deux bourrelets son front bas qu'écrasait encore la masse de ses cheveux.

— Dans ton pays, demanda-t-il, est-ce que les Français sont venus ?

— Oui. Ils ont tout emmené. Et tout le monde s'est réfugié à Salins. A présent, le village est vide.

L'autre hocha longuement la tête, puis, s'étant raclé la gorge il commença :

— Chez moi, ils sont venus en août. Le 24, c'était. Je m'en souviendrai toute ma vie.

Le barbier, qui était en train de déplier des couvertures sur la planche de couchage, l'interrompit :

— Laisse ça, Colin. Tu lui diras demain. Il veut dormir.

Imperturbable, comme s'il n'avait rien entendu, l'ancien vacher poursuivait :

— Moi, j'allais partir avec mes bêtes. Quatorze, j'en avais à garder. Bon, voilà que j'entends gueuler près de l'église. Je vais voir. C'était des gens du pays qui avaient trouvé quatre soldats français en train de fourrager. Ils leur avaient pris leurs mousquets et ils les amenaient au curé pour qu'il les confesse avant qu'on les tue. Moi, je les vois entrer dans l'église tous les quatre, avec ceux qui les avaient pris. Je me dis : Faut voir ça. Mais mon patron me dit : « Emmène les bêtes. Ça peut faire du vilain. Je tiens pas à perdre mes bêtes... » Malheur, s'il avait perdu que ça !

Il parlait calmement, sans élever le ton, sans rompre le rythme monotone de son récit qui coulait de lui comme une source un peu épaisse. Le barbier s'était allongé. Il dit :

— Quand vous vous coucherez, vous laisserez un quinquet, à cause du Père qui va rentrer.

Mathieu fit signe qu'il avait entendu. Le récit de cet homme ne l'ennuyait pas.

— Bon, je sors avec les bêtes. Mais au lieu de monter aux communaux, je tourne sur le mont d'où on domine le village. Et de là, je vois trois des Français que les autres sortent de l'église et qu'ils adossent à la fontaine pour leur tirer dessus presque à bout portant. Un moment plus tard, il y a un gamin qui arrive au village en courant. Il venait de la route de Lons. Alors là, l'affolement. J'entends un coup d'arquebuse dans l'église, et je vois déboucher des cavaliers. Ils étaient peut-être cinquante. Et je te jure que ça n'a pas été long. Le temps que je gagne la lisière du bois, il y avait déjà bien trente morts sur la place... Et ça continuait. Et la fumée commençait à sortir des granges. Bon Dieu, tout le village y a passé ! Tout, tu m'entends. Ceux qui essayaient de s'ensauver, ils étaient rattrapés par les cavaliers, et pan ! un coup de lance ou de pistolet. J'ai bien vu quand ils ont tiré mon père et ma mère de chez nous. Le toit brûlait déjà. Ils les ont occis à coup d'arquebuse et jetés dans le brasier. Et moi, j'étais là. Je pouvais rien faire. Ni aller ni me sauver. J'avais plus de jambes. Quasiment plus. Et mon patron aussi, je l'ai vu mourir. Avec sa femme et les deux petits, qu'ils les ont tués. Devant l'église. Et le curé qui avait confessé leurs soldats, ils l'ont déshabillé. Complètement nu, tu entends. Un gros homme qui pouvait avoir dans les soixante ans. Ils l'ont fouetté, ils lui ont foutu sur le ventre des brandons et des brûlots de paille. Je l'entendais gueuler d'où j'étais. Les autres, ils rigolaient. A la fin, ils l'ont trempé dans la fontaine et puis ils l'ont jeté dans une grange qui brûlait. Avant, ils lui avaient lié les chevilles avec une chaîne à chèvres... Et c'est là qu'ils ont vu mes vaches. Il y a deux cavaliers qui ont piqué droit dessus en sautant les haies. Moi, qu'est-ce que je pouvais faire ? Rien. Je connaissais un trou dans le bois. J'y suis resté jusqu'à la nuit. Sans bouger. Comme ça, comme une bête, le nez dans la terre.

Croisant les bras sur sa poitrine, il se recroquevillait. Et son regard avait quelque chose d'implorant qui faisait mal.

Il en était là lorsque le Père Boissy entra, précédé par la nourrice qui tenait le fanal. Il la congédia en la remerciant, puis il vint lui aussi s'asseoir pour boire de l'eau. Mathieu avait dit qui était l'ancien vacher et ce qu'il racontait. Le vacher hocha la tête, puis, aussitôt, il recommença son récit pour le prêtre. Et Mathieu constata qu'il reprenait mot pour mot, sans varier une intonation ni modifier le moindre silence. C'était vraiment une source dont nulle saison ne troublerait le cours régulier et monocorde.

Le prêtre écouta sans souffler mot, puis, lorsque l'homme eut expliqué comment il avait marché durant des jours en évitant les routes et les villages, sans manger autre chose que des baies, pour finir ici où un Capucin s'était occupé de lui, lorsqu'il eut tout raconté, le prêtre dit :

— Si tu veux, nous allons prier pour tous ceux qui sont morts ce jour-là.

Ils se levèrent tous trois, et ils prièrent un long moment. Puis le prêtre dit :

— Mais il y a des vivants à soigner et d'autres

morts qui attendent une sépulture. Demain, nous aurons de l'ouvrage. Nous allons dormir.

Le rouquin le regarda un moment sans rien dire, puis il regagna sa place à côté du sergent.

« Toi, pensa Mathieu, tu as vu aussi les yeux de source. Demain, ça m'étonnerait que tu ne fasses pas ta besogne. »

Le charretier attendit que le prêtre fût couché pour éteindre le quinquet et aller s'allonger à côté de lui.

Le ronflement du sergent paraissait énorme dans le silence de la pièce. La nuit miaulait autour de la maison. De loin en loin, la porte, qui joignait mal, tressautait.

— Tu ne regrettes pas trop d'être venu ? demanda le prêtre à voix basse.

Mathieu allait répondre que non, mais un hurlement et des abois plaintifs le firent sursauter.

— Bon Dieu ! lança Colin Huffel, c'est encore les renards. Mais cette fois, on dirait bien qu'il y a aussi des loups.

— Ils doivent être près des cadavres, dit le prêtre, il faut y aller.

Ils se levèrent, mais le vacher dit :

— Ne bougez pas, et surtout ne faites pas de lumière. Je vais y aller. C'est ce salaud de sergent qui devrait s'en occuper, mais le temps de le réveiller et qu'il se mette à gueuler, je préfère y aller.

Les grognements et les abois reprirent, qui paraissaient tout proches.

— Méfie-toi, dit le prêtre. Ces bêtes voient clair la nuit.

— Pas plus que moi, dit Colin.

Ils l'entendirent à peine lorsqu'il ouvrit la porte et se coula dehors. Il y eut une bouffée de bise glacée qui entra et fit craquer la charpente, puis de nouveau le silence avec le ronflement agaçant de l'ivrogne. Quelques minutes coulèrent lentement, et une détonation emplit la nuit. Le barbier se réveilla et cria :

— Qu'est-ce que c'est ?

— Il y avait des renards et des loups. Huffel est sorti avec l'arquebuse du sergent.

Des abois s'éloignaient, et les chevaux se mirent à hennir et à galoper dans leur enclos. La porte s'ouvrit bientôt et Huffel s'approcha dans l'obscurité.

— Avec ce sergent, on est bien gardés. Même le coup de feu l'a pas réveillé.

— Qu'est-ce que tu as tué ? demanda Mathieu.

— Rien du tout, mais ils ne reviendront pas cette nuit.

Il s'éloigna de deux pas, puis s'arrêta et dit encore :

— C'est après ce pauvre Jarosseau, qu'ils étaient. Lui qui se crevait à enterrer au jour le jour, justement à cause des bêtes, il aura pas eu la chance de les éviter. Pourtant, je l'avais laissé près d'ici exprès, mais quand ces saloperies-là ont faim, ils viendraient vous prendre dans les maisons.

— C'est bon, Colin, dit le barbier, va te coucher.

Ils l'entendirent encore grogner après les loups et aussi insulter calmement le sergent, puis ce fut de nouveau la respiration de cette nuit à laquelle Mathieu s'habituait peu à peu.

Il fut pourtant longtemps avant de s'endormir, tenaillé par la vision imprécise de l'enterreur qu'il remplaçait et dont le corps était couché à quelques pas de là, dans le froid de la nuit habitée de carnassiers faméliques. Il les imaginait rôdant autour des loges, attendant peut-être que la mort ait empoigné tous les vivants d'ici pour faire leur entrée et se repaître en toute quiétude.

Mathieu était déjà enveloppé de sommeil lorsqu'il lui sembla entendre de nouveau le cri des loups, mais très loin et comme assourdis par un épais brouillard.

DEUXIÈME PARTIE

LA PLANTE DE VIE

7

Le jour n'était pas encore sorti de terre lorsque le Père Boissy les réveilla. Il avait allumé les deux quinquets et jeté une poignée de brindilles sur les braises qu'il tisonnait. L'âtre était la seule partie de cette baraque qui ne fût pas en bois. Il était construit des grandes dalles dont on fait les conches à fumier et qui servent aussi à couvrir les toitures. En haut, il y avait un trou dans l'angle du toit où une hotte de planches mal jointes était posée sur deux piliers de chêne noircis.

Les hommes se levèrent sans rien dire. Seul le sergent demeura sur la couche et grogna :

— Qu'est-ce qu'on pourrait foutre avant le jour ?

Le Jésuite s'approcha de lui, l'observa un moment et dit méprisant :

— Vous, certainement rien de bon si on vous laisse à votre vice. Mais je n'en ai pas l'intention. Vous allez vous lever comme tout le monde, et vous irez aider à transporter les morts.

Le sergent eut un mouvement du corps, la main sur la poitrine, comme s'il se fût apprêté à dire : « Moi, mais vous n'y pensez pas ». Cependant, il resta la bouche entrouverte. Mathieu qui l'observait vit son regard que le Jésuite avait empoigné, se métamorphoser. De moqueur, il devint rageur, douloureux puis, peu à peu, il sembla s'éteindre. Et, lorsque ses paupières se baissèrent sur ses yeux qui semblaient d'un noir intense, Mathieu se dit :

« Toi, tu t'es laissé ficeler aussi. Tout malin, tout fort en gueule que tu es, te voilà dans le sac du curé avec les autres. Que tu croies au Diable ou au bon Dieu, voilà que les yeux de source t'ont roulé dans le miel et empaqueté comme un nigaud. »

Le grand gaillard se déplia, s'étira, se frotta le crâne et dit :

— Tout de même, cogner les gens par-derrière, et avec un rondin...

Le prêtre se mit à rire. Il tapa sur l'épaule du sergent et observa :

— Vous êtes encore là. C'est la preuve que vous êtes solide. Avec vous, c'est comme si nous étions protégés par une garnison de trente hommes.

Le sergent se rengorgeait déjà, roulant ses larges épaules lorsque le Père Boissy ajouta :

— A condition que vous ne dormiez pas. Car vous avez le sommeil lourd. Vous n'avez rien entendu, cette nuit ?

L'autre haussa les épaules.

— Si vous croyez que je vous ai pas entendu causer comme des bonnes femmes...

Tout le monde se mit à rire, et le barbier dit :

— Et un coup d'arquebuse, tu ne l'aurais pas entendu ?

Il y eut dans les yeux du sergent une lueur de panique. Tout son visage se crispa. Il fut un instant comme égaré, regarda autour de lui, puis, découvrant son arme posée contre les planches derrière la porte, il se précipita, l'empoigna et vérifia la charge. De nouveau dur, son regard fit le tour des hommes, inquisiteur, déjà chargé de colère.

— Qui est-ce qui a tiré ? Je veux savoir. Personne n'a le droit. Personne...

Calmement, le prêtre dit :

— Quand un soldat ne remplit pas sa fonction, il faut bien qu'un autre le remplace. Les loups hurlaient à la porte. C'est moi qui ai tiré. Mais vous étiez tellement saoul, que vous n'avez rien entendu.

— C'est pas vrai. Vous m'aviez assommé.

— Parce que vous étiez saoul ! Vous n'êtes même pas un bon sergent !

L'autre eut un mouvement de tout le corps en avant. Déjà son bras levait son arme. Mais le prêtre ne broncha pas. Le combat se livra en silence, dans l'immobilité la plus parfaite. L'empoignade des regards dura peut-être une minute au terme de laquelle, baissant les yeux, le sergent s'en fut replacer son arquebuse où il l'avait prise, en grognant :

— C'est pas la peine de discuter. Vous avez tout le monde avec vous... D'ailleurs, je suis pas là pour chasser les loups.

— Allons, dit le prêtre d'une voix qui avait retrouvé tout son calme, le temps de manger la soupe, et le jour sera là.

Colin Huffel alla chercher une marmite de bouillie d'orge qu'ils firent tiédir à la flamme et dont ils mangèrent chacun une écuellée. Lorsqu'ils eurent terminé, le prêtre ouvrit la porte et dit :

— On y voit assez pour décharger la voiture.

Ils sortirent. La bise apaisée, le seul bruit était la rumeur des baraques, faite de râles et de plaintes beaucoup plus que de cris, comme si la nuit, en passant, eût calmé les douleurs ou emporté les forces.

Le ciel toujours couvert pesait bas, mais, à l'est, une lueur d'eau trouble commençait à couler qui avançait lentement sur la terre, ménageant les forêts qui retenaient encore une ombre terne et verdâtre. Des roux se devinaient du côté des feuillus. Des prés où rampaient les murettes de pierre, où s'accroupissaient les buissons aux contours encore flous, transpirait une buée du même gris que le ciel. Mathieu constata que le lieu où se trouvaient les baraques n'était pas un plateau, comme il l'avait cru en arrivant, mais une cuvette assez étroite, aux bords à peine relevés. S'il n'avait jamais vu ce coin du pays, c'est que nulle route ne le traversait. Celle qu'ils avaient empruntée la veille, il l'avait suivie souvent, dans sa première partie, pour se rendre à Clucy et, plus loin, au bois des Ambousseaux, mais jamais il n'avait pris à gauche ce chemin qui ne conduit qu'à la Beline. Il examina tout cela d'un œil inquiet, comme s'il eût découvert un continent lointain, appartenant à un univers étranger aux hommes. Il s'éloigna de quelques pas et, dès qu'il eut passé l'angle de la baraque, son regard tomba sur les deux chevaux immobiles dans l'angle de leur enclos. Il s'approcha, les caressa tous deux et leur parla un peu. Puis, découvrant sur la droite, une petite meule de foin, il en arracha quelques fourchées qu'il passa par-dessus la palissade. Ce geste retrouvé, la vie et l'odeur des bêtes le réchauffèrent et donnèrent un coup de fouet à son sang.

Lorsqu'il revint, il vit que les autres auxquels s'étaient jointes les deux femmes, étaient rassemblés à vingt pas de là. Il les rejoignit. Tous regardaient un corps roulé dans un drap déchiré. Des lambeaux de vêtements et de chair sortaient par les accrocs. Le visage avait été dévoré et les os pointaient.

L'ensevelisseuse et le barbier dissimulèrent les plaies tant bien que mal en tirant sur le drap, et le Père Boissy qui venait de réciter une prière, dit :

— Je ne veux plus voir de pareilles choses. Les morts seront enterrés tous les jours. Pour ceux qui mourront à la tombée de la nuit, il faudra les placer dans un enclos où les bêtes ne puissent pas entrer.

— Il n'y en a pas, dit le barbier.

— Eh bien, nous en construirons un. Il n'y a pas besoin qu'il soit bien grand. Et ce ne sont pas les forêts qui manquent, pour se procurer des matériaux.

Il fit un geste en direction d'une colline boisée qui émergeait du brouillard.

Ils déchargèrent dix sacs de blé moulu, deux sacs d'orge, deux fûts de vin qu'ils mirent sous un petit abri sans porte qui prolongeait la baraque de garde.

— Qui est responsable des vivres ? demanda le prêtre.

— C'est moi, dit Ercilie Maclot.

Le prêtre eut un regard en direction du sergent, puis il dit :

— Il faut faire là une porte qui ferme bien. S'il n'y avait que les vivres, passe encore, mais la boisson, c'est autre chose. En attendant, je demanderai à Guyon et à Huffel d'y coucher. Nous serons plus tranquilles.

Mathieu remarqua que le sergent évitait de regarder le prêtre. Il avait aidé au déchargement, et, à présent, il se tenait adossé à la baraque, les bras croisés, la tête baissée. Le Père Boissy demanda au barbier s'il avait des soins urgents à donner.

— Je vais visiter les malades, dit l'homme, et je fais ce qu'il y a à faire à mesure.

Le prêtre parut réfléchir un moment, puis il déclara :

— Je ne veux pas que ces morts demeurent ici plus longtemps. Ce n'est bon ni pour eux ni pour les vivants. Nous allons tout de suite les mettre sur une voiture. Guyon et Huffel partiront avec et commenceront de creuser. J'irai les rejoindre pour la mise en terre. En attendant, je veux visiter les malades.

Mathieu et le rouquin allèrent chercher le cheval qu'ils attelèrent à la charrette des morts surmontée d'arceaux de bois portant une lourde bâche noire qui la recouvrait entièrement. Au-dessus du siège du cocher, à une potence de fer, était suspendue une cloche dont le battant avait été enveloppé de toile.

— Nous avons décidé de faire ainsi, avec votre prédécesseur, dit le barbier en s'adressant au Père Boissy. Nous n'avons pas osé enlever la cloche, c'est la règle qu'il y en ait une sur le char des morts de la peste, mais ici, ça ne sert à rien. Personne ne risque de se trouver sur le passage de l'attelage. Et cette cloche effrayait un peu plus les malades.

— Vous avez bien fait, dit le Père.

Ils chargèrent d'abord le corps de l'enterreur Jarosseau. Antoinette Brenot s'était hissée sous la bâche et, lorsque les hommes levèrent le mort à hauteur du plancher, elle le tira par les pieds. Mathieu fut surpris que cette jeune femme plutôt mince eût tant de force. Comme le mouvement avait déplacé le drap, les plaies du visage réapparurent auxquelles de grosses mouches s'étaient collées. Au milieu des chairs noires, les os paraissaient d'une blancheur insolite.

— C'est terrible, qu'il y ait encore tant de mouches, dit le Jésuite.

— Il n'y a pas eu de grosses gelées, remarqua la nourrice. C'est normal.

La jeune femme, lorsqu'elle eut tiré le corps tout au fond, arrangea de nouveau le drap, chassant les mouches à grands gestes. Il y avait, sous la bâche, un bourdonnement constant. Mathieu regardait cette femme, à la fois écœuré et plein d'admiration. Comme il ne bougeait pas, ce fut Colin qui prit le cheval par la bride, et le char, cahotant dans les ornières et les flaques, gagna l'autre bout du village des loges où les corps étaient alignés entre deux baraques. Plusieurs avaient également été attaqués par les bêtes. Celui qu'ils avaient sorti dans la nuit et laissé près de la porte était le plus touché. Il avait été presque entièrement dépouillé de son linceul. Le visage n'avait plus de forme, et, lorsqu'ils le prirent pour l'ensevelir à nouveau, ils constatèrent qu'un bras avait été arraché.

— Ce n'est pas la peine de le chercher, dit le barbier. Ils l'ont emporté loin.

Sans maugréer, le sergent avait aidé à ce travail.

— Vous voyez, lui dit le prêtre, si vous aviez eu le courage de les enterrer, ça ne serait pas arrivé.

— J'en ai enterré deux quand Jarosseau est tombé malade, mais c'est pas mon métier.

— Est-ce que vous croyez que c'est le nôtre ! lança le prêtre en le fixant durement.

— Celui-là, répliqua l'homme d'armes en détournant les yeux, ça aurait rien changé, puisqu'il est mort cette nuit.

— C'est vrai. Et c'est bien pourquoi il faut faire un enclos.

Le chargement étant terminé, la jeune femme demanda :

— Est-ce que je vais avec eux ?

— Oui, dit le prêtre, je vous rejoindrai.

Elle s'assit au cul du char, jambes pendantes et le dos tourné aux morts.

— Vous ne voulez pas monter sur le siège ? demanda Guyon.

Elle semblait insensible aussi bien à l'odeur qu'à ces énormes mouches bleues qui tourbillonnaient autour d'elle, se posant parfois sur ses mains et son visage. Les deux hommes partirent à l'avant. Guyon prit le bridon, ce qui était naturel puisqu'il était charretier de son métier, et ils suivirent le chemin par lequel ils étaient arrivés la veille.

— Est-ce que c'est loin ? demanda Guyon.

— C'est sur la gauche, après le bois. Un peu retiré du passage.

Ils sortirent d'entre les loges, marchèrent un moment, puis la femme cria :

— Ho !

Mathieu arrêta le cheval, Antoinette sauta à terre et les rejoignit.

— Je vais marcher avec vous, fit-elle, ils veulent pas se sauver.

Ils reprirent leur avance au pas du cheval qui allait seul. Le rouquin était devant, et son corps trapu se dandinait de gauche à droite. Il portait un chapeau de feutre qui avait dû être gris mais auquel la sueur avait donné une couleur d'herbe pourrie. A cause du cou très court, le chapeau semblait posé en équilibre sur les épaules massives. La femme se tenait à côté de Guyon qui donnait de petits claquements de langue pour encourager le cheval.

— Faut que je te demande, dit la femme. Ton Jésuite, tu le connais bien ?

— Pas tellement. On est montés ensemble, c'est tout.

Elle réfléchit le temps d'une dizaine de pas, puis elle reprit :

— Je te demande ça, parce que le prêtre qui était avant lui, c'était pas un mauvais homme, mais il voyait de la sorcellerie partout. Moi, à cause de ma mère qui guérissait les maux, je sais des choses.

Elle fouilla dans son corsage, en retira quelques feuilles racornies suspendues à son cou par une tresse bleue, et elle reprit :

— C'est du gui. Tu vois, ça fait deux mois que je suis là et que je tripote les morts et les malades. Je l'ai coupé en montant ici. C'était pourtant pas encore la bonne saison. Mais tu vois, tous les autres qui étaient là à ce moment-là sont morts depuis longtemps. Moi, je risque rien.

Elle rentra le gui fané et referma son corsage où Mathieu avait pu deviner des seins blancs et fermes.

— Alors, poursuivit-elle, c'est ça qui peut guérir tout le monde. Mais le barbier, il croit qu'à sa lancette et à ses remèdes à lui... C'est la bonne saison pour le couper, le gui, les baies sont justes à maturité.

— Ce n'est pas difficile, observa Mathieu en regardant du côté du bois où quelques arbres portaient d'énormes boules.

— Non, fit-elle. Le meilleur, c'est sur les pommiers qu'il vient. La preuve, le mien, je l'ai pris sur un pommier. Et il est encore meilleur si on le coupe à la lune. Il en faudrait quatre ou cinq grosses boules. Qu'on puisse en mettre à la porte de toutes les loges. Ça repousse bien le venin de la peste.

— Et alors ?

— Alors, faudrait que tu descendes le chercher avec Colin. Il y a des pommiers qui en sont pleins tout près de la route de Bracon.

— Je sais, je les connais.

— Tu entends, Colin, cria-t-elle.

Le rouquin se retourna pour dire, toujours de sa même voix :

— J'ai entendu. Je suis pas sourd. S'il veut descendre, j'irai avec lui. Mais je t'ai déjà dit : Je veux pas y aller seul.

— Je t'avais dit que j'irais avec toi, fit-elle.

— Je sais. Mais t'es une femme.

Elle se contenta de hausser les épaules et de faire de la main un geste qui signifiait que le rouquin n'avait pas toute sa raison. Puis, s'approchant de Mathieu, à voix basse elle dit :

— J'aimerais bien qu'il y soit. Si c'est un simple d'esprit qui coupe le gui, c'est encore bien meilleur.

— Faudrait voir ça avec le Père...

Mathieu ne put terminer. L'ensevelisseuse lui empoigna le bras et le secoua d'un geste agacé en lançant :

— Tu n'es pas un peu fou, des fois ? Un religieux ! Mais il crierait : sorcellerie ! Il serait furieux. Je les connais, ces gens-là, ils ont condamné une femme de Lons-le-Saunier au bûcher il n'y a pas tellement longtemps... Je le sais, ma mère la connaissait bien. Je n'ai pas envie de finir mes jours sur un tas de fagots. Non non, au contraire, faut y aller sans rien dire à personne, et savoir tenir sa langue.

Le charretier réfléchit un moment. Il s'était parfois moqué des croyances naïves de certains paysans qui n'avaient pas, comme lui, voyagé et appris des choses au contact des gens de la ville. Et puis, le regard du Jésuite était là, terriblement présent.

— Le gui, remarqua-t-il, le Père le verra bien, si tu le pends à la porte des loges.

Elle eut un petit rire nerveux.

— Bien sûr, fit-elle, mais ça peut agir très vite. Il suffira de tenir une journée sans révéler qui l'a apporté. Et quand ton religieux verra tous les malades guéris, il sera bien obligé de reconnaître le fait. C'est un curé, mais tout de même, il n'a pas l'air borné comme celui qu'on avait avant lui et que le mal a fini par emporter. Tu comprends, s'il est moins bête que l'autre, il peut fermer les yeux sur certaines choses ou tout au moins ne pas hurler au sorcier. Mais de là à lui demander son avis, il y a de la marge.

Mathieu ne répondit pas. Il pensait aux gens de son village qu'il avait si souvent entendu parler des remèdes interdits par les prêtres. Lors de la première peste, sa mère lui avait fait porter sur la poitrine le cœur d'une taupe enveloppé de feuilles de chélidoine. Il revoyait fort bien la brave femme revenant du jardin avec la taupe qu'elle avait ouverte toute vive sur la table de la cuisine. L'odeur même de ce cœur minuscule qui avait pourri contre sa peau dans son écrin de feuilles lui revint un instant avec la voix de sa mère disant :

— Surtout, ne le montre jamais à Monsieur le Curé. Il nous accuserait de sorcellerie.

Est-ce que cette ensevelisseuse était plus dangereuse que les autres ? Elle semblait connaître beaucoup plus de secrets que la mère de Mathieu, et, en tout cas, elle en parlait sur un autre ton.

Ils marchèrent un moment, s'appliquant à éviter

les flaques d'un bas-fond bourbeux, puis le charretier se décida à demander :

— N'es-tu pas croyante ? Je t'ai vue prier avec nous, tout à l'heure.

— Bien sûr que je le suis. Mais ça n'empêche rien. Ma mère l'était, et pourtant, elle guérissait tous les maux. Même qu'on venait la chercher de loin pour les malades que les médecins abandonnaient.

— Elle ne t'a pas appris ?

La jeune femme le regarda, le visage soudain empreint de gravité et les yeux luisants, puis, ayant réfléchi, elle baissa la tête pour murmurer :

— Elle avait commencé de le faire, mais ça ne s'apprend pas en quelques jours. Il y faut des saisons... Et les reîtres de Saxe-Weimar l'ont assassinée sur la route, entre Cernans et Salins, au printemps.

Elle parut hésiter, regarda en direction du rouquin qui allait son pas sans se soucier d'eux. Cependant, tirant Mathieu à l'écart, elle l'obligea à rester en arrière de quelques pas. Une fois à hauteur du train avant du char, elle dit à voix couverte :

— Toi, t'es intelligent, ça se voit. Et si tu me jures de rien dire au curé, je vais te confier quelque chose que personne ne sait. Personne, t'entends.

Mathieu jura, puis, après avoir encore hésité, la femme demanda :

— Tu sais de quoi il est mort, Saxe-Weimar ?

— Ma foi, on dit que c'est de la peste.

— C'est vrai. Et c'était quelques semaines après la mort de ma pauvre mère.

Mathieu avait peur de comprendre. Soudain, cette femme l'inquiétait. Depuis qu'elle avait évoqué le souvenir de sa mère, ses yeux sombres s'éclairaient d'une lueur qui faisait penser aux gours profonds quand ils sont vernis de lune.

— Et alors ? demanda le charretier un peu malgré lui.

— Quand je disais à la sainte femme, que ce n'était pas prudent de courir les routes par temps de guerre, elle me répondait qu'on ne pouvait pas laisser mourir les gens sans les soigner. Et un jour, elle m'a dit : « Si un soldat portait la main sur moi, tu peux être certaine qu'il mourrait de mauvaise façon et dans les pires souffrances... » Tu comprends ? Saxe-Weimar, il l'a fait tuer, mais elle, avant de mourir, elle a eu le temps de lui donner le mal qu'elle venait de soigner.

Ils allongèrent le pas pour se porter de nouveau devant le cheval et marcher à l'aise au milieu du chemin. Il y eut un long silence, avec, derrière eux, le souffle de la bête et le grincement de la charrette dont la carcasse couinait sans cesse. Des mouches sortaient de dessous la bâche et venaient tourbillonner autour d'eux. Malgré le ciel ouvert, il faisait chaud pour la saison, mais ce n'était pas seulement à cause de l'air un peu lourd que le charretier était soudain trempé de transpiration.

A présent, il fuyait le regard de cette femme, cherchant à s'accrocher à celui du Père Boissy qu'il ne retrouvait déjà plus aussi aisément que tout à l'heure.

Un long moment passa, puis, comme le rouquin obliquait à la corne du bois, la femme demanda au charretier :

— Alors, tu viendras chercher le gui ?

Mathieu avala sa salive, respira un coup, puis, sans regarder la femme, il grogna :

— Oui, j'irai.

8

Lorsqu'ils arrivèrent en vue du pré où l'on enterrait, le rouquin se mit à crier :

— Bon Dieu de bon Dieu, là aussi les bêtes sont venues !

Laissant le cheval avancer seul, ils obliquèrent vers un tas de terre fraîchement remuée. Ils en étaient à moins de vingt pas lorsqu'une trentaine de choucas et quelques corbeaux freux s'envolèrent dans un vacarme de cris et de battements d'ailes. Deux corps étaient à moitié sortis du sol et en partie dévorés.

— C'est les deux que le sergent est venu enterrer, dit Antoinette Brenot. Ce salaud-là n'a pas creusé bien profond. Je n'ai pas souvent rencontré pareil fainéant. Les loups y sont venus la nuit et ces oiseaux de malheur finissent la besogne.

— Qu'est-ce qu'on va faire ? demanda le vacher.

— On les mettra avec ceux qu'on amène, dit-elle. Mais faut faire une grande fosse. Et profonde, hein !

Les deux hommes délimitèrent l'emplacement à côté des tertres les plus frais, puis ils se mirent à creuser. Le sol était assez meuble, mais une fois enlevée la première couche où l'herbe plongeait ses filasses, ils commencèrent à trouver des pierres sur lesquelles les pioches sonnaient. Antoinette s'était agenouillée près du tas de mottes d'où elle retirait quelques racines. Mathieu s'approcha et demanda :

— Qu'est-ce que tu veux faire, avec ces racines de fouillotte ?

— C'est de la fouillotte, si tu veux. Ce qui donne la grande oseille sauvage. Mais ma mère l'appelait la bistorte, la serpentaire rouge, quoi. La peste, elle la guérissait avec ça, et avec de la cendre de genêt mêlée au vin. Mais les genêts, faudrait monter les chercher plus haut, et c'est à la fleur qu'il faut les arracher, alors, on en est loin.

— Je croyais qu'avec le gui, tu étais sûre que ça ferait.

Elle le fixa durement, et, sans presque remuer ses lèvres minces, elle siffla :

— Le gui, je le tiens pas encore.

Le charretier retourna à sa tâche, la laissant cacher sa récolte sous le siège de la voiture.

Ils travaillèrent à peu près deux heures dans le matin gris et calme où le jour grandissait sans qu'il y parût, lentement, dans une espèce de reptation invisible où les écharpes de brume se dissolvaient imperceptiblement. Autour d'eux, c'était le calme infini que troublait seulement le tchia aigu des choucas et le croassement plus grave des corbeaux. Les oiseaux ne s'étaient pas éloignés beaucoup. Perchés dans le bois, ils venaient tournoyer au-dessus des hommes, piquant parfois vers les tombes comme pour s'assurer que les corps étaient toujours là. Lorsque l'un d'eux s'enhardissait à venir se poser sur la voiture, le rouquin ramassait une motte de terre qu'il lançait sur la bâche en hurlant des insultes. Et, chaque fois, il répétait :

— Sur mon village, les Français étaient pas encore partis que le ciel en était déjà tout noir. Ces bestioles, ça sent la mort à des lieues et des lieues.

Lorsque le prêtre arriva, la fosse était à peu près aux deux tiers.

— Colin, dit-il, il faut aller chercher les malades. Je finirai avec Guyon.

Le vacher regarda le Père Boissy avec étonnement.

— C'est vous qui voulez creuser ? fit-il.

— Oui, dit le prêtre, qu'y a-t-il d'étonnant à cela ?

L'autre ne put répondre. Il se hissa hors de la fosse, essuya ses mains terreuses à son pantalon et s'éloigna de son pas cahotant. Le prêtre sauta dans le trou à côté du charretier et empoigna une pelle. Guyon allait parler lorsque la femme dit :

— C'est pas du travail pour un curé.

— Et ensevelir les morts, est-ce un travail pour vous ?

Elle ne répondit pas et s'éloigna, chassant les choucas du geste et de la voix.

Le prêtre n'avait rien dit en découvrant les deux cadavres mutilés. Il ne dit rien non plus lorsqu'il fallut en descendre les débris au fond de la fosse. A eux trois, ils sortirent les morts de la voiture et les portèrent en terre. L'odeur était de plus en plus forte et les mouches, par milliers, bourdonnaient sans arrêt autour d'eux. Sans doute attirés par l'odeur qui s'élevait des corps remués, les oiseaux plus nombreux volaient de plus en plus bas et leurs cris incessants assourdissaient.

La femme aida les deux hommes à reboucher la fosse. Le jour avait grandi derrière son voile gris. Une espèce de lumière fatigante et chaude était venue, qui pesait sur eux, rendant plus pénible encore le travail. Les visages ruisselaient. Ils besognaient sans mot dire, avec des hans à chaque pelletée.

Le père attendit qu'une bonne couche de terre fût étendue sur les corps pour revêtir son étole et dire les prières. A présent que les mouches ne pouvaient plus atteindre les morts, elles s'en prenaient aux vivants et le cheval qui en était couvert n'arrêtait plus de tiquer et de s'ébrouer en piaffant. Il fallut le dételer pour éviter qu'il ne s'embarre, et le lâcher dans le pré où il s'en fut au petit trop en direction du bois.

Aux choucas, s'étaient mêlés un épervier et deux buses. Il y eut une bataille bruyante qui éloigna tout le vol un moment, mais les grands rapaces renoncèrent, fuyant devant la multitude vers les hauteurs de grisaille lumineuse, et les oiseaux noirs revinrent, plus excités que jamais.

La femme et les deux hommes achevèrent leur tâche vers le milieu du jour, puis ils revinrent tous trois sur le siège de la voiture, serrés l'un contre l'autre, pareillement trempés de sueur, assoiffés et sans forces.

Le reste de la journée parut interminable à Mathieu que le prêtre entraîna avec lui dans toutes les loges pour qu'il l'aide à déplacer les malades, à les nettoyer et à donner des soins. Les malades eux-mêmes paraissaient surpris de voir un homme venu pour s'occuper des âmes et qui semblait se soucier surtout de sauver des vies et d'atténuer des souffrances.

— Si tout était plus propre, disait le prêtre, je suis persuadé que la maladie aurait la partie moins belle.

Colin et Guyon durent ensuite aider la grosse nourrice à éplucher des raves.

Le vacher avait remonté cinq nouveaux malades, et, profitant qu'il se trouvait seul avec Mathieu, il expliqua :

— J'ai vu les pommiers. Je descends chercher les malades pas loin de ce verger. Les ramasseurs de Salins me les amènent à peu près à cet endroit. J'ai bien regardé, le gui est pas difficile à cueillir.

— Tu y crois, à ces choses ?

L'autre hésita, regarda autour de lui pour s'assurer qu'on ne pouvait l'entendre, puis il expliqua :

— A Alièze, autrefois, il y avait un vieux que le curé avait chassé de la paroisse. Il le disait sorcier. Le vieux vivait dans une hutte, au milieu du bois du Crotard. Les gens lui portaient à manger en cachette. Et lui, il soignait tout avec le gui. Il disait que c'était la plante de vie. Alors moi, tu comprends, le gui, je voudrais bien en avoir au moins un peu à mettre à mon cou pour me protéger.

Ils n'en parlèrent plus.

La nuit venue, ils mangèrent du pain, une rave cuite à l'eau et chacun une galette d'orge et d'oignon que la nourrice avait pétrie longuement. Le barbier affirmait que l'oignon chassait les miasmes et rendait l'organisme plus résistant.

Ensuite, le rouquin et le charretier gagnèrent l'appentis aux vivres où ils avaient porté de la paille pour se coucher. Le temps était toujours calme, mais le soir avait ramené un peu de fraîcheur qui rampait au ras du sol et entrait jusque sous l'abri. Mathieu écoutait gémir cette nuit. Il savait que l'ensevelisseuse allait venir les chercher, et, à mesure que le temps passait, une peur s'installait en lui qui n'était pas celle des dangers que présentait cette sortie nocturne en un lieu si proche de Salins. Il savait que les gardes veillaient non loin de ce verger, il savait que d'autres effectuaient des rondes pour surprendre les rôdeurs qui pillaient les maisons abandonnées par les pestiférés, mais ce n'était pas un coup d'arquebuse qu'il redoutait. Quelque chose d'indéfinissable l'inquiétait chez cette femme qui semblait connaître des secrets, qui se disait croyante et qui, pourtant, se méfiait du Jésuite comme l'eût fait Satan en personne.

Le vacher dormait déjà et Mathieu envia un moment cet être qui ne se posait guère de questions et vivait un peu comme un bon cheval de somme. Puis il pensa au prêtre. En réalité, le regard de source était toujours présent, même lorsque le charretier s'efforçait d'évoquer d'autres personnes. Silencieux, mais présent, à la fois dispensateur de calme et de trouble, plein d'intentions qui demeuraient mystérieuses.

Il y avait peut-être une heure que les deux hommes étaient couchés, lorsque le pas à peine perceptible d'Antoinette Brenot approcha. Le ciel toujours voilé était plein d'une clarté qui diffusait une lumière sans ombre, mais la silhouette s'inscrivit bien nette dans l'encadrement de la porte. A voix basse, la femme demanda :

— Vous dormez ?

— Attends, dit Mathieu, je réveille Colin.

Il secoua l'ancien vacher qui se souleva sur un coude en grognant :

— Quoi, quoi, qu'est-ce qu'il y a ?

— Tais-toi. C'est l'Antoinette qui vient nous chercher.

L'autre mit un moment à se souvenir de leur

projet. Il se leva pourtant, enfila ses sabots et sortit derrière Mathieu.

— Tu vas pas venir en sabots, fit la femme.

— Moi ? Mais j'ai jamais mis autre chose...

— Je vais te trouver des souliers d'un malade.

— Pour quoi faire ?

— Que tu fasses moins de bruit et que tu puisses courir s'il faut s'ensauver.

— T'inquiète pas. Quand il faudra, je les ôterai. Mais moi, je peux pas mettre autre chose.

Il quitta ses sabots qu'il prit à la main, et ils sortirent du village des loges sans emprunter le chemin, piquant droit sur le bois.

La lune devait être à son plein derrière cette immense nuée uniforme qui tendait une voûte lumineuse d'un bord à l'autre de la terre. Lorsqu'ils se furent éloignés des loges, Mathieu demanda :

— Quel chemin veux-tu qu'on prenne ?

— Pas de chemin du tout. On tire droit dessus.

— Mais il y a les falaises ?

— T'inquiète pas, elles sont sur notre droite.

Elle se mit à rire et ajouta :

— Toi, le charretier, t'es un homme de chemins, c'est normal, mais moi, on m'a toujours enseigné à les éviter.

Mathieu n'osa pas demander pourquoi. A présent, il redoutait d'en apprendre davantage sur cette créature. Il allait derrière elle, et le rouquin pieds nus, silencieux comme une ombre d'oiseau, fermait la marche. Tout en cheminant, Mathieu observait cette forme jeune, à la démarche souple, aux hanches et à la taille bien prises et qui, par moments, lui semblait faite pour s'envoler loin d'ici. Il se souvenait de l'avoir vue s'occuper des morts et demeurait étonné qu'elle pût accomplir cette besogne de toilette et d'ensevelissement exactement comme elle eût manié l'aiguille ou le rouet. La mort semblait être un domaine où elle se trouvait aussi à l'aise que dans l'univers des vivants.

Dès qu'ils eurent atteint les premiers chênes, Colin remit ses sabots en disant :

— La terre s'est refroidie. Ça annonce de la neige. Je ne dis pas pour demain, mais d'ici deux ou trois jours.

La forêt qui était surtout plantée de charmilles et de chênes portait encore une épaisse toison de feuilles rousses et faisait écran à la lumière. Les ombres sans contour précis s'étiraient, se dressaient, tendait des pièges impalpables. Mais la femme allait bon train, sans jamais marquer la moindre hésitation.

Lorsqu'ils atteignirent la déclivité, elle se mit à descendre en biais, suivant la base d'un rocher en surplomb qui tenait cette partie du bois dans l'obscurité. Lorsqu'elle atteignit le pied de la roche, elle s'arrêta :

— Seigneur Dieu ! fit-elle. Les Français sont encore sur la plaine !

Mathieu dépassa la roche, et, aussitôt, son regard se porta vers le débouché de la vallée. Très loin, pareils à autant de brandons noyés sous le brouillard auquel se mêlait leur fumée, il compta sept foyers. Chaque point de lumière palpitant sur la plaine invisible devait être un village en feu.

— Il y a sûrement Mouchard, dit la femme.

— Mais non, observa le charretier, c'est pas possible. Je vois pas ce qui pourrait encore brûler à Mouchard. Tu sais bien que ça fait deux ans qu'il n'y a plus que des ruines. Le jour que les Français y ont foutu le feu, j'étais justement à Aiglepierre.

C'était les derniers temps qu'on charriait du charbon pour les salines. J'étais en train de charger. J'ai laissé la voiture, j'ai dételé mes bêtes et on a tous foutu le camp se cacher dans la forêt. D'où on était, on entendait les coups de feu et on sentait l'odeur de l'incendie. On est restés quatre jours sans oser redescendre au village... Plus de cent personnes, qu'ils ont fait griller, ces salauds-là.

Il tentait de se repérer, mais la brume était comme une mer au pied des montagnes. Elle cachait les chemins et modifiait les distances.

— Ça pourrait bien être Pagnoz, dit-il... Et Onay... Et Certémery... Peut-être Villers-Farlay, Ecleux et aussi Molamboz.

A mesure qu'il énumérait ces villages, il les revoyait tels qu'il les avait connus au cours de ses voiturages. Le visage et le nom des gens avec qui il avait travaillé lui revenaient également. Ces gens-là vivaient-ils encore ? Etaient-ils en train de hurler, enfermés dans leurs demeures en flammes ? Il avait plusieurs fois passé la nuit avec une servante d'auberge à Villers-Farlay. Elle était grande et blonde avec de beaux seins un peu lourds. L'image de cette fille nue dans les flammes et cherchant à se protéger les seins s'imposa si fort à lui qu'il grogna :

— Annette... bon Dieu, Annette.

— Qu'est-ce que tu dis ? demanda Antoinette.

— Rien, fit-il... Rien. Je pense à ces gens. C'est tout... Et que nous on est là, à regarder, et qu'on peut rien faire.

— Quand ils ont tué ma mère, dit l'ensevelisseuse, ils ont aussi jeté son corps dans une ferme qui brûlait.

Sa phrase se termina par un sanglot qu'elle parvint mal à étouffer, puis ils restèrent en silence, un long moment, presque surpris de ne pas entendre le crépitement des incendies et les hurlements des mourants.

L'ancien vacher regardait également. De loin en loin, il émettait une espèce de grognement, puis il disait entre ses dents :

— Comme chez moi... Tout pareil... Tout pareil... Et je sais comme ça fait... Tous ceux qui essaient de s'ensauver, pan, on les tue !

Ils se déplacèrent vers la droite, et, sous la brume, juste en dessous d'eux, apparurent quelques lueurs plus proches.

— Vous voyez, dit le rouquin, là en bas, ça brûle aussi.

— Mais non, dit Antoinette, ce sont les portes de Salins. Il y a des gardes qui font des feux de genévriers pour chasser les miasmes.

Le visage du vacher reflétait une immense frayeur. Ses lèvres tremblaient. Des gouttes de sueur s'accrochaient à ses sourcils épais avant de tomber sur sa barbe comme des perles de lune. Peut-être un peu à cause de la lumière, il y avait dans ce visage luisant quelque chose d'inhumain. Comme les autres le regardaient sans oser parler, il bredouilla :

— Moi, je descends pas... Les Français, vous savez pas ce que c'est... Je descends pas...

Sa voix étranglée semblait remuer un flot de glaires.

— Tu vas pas t'en aller, dit Antoinette. On a besoin de toi.

— M'en fous... Tu sais pas ce que c'est... Tu peux pas savoir... Venez... Venez... Faut pas descendre.

L'ensevelisseuse tenta encore de le calmer.

— Tu sais bien qu'ils n'attaqueront pas Salins. Il

y a de trop fortes défenses... Et puis, tu sais, s'ils prenaient la ville, ils prendraient aussi les loges.

— Non, les loges, ils y touchent jamais. Le barbier me l'a dit... Même que c'est pour ça que j'y reste. Moi, j'ai pas été désigné. Les loges, ils y vont pas. Ils ont peur de la peste.

Il semblait avoir recouvré un peu de calme. Il hésita puis, faisant demi-tour, il commença à remonter. La femme ébaucha un mouvement pour le retenir, mais Mathieu la prit par le bras et la contraignit à rester près de lui.

— Laisse-le aller, dit-il. Avec une peur pareille, il ferait que des bourdes.

Il sentit le bras nerveux de l'ensevelisseuse se détendre sous sa poigne. Alors qu'il la lâchait, ce fut elle qui lui prit le poignet en murmurant :

— Tu as raison... On n'a pas besoin de ce pauvre diable.

Puis, se tournant vers le haut, elle cria :

— Colin, pense d'enlever tes sabots en sortant du bois. Va pas réveiller les autres !

— J'y penserai.

Ils entendirent décroître dans la montée son souffle qui était comme un grognement de bête. Puis le silence revint, épais, avec le froid qui se hissait des bas-fonds où le brouillard, de plus en plus dense, estompait peu à peu les foyers de la guerre.

— Celui-là, dit Antoinette, il est comme le sergent, il a moins peur de la peste que des Français !

9

A mesure que le brouillard se faisait plus épais, la lumière laiteuse qui baignait cette nuit semblait augmenter. Elle ne venait plus du ciel, mais montait de la vallée noyée, se coulait entre les arbres et inondait lentement la forêt. Antoinette allait toujours devant, descendant en zigzag, évitant de poser les pieds sur des morceaux de roches branlants, s'arrêtant de loin en loin pour tendre l'oreille.

Silence. Tout était enveloppé, comme bâillonné par cette blancheur.

Ils atteignirent enfin le chemin que Mathieu et le prêtre avaient emprunté pour monter sur la Beline, et, avant de dévaler le talus qui le dominait, ils demeurèrent un long moment accroupis, le cœur battant.

Ici, le brouillard beaucoup plus épais avait changé d'odeur. Et Mathieu le respira à petits coups, le goûta, puis murmura :

— On doit pas être loin des portes. Ce qu'on sent, c'est la fumée de genévrier... Tu vois où on est ?

— Bien sûr. Il nous reste pas plus de cent pas à faire sur le chemin pour être aux pommiers.

— S'il y avait une patrouille, on la verrait même pas venir.

— Non, fit-elle en collant sa bouche contre l'oreille de Mathieu, mais on l'entendrait. Et il suffirait d'être à dix pas pour qu'on ne puisse pas nous voir... Allez, viens. On pouvait pas souhaiter meilleur temps.

Mathieu la suivit. La chaleur de son souffle contre sa joue tandis qu'elle lui parlait l'avait troublé profondément. Il avait également senti sa main se crisper sur son bras, et, sans savoir pourquoi, il pensait à présent à des serres de rapace. Ils marchaient de front, mais, s'appliquant à ne pas faire de bruit, ils suivirent les bordures herbeuses si bien qu'ils se trouvaient séparés par toute la largeur du chemin. De temps en temps, Mathieu tournait la tête à gauche pour observer cette forme que la lumière irréelle métamorphosait. Ce silence même où ils se déplaçaient, ce cercle qui avançait avec eux et découvrait un à un les buissons aux formes inquiétantes, cette odeur du brouillard et les quelques mouvements très lents qu'il accomplissait, tout cela ajoutait au mystère et fouettait la peur.

Chaque fois que la femme s'arrêtait et s'accroupissait pour écouter, Mathieu l'imitait.

Peu à peu, dans ce silence, il se fit comme un murmure, ou, plus exactement, le piétinement de centaines d'oiseaux. Intrigué, Mathieu comprit vite que c'était là le bruit des gouttes qui tombaient des arbres et des buissons sur ce sol de terre et de feuilles mortes.

Bientôt, la femme lui fit signe de traverser le chemin. Il la rejoignit en deux grands pas, et le léger crissement que sa semelle ferrée fit en se posant sur la chaussée empierrée parut énorme. Ils attendirent, puis, comme rien ne remuait, ils descendirent dans le pré en contrebas où les squelettes des arbres tordus et parfois inclinés semblaient ébaucher une danse étrange et d'une infinie lenteur. Un feu devait être allumé assez près d'ici, car l'odeur du brouillard était âcre, et, à plusieurs reprises, ils perçurent des crépitements. Ils s'approchèrent des pommiers dansants qui portaient à bout de bras et aux naissances des membres, d'énormes boules sombres d'où Mathieu s'attendait à chaque instant à voir s'envoler des oiseaux de mort. Arrêtée au pied du premier arbre, la jeune femme dont le souffle était plus court murmura :

— Si tu peux avoir ces deux boules, ça fera déjà pas mal.

Mathieu scruta encore un instant la blancheur, puis il se suspendit à la plus basse branche. Antoinette l'aida à se rétablir en soulevant ses jambes. Il se hissa ensuite sur une deuxième branche où il put s'asseoir pour tirer son couteau et attaquer la base de la touffe qui s'ébroua, lâchant une pluie de gouttes sonores. Dans ce silence, le moindre bruit prenait une ampleur qui donnait le frisson. Mathieu parvint à détacher la boule entière. Il la laissa tomber et la jeune femme la reçut sans bruit. Le charretier commençait à sentir la sueur ruisseler dans son dos, et pourtant le froid humide était de plus en plus pénétrant. Il respira plusieurs fois profondément pour retrouver son calme et il s'avança à califourchon sur la branche pour atteindre l'autre boule. Il allait tirer son couteau pour l'attaquer, lorsque, dans son dos, il y eut un craquement qui emplit soudain la vallée et parut se heurter aux falaises et aux maisons après avoir couru sur toute la largeur de la ville. La branche descendit lentement, comme si le brouillard l'eût retenue. Avant qu'elle ne s'arrache du tronc. Mathieu avait sauté. Il boula au sol, se releva et souffla :

— Viens.

La jeune femme lui agrippa le bras au moment précis où claquait un coup de mousquet immédiatement suivi d'un autre. L'écho des détonations n'avait pas encore achevé le tour de la vallée que des voix toutes proches crièrent :

— A la garde ! A la garde !

Mathieu voulait s'élancer en direction du chemin, mais la jeune femme le tira vers la bordure du verger où elle le contraignit à s'allonger près d'elle le long de la haie. A présent, il n'entendait plus que le battement de son sang à ses tempes.

Il y eut encore des appels, puis un bruit de pas approchant sur le chemin. Il y eut aussi le cri effrayé et le vol lourd de plusieurs oiseaux qui devaient monter de la forêt. Les pas et les voix d'hommes s'arrêtèrent sur le chemin, à peine plus haut que l'accès au verger.

Ils entendirent nettement une voix qui disait :

— C'est rien du tout, je te dis. Rien du tout. T'as rêvé.

Ils ne purent saisir la réponse, mais les pas reprirent pour s'éloigner en direction de la ville. Ils demeurèrent immobiles, et ce fut là, seulement, que le charretier s'aperçut que la femme était allongée tout contre lui et qu'il la tenait serrée dans son bras gauche. Elle le frôla de ses lèvres pour murmurer :

— Viens. On va continuer de ce côté. On traversera le chemin plus loin.

Elle se leva lentement, et, comme Mathieu laissait glisser son bras le long de son corps, elle lui prit la main, la serra fort puis la garda dans la sienne. Ils firent encore quelques pas en tournant le dos au chemin, puis la femme se mit à genoux, poussa devant elle dans un creux de la haie la boule de gui qu'elle n'avait pas lâchée et disparut. Dès que Mathieu l'eut rejoint, elle lui prit de nouveau la main.

Ils étaient à présent dans une mauvaise pâture toute semée de touffes de joncs. On sentait l'eau à ras du sol spongieux. Bientôt ce sol monta doucement et devint plus ferme. Les joncs disparurent et, du brouillard, émergèrent des buissons puis des arbres en même temps que venait sur eux le crépitement innombrable des gouttes.

Ils s'engagèrent sous le couvert, et la femme s'arrêta pour dire :

— Ici, on craint plus rien. Mais vaut mieux attendre un moment avant de traverser. Des fois qu'ils auraient laissé des hommes sur le chemin.

Mathieu eut envie de dire que cela lui paraissait peu vraisemblable, mais il ne put le faire. Depuis qu'il s'était trouvé si près de ce corps tiède, ce qui se passait en lui était comparable à ce qui l'entourait : un bain de lumière irréelle et opaque.

L'ensevelisseuse lui avait donné à porter la boule de gui qu'il tenait de la main droite, se laissant guider, serrant de sa main gauche celle de la jeune femme qui, chaque fois qu'un claquement de goutte plus fort l'inquiétait, enfonçait ses ongles dans sa paume.

Elle marcha durant quelques minutes comme si elle eût suivi un sentier parfaitement tracé, elle s'arrêta bientôt en haut d'un long mur de pierres sèches.

— Descends le premier, fit-elle en lui prenant le gui.

Il s'allongea sur les pierres puis laissa pendre ses jambes. Il n'eut guère de mal à descendre car le mur était à peu près de sa taille. La femme s'assit au bord, et, sans qu'elle eût à le lui demander, il se planta devant elle et la reçut dans ses bras qu'il garda fermés sur elle après qu'elle eut touché le sol. Elle ne fit rien pour se dégager et renversa la tête pour lui offrir sa bouche qu'il prit presque brutalement. Lorsqu'il la libéra, elle dit :

— Viens.

Elle ramassa le gui et entraîna Mathieu en longeant le mur où s'ouvrit bientôt une cabane de berger dont la voûte de pierre offrait un abri parfait. Ils se baissèrent et firent deux pas avant de s'allonger sur le sol recouvert d'une épaisse couche de feuilles mortes. Très vite et sans un mot, Mathieu fut sur elle.

Jamais il n'avait possédé un animal nerveux et avide comme cette femme. Lorsqu'il eut pris son plaisir, elle le retint en elle. Il y resta un long moment immobile, puis il l'aima encore, avec une sorte de rage qu'il découvrait et qui lui procurait une jouissance nouvelle, profonde, presque douloureuse à certains moments mais qui le laissa étourdi de bonheur.

Ils restèrent enlacés longtemps, écoutant s'égoutter la nuit tout autour de la hutte. Chaque fois que l'un d'eux esquissait le moindre geste, les feuilles mortes froissées emplissaient l'espace trop réduit d'un bruit qui prenait d'étonnantes proportions. Un peu comme un grand feu qui lance une terrible flambée et s'arrête soudain pour refaire ses forces et chercher de quoi se nourrir.

Mathieu se sentait pareil à une bête repue mais qui voudrait manger encore de peur de manquer. Comme sa main recommençait à caresser, Antoinette se défendit :

— Non, fit-elle. On va remonter... Mais attends.

Elle cassa un brin de gui, s'approcha de l'entrée pour profiter de la lumière, et le noua à la cordelette qu'elle portait à son cou. Puis après avoir cherché dans son corsage, elle en tira un bout de lacet auquel elle attacha un autre brin de gui.

— Viens, fit-elle. Je vais te le nouer au cou.

Elle le fit, puis, ayant embrassé le charretier, elle enfonça ses ongles dans ses bras et dit avec une espèce d'accent rageur qui effrayait un peu :

— Tu seras protégé de la peste. C'est sûr. Et tu pourras pas m'oublier.... Tu pourras pas... Jamais.

Elle ramassa la boule, puis, sans plus prendre aucune précaution, elle se mit à courir en direction du chemin. Les jambes un peu lourdes, la tête sonnante, Mathieu la suivit dans cette nuit dont la clarté s'intensifiait à mesure qu'ils grimpaient à travers le bois.

10

Aux deux tiers de la montée, le brouillard s'arrêtait net. Ils en sortirent comme d'un lac dont la surface à peine moutonneuse filait droit vers l'autre rive de la vallée où les falaises et les pentes boisées allongeaient une masse dure. Le ciel était clair et la lune à peine nimbée. De grosses étoiles apparaissaient à travers un voile transparent. Le brouillard qui s'était épaissi ne laissait plus filtrer aucune lueur d'incendie. Le grand calme s'appesantissait sur un pays de paix.

Antoinette et Mathieu s'arrêtèrent pour reprendre haleine. La montée était rude sur ce sol caillouteux où se tissait un entrelacs de racines et de ronces. Ils restèrent un moment à contempler entre les arbres cet océan neigeux. La femme s'était serrée contre le charretier qui la tenait dans son bras, une main sur sa poitrine où il sentait battre son cœur fatigué par l'effort. Se tournant vers lui, elle le regarda dans les yeux et demanda :

— Combien tu crois qu'il reste de temps, avant le jour ?

— Je ne sais pas... Au moins cinq heures.

— Cinq heures à marcher, on pourrait être loin quand ils se lèveront.

— Loin ?

Mathieu n'était pas certain d'avoir bien compris.

— Loin d'ici... En direction de la Savoie, ou du pays de Vaud. Tu es charretier, toi. Tu dois reconnaître les chemins du haut pays.

— Tu voudrais partir ?

Elle n'eut pas un instant d'hésitation.

— Avec toi, dit-elle, je partirais.

Elle lui serra le poignet en y plantant ses ongles et le charretier retrouva aussitôt le malaise qu'il avait déjà éprouvé en sondant ses yeux. A présent, dans l'eau noire de ce regard, la lune semait une poussière de reflets verts pareils à ceux que l'on voit dans les yeux des chats. Mathieu attendit un moment avant de demander :

— Et tu penses qu'on irait loin avant de tomber sur des troupes ?

— Les Gris et les Français ne peuvent pas être partout. Tu as bien vu qu'ils sont sur le bas pays. Dans le haut, on ne peut rencontrer que des Cuanais. Ils ne vont pas nous manger, non !

— Les Français sont en bas aujourd'hui, mais demain, ils peuvent être ailleurs. Ils peuvent nous tomber dessus à tout moment.

— Tu as peur ?

Il soupira et dit :

— Oui.

Elle eut un mauvais ricanement, et, pour échapper à son regard, Mathieu se remit à marcher. Et ce fut aussitôt le regard de source du Père Boissy qu'il retrouva. Il lui sembla qu'il se sentait moins oppressé. Il grimpait en tête, d'un bon pas ferme malgré les pièges du terrain inégal. Derrière lui,

Antoinette devait peiner. Plusieurs fois elle glissa et fit rouler des pierres dont la dégringolade éveillait l'écho de la vallée.

— Fais attention, dit le charretier, tu fais un raffut de tous les diables.

— Arrête-toi, tu vas trop vite.

Ils avaient atteint une partie de la forêt plus clairsemée, juste avant la limite où elle mordait sur le replat. Ici, dominaient les charmes et les chênes encore feuillés, et le charretier fit quelque pas le long de l'arête pour gagner une roche nue d'où il pouvait voir vers le bas. Cette étendue de brume l'attirait. Là-dessous, il y avait une ville que menaçaient la guerre, la peste et la famine. Une ville qui pouvait, demain, être assiégée, investie et brûlée. Et c'était une chose qui paraissait impossible dans ce calme de la nuit.

L'ensevelisseuse le rejoignit et s'assit à côté de lui sur la roche. Elle passa la main sur son front mouillé. Il la regarda et il se sentit pris de remords. Il chercha quelque chose à dire de gentil, mais il ne trouva rien. Il était surpris de l'avoir détestée un moment. Elle l'avait effrayé et pourtant, elle était là, épuisée, tellement fragile qu'il s'étonnait d'avoir redouté il ne savait quoi qu'il avait cru deviner en elle. Après un long silence, il dit doucement :

— Je croyais que tu ne redoutais pas la peste.

Elle eut un haussement d'épaules et, sans se tourner vers lui, d'un ton agacé, elle dit :

— Tu ne comprends rien... Ce pays est foutu. La guerre, la maladie, plus rien à manger, pas de travail. Même si c'était fini demain, il faudrait des années pour que la vie soit possible. Alors, plutôt que de crever de misère ici, autant essayer de faire son trou ailleurs.

Cette fois, le regard du prêtre ne s'imposa pas, mais ce fut Mathieu qui l'interrogea. Et ce fut sa réponse qu'il lança presque durement à Antoinette :

— Et les malades, alors, on les abandonnerait !

La femme se leva d'un bloc et fit quelques pas vers le bois. Comme il la rejoignait, persuadé qu'elle était décidée à regagner les loges sans rien dire, elle se retourna soudain et le contraignit à s'arrêter. Prise d'une espèce de rage qui la faisait trembler, elle l'empoigna par ses manches et le secoua en criant :

— Et nous, alors, on compte pas ? T'as envie de crever ? T'en as assez de vivre ? Tu veux plus faire l'amour, avec moi, et avec d'autres ?... Moi, j'ai plus rien, ici. Plus personne. Et toi non plus. Alors, pourquoi on se sacrifierait pour des gens qu'on connaît même pas et qui mourront de toute façon !... Non, j'ai pas peur de la peste. Mais il n'y a pas que ça... Faut vivre... Les loges, c'est pas une vie. Et les coups d'arquebuse non plus !

Elle le lâcha, recula d'un pas en baissant la tête comme si elle s'apprêtait à repartir, puis, se ravisant, avec beaucoup de haine dans les yeux, elle revint se planter devant lui. Elle ne criait plus, mais sa voix se mit à siffler entre ses dents lorsqu'elle déclara :

— C'est ce foutu curé, qui t'a embobiné. Dis-le, qu'il te fait peur ! Tu crois que si tu le laisses, il te vouera à l'enfer... Je te croyais intelligent, mais je me suis trompée. Tu n'as pas plus de jugeote que le vacher ou le sergent... Vous méritez juste de crever dans votre merde. Et avec la bénédiction de votre curé de malheur !

Elle eut un petit rire aigrelet qui se brisa très vite. Hochant la tête, elle le regarda encore quelques instants, à la fois méprisante et apitoyée, puis elle pénétra sous le couvert des premiers arbres du plateau. Mathieu la suivit. Elle n'avait plus du tout sa démarche aérienne. Légèrement courbée en avant, elle allait d'un pas fatigué, un peu comme si le seul poids de la boule de gui qu'elle venait de lui reprendre l'eût accablée.

Il marcha un moment occupé seulement de cette vision, puis, peu à peu, il sentit renaître sa peur de la maladie à laquelle s'ajoutait une autre crainte. « Elle est sûrement sorcière, se disait-il. Elle m'a peut-être déjà ficelé avec son gui... Et le reste, alors ?... Ce que j'ai fait avec elle ? Sûr qu'elle m'a ensorcelé. Elle avait sans doute essayé avec Colin et peut-être bien avec le sergent. Si je partais avec elle, je serais perdu. Voué aux diableries. Un jour ou l'autre, on serait pris tous les deux, et on nous brûlerait. »

Il glissa sa main sous sa chemise et empoigna le brin de gui qui pendait sur sa poitrine. Il le serra avec l'envie de l'arracher, mais sa main se mit à trembler.

— C'est sûr, murmura-t-il, elle m'a ensorcelé.

Il lâcha le brin de gui, et, sans réfléchir, il se signa trois fois très vite. Mais aussitôt, lui vint le sentiment qu'il venait de commettre un geste sacrilège. Avait-il le droit de se signer avec une main qui venait de toucher ce gui qu'une créature pareille lui avait attaché au cou ? Pouvait-il faire le signe du Christ avec une main qui n'avait pas la force d'arracher et de jeter loin cette sorcellerie ?

Et ce qu'il avait fait avec cette femme, est-ce qu'il allait pouvoir rester sans s'en ouvrir au Père Boissy ?

Le regard du prêtre était de nouveau présent, mais beaucoup plus sombre et chargé de reproches.

Etait-ce vrai que cet homme l'avait ficelé, comme le prétendait Antoinette ? Lui donnant à choisir entre la liberté et la sale besogne des loges, est-ce que le prêtre n'avait pas un peu triché, conscient qu'il devait être du pouvoir de ses yeux de source ? Et alors, s'il était vraiment un homme de Dieu, un être de pureté et d'amour, c'était bien normal, au fond, qu'il y eût en lui une force capable de contraindre les hommes à aller dans le sens du bien.

Mais Antoinette, le prêtre l'avait regardée aussi. Il lui avait parlé, et rien de ce qu'il avait communiqué à Mathieu ne semblait l'avoir atteinte. N'était-ce pas la preuve qu'elle détenait un pouvoir supérieur à celui du prêtre ?

Mathieu était effrayé par toutes ces questions. Le fait qu'elles arrivent ainsi à son esprit lui apparaissait comme une preuve que le démon était entré en lui. S'il avait éprouvé avec cette femme un plaisir presque douloureux, c'est évidemment que les forces maléfiques y avaient leur part.

Il marcha derrière elle jusqu'à la lisière du bois. Là, comme elle s'arrêtait pour observer le découvert inondé de lune avant de s'y engager, il se porta à sa hauteur. Il voulut la regarder, mais elle détourna la tête et il lui sembla que des larmes luisaient sur ses joues.

Ils gagnèrent d'une traite le creux de la cuvette où étaient rassemblées les loges dont les toits couverts de tavaillons en sapin luisaient tels des ventres de poissons. Ici, tout était d'un grand clair, presque comme en plein jour, sauf le fin fond de la déclivité, sur la gauche, où traînait une nappe de brume qui ne recouvrait même pas les haies. Les ombres étaient dures et opaques. Lorsqu'ils arrivèrent à une centaine de pas des premiers bâtiments, ils commencèrent d'entendre la rumeur des plaintes. Elle était plus sourde que durant la journée, mais, parce qu'elle constituait le seul bruit de cette nuit trop calme, une fois qu'on l'avait rejointe, il semblait qu'elle poussât ses ondes bien au delà des rives visibles, comme une houle inépuisable.

Sans un mot, l'ensevelisseuse obliqua pour gagner la loge où se faisait la cuisine et où elle habitait en compagnie d'Ercilie Maclot. Mathieu la regarda s'éloigner, sa boule de gui à la main. Elle n'avait pas retrouvé son pas léger, mais, à cause de la lumière glacée et de l'immensité du plateau, elle paraissait frêle et vulnérable.

A la peur et à la colère qui l'avaient habité, Mathieu sentit que succédait une pitié infinie. Il eut envie de courir derrière elle, de la prendre par la main et de l'entraîner en direction du haut pays, vers ces lieux où elle imaginait qu'une autre vie l'attendait. Un moment, il se représenta les chemins qu'il connaissait en dehors des routes importantes qu'empruntaient généralement les détachements des troupes d'invasion. Même à travers bois et prairies, il se sentait capable de gagner Froidefontaine où il connaissait un marchand de chevaux qui les aiderait ; mais on avait dit, à Salins, que tous les villages du Val de Mièges avaient été réduits en cendre par Saxe-Weimar. Il faudrait donc prendre une autre direction, peut-être par la Chapelle d'Huin pour essayer de passer la frontière pas trop loin de Sainte-Croix. Il avait fait quelques transports de ce côté, mais ce n'était tout de même pas une région qu'il connaissait parfaitement.

Il vit tout cela très vite, mais il ne put faire un geste. Il regarda la jeune femme disparaître dans l'ombre d'une loge, puis ce fut le vide avec seulement cette lumière trop vive de la lune et ces plaintes incessantes. Cette immobilité pesait sur lui. Il était comme pris dans un grand gel où tout s'était figé sauf la douleur des malades. Longtemps il garda en lui le regard de source du Père Boissy et celui de l'ensevelisseuse, plus dur, avec ses lueurs de feu et de glace qui vous faisaient trembler.

Il demeura ainsi jusqu'au moment où le froid l'eut envahi. Il frissonna, essuya d'un revers de main son front où la sueur perlait encore, puis il regagna la petite remise où le rouquin ronflait. Sans bruit, il s'allongea à côté de lui. Il resta un moment à chercher le sommeil, puis, comprenant qu'il était trop habité pour dormir, il s'assit le dos à un sac d'orge, et il se mit à regarder la prairie luisante de rosée qui filait droit jusqu'à l'ombre épaisse de la forêt.

Sur cette prairie, il n'y avait rien que le flux et le reflux invisible des plaintes, et pourtant, au bout d'un moment, il lui sembla voir la silhouette de l'ensevelisseuse marchant sans parvenir à avancer, luttant vainement pour échapper à une force terrible qui la retenait.

Il s'ébroua. Il avait dû somnoler. Il pensa à leur dialogue à l'orée du bois. Est-ce qu'il n'était pas ridicule de la juger comme une créature du diable ? Est-ce qu'une véritable sorcière eût pleuré ? Est-ce qu'un homme peut faire l'amour et éprouver une telle jouissance avec une créature infernale ?

Bien sûr, il y avait le gui, mais qui donc peut se vanter de connaître les véritables vertus des plantes ?

Revoyant la jeune femme s'en aller, comme accablée par le poids de son gui, il se dit que, peut-être, il venait d'écarter bêtement de sa route un être qui lui avait accordé attention et lui offrait d'aller chercher ailleurs une autre vie. Mais, comme chaque fois qu'il tentait d'imaginer cette fuite, le regard du prêtre revenait et finissait par être le plus fort.

A mesure qu'avançait la nuit, le froid se faisait plus vif. Mathieu qui le sentait passer sur lui comme une bête souple, se laissa glisser sous la paille et, une fois qu'il se fut allongé, la tiédeur s'installa autour de lui, et sa fatigue finit par le pousser vers le sommeil.

11

Mathieu ne dormit pas longtemps. Le jour était encore loin lorsqu'il fut réveillé par Colin Huffel qui le secouait en disant :

— Guyon... Guyon... Lève-toi. J'ai mal.

Mathieu s'assit sur la paille, se frotta les yeux et se demanda un moment ce qu'il faisait là. Par l'ouverture, il vit que le brouillard roulait des masses blanches sur les prés, et c'est ce qui lui remit en mémoire sa sortie nocturne. Quelques plaintes seulement venaient des loges, et un vent léger chantonnait.

— Guyon, faut appeler le barbier... Ça va mal, tu sais.

Sa voix était toujours la même. Il se plaignait sur le ton qu'il employait pour mener le récit des malheurs tombant sur son village, mais, entre les mots, on sentait son souffle court et l'effort qu'il faisait pour imposer silence à sa souffrance.

— Qu'est-ce que tu sens ? demanda Mathieu.

— Le ventre. En bas, près des cuisses. C'est déjà tout gonflé... Hier, j'avais mal à la tête et des frissons tout le temps. J'ai pas voulu y croire... J'ai rien dit.

Le charretier se leva. Il posa la main sur le front du rouquin et constata qu'il ruisselait d'une sueur glacée et huileuse.

— Je vais le chercher, dit-il.

— Tu reviens... Tu me laisses pas tout seul, hein !

Mathieu rassura son compagnon et sortit.

La lune était bas sur l'horizon et, par-delà le sillon d'ombre de la forêt, le brouillard montait comme soulevé par d'énormes mains. Il débordait de la vallée et s'étalait peu à peu sur les terres, laissant de la charpie accrochée aux arbres nus. Il faisait froid et l'herbe était couverte d'une épaisse couche de gelée blanche. Une odeur de feu de bois venait avec le vent faible, et Mathieu constata qu'il y avait de la lumière dans la baraque où logeaient les deux femmes. Sans bien savoir s'il obéissait à l'envie de revoir Antoinette Brenot ou au désir de laisser dormir le barbier et le prêtre, ce fut vers cette lumière qu'il se dirigea.

Les deux femmes étaient déjà occupées à cuire des gaudes et à préparer la boisson des malades qui était une décoction de plusieurs plantes apportées par le barbier. Lorsque son regard croisa celui de l'ensevelisseuse, Mathieu éprouva un profond émoi. Sans la présence d'Ercilie Maclot, il se fût peut-être précipité vers elle pour la prendre dans ses bras et lui proposer de l'emmener. Ce fut la grosse femme qui parla la première. Avec un ricanement, elle dit :

— Eh bien, tu n'auras pas dormi beaucoup non plus. Moi, je vous dis une chose : vous allez vous faire secouer par le Père. Cette histoire de gui, il aimera pas ça.

Mathieu s'aperçut alors qu'il y avait, sur la table où s'empilaient des écuelles, à peu près le quart de ce qu'ils avaient rapporté de leur expédition.

— Qu'est-ce que tu veux ? lui demanda Antoinette d'une voix presque dure.

— Colin est atteint. J'allais appeler le barbier, j'ai vu votre lumière...

— Je vais y aller, dit la nourrice. Il y a justement de la boisson bouillante. J'y vais. Mais il faut tout de même réveiller les autres... Bon sang de bon sang, un costaud pareil... Il n'y a pas à dire, nous y passerons tous.

Elle regarda la jeune femme et ajouta, d'un ton aigre :

— Tu peux bien foutre du gui partout, tu peux en bouffer si tu veux, ça changera rien, ma petite. Tu y laisseras ta peau comme les autres. Comme les autres, je te dis !

Mathieu sortit et, lorsqu'il passa devant les loges, il put constater qu'au-dessus de chaque porte pendait une brindille de gui fixée au rebord du toit par une ganse de chanvre. La jeune femme avait dû passer une partie de la nuit à porter une échelle de loge en loge pour accomplir seule cette besogne. Lorsqu'il vit qu'elle en avait mis aussi à la porte de l'abri qu'il partageait avec l'ancien vacher, et qu'elle l'avait fait sans les réveiller, il se sentit pris d'une grande émotion. Bien sûr, le gui n'avait pas empêché le mal de tomber sur le pauvre Colin, mais Colin avait bien dit qu'il souffrait depuis la veille. C'était donc la preuve que le mal avait pu entrer là avant que le gui ne fût accroché. Mathieu porta machinalement la main à sa poitrine pour s'assurer de la présence du brin que l'ensevelisseuse lui avait donné. Il fut à la fois rassuré de le sentir là, et un peu effrayé de constater qu'il y attachait une telle importance.

Devant la loge des gardes, il hésita un instant.

Au-dessus de cette porte aussi il y avait du gui et il imagina la jeune femme prenant mille précautions pour l'accrocher sans faire le moindre bruit. Si elle avait accompli ce travail cette nuit, après tant de fatigue, c'est qu'elle avait vraiment foi en ce pouvoir mystérieux. Et si elle avait tenu à en mettre également là, c'est qu'elle avait de l'affection pour ceux qui y logeaient, qu'elle voulait les préserver du mal malgré eux. Car le sergent ne croyait qu'à sa force, le barbier qu'en son art, et le Jésuite n'avait foi qu'en Dieu.

Si elle leur avait souhaité la mort, c'était dans sa colère, mais au fond, elle devait être moins mauvaise que Mathieu ne l'avait cru.

Il entra. La clarté de la lune était assez vive pour qu'il n'eût pas à allumer de quinquet. Il se dirigea vers la planche où le barbier et le prêtre dormaient côte à côte. Dès qu'il fut à deux pas, le prêtre remua et demanda :

— C'est vous, Guyon, que voulez-vous ?

— Vous dormez pas ?

— Si. Mais votre présence m'a réveillé. Qu'est-ce qu'il y a ?

— Colin Huffel est malade. Il faut faire venir le barbier.

Sans s'émouvoir, le prêtre dit :

— C'est bon. Retournez vers lui. Nous allons vous rejoindre.

Lorsqu'il sortit, les deux femmes arrivaient. Antoinette portait un fanal allumé et la grosse Ercilie un pot à tisane et un gobelet de terre.

Couché sur le flanc gauche, les mains crispées sur son bas ventre, Colin gémissait doucement, au rythme de sa respiration. Il les regarda de ses bons yeux de bête paisible où le fanal allumait des lueurs de cuivre, et il dit :

— Je suis foutu... J'en ai trop transportés, vivants ou morts, je sais ce que c'est... Je suis foutu.

— Tais-toi donc, fit la nourrice. Un costaud comme toi ! Allez, bois ça... Ça te plaira moins que l'infusion de bois tordu, mais c'est meilleur. Et je t'ai mis une bonne dose de marc dedans... Du bon. Du mien à moi, qui a six ans de fût. T'en auras pas tous les jours.

L'ancien vacher trouva la force de plaisanter :

— C'est dommage, j'aurais préféré le boire sans qu'il soit perdu dans toute cette saloperie.

Elle lui montra une petite bouteille qu'elle tira de la poche ventrale de son tablier.

— Je l'ai apporté, dit-elle. Tu en boiras quand tu auras avalé ça.

Il but en déclarant que c'était aussi mauvais que du purin.

— Je te remercie, dit le barbier en entrant, c'est ma préparation.

L'homme au bonnet rouge renifla au-dessus du gobelet et dit :

— Oh, ma préparation très améliorée ! Tu en as de la chance, Colin, le vieux marc de l'Ercilie ! Tu es bien vu, toi !

Le barbier avait fait coucher Colin sur le dos et découvert son ventre velu qu'il palpait doucement. Le malade gémit plus fort et dit :

— Oui, c'est là... C'est bien ça, hein, y a pas à s'y tromper ?

Le barbier se redressa, parut réfléchir un moment et dit :

— Je n'y comprends rien. Tu aurais dû avoir de la fièvre et mal à la tête depuis deux jours.

— Mais il avait mal, dit Mathieu. Il me l'a avoué tout à l'heure.

— Et pourquoi vous n'avez rien dit ? demanda le prêtre.

Le visage de Colin se crispa. Ses paupières battirent un instant et deux larmes roulèrent, que sa barbe rousse retint. La gorge nouée, les mains de nouveau crispées sur son ventre, il supplia :

— Je veux rester ici. Je veux pas aller avec les autres. Je veux pas.

La nourrice lui donna de l'alcool qu'il but d'un trait.

— Je vais t'inciser, fit le barbier. Après on verra. Je vais chercher ce qu'il faut.

Le barbier sortit. Il y eut un silence avec juste le passage d'une vague de vent lente et molle qui s'éloigna vers le bois en modelant à peine la nappe de brume. Comme le prêtre s'approchait pour prendre la place laissée libre par le barbier, le malade eut un regard implorant vers Antoinette. A voix basse, il demanda :

— Tu m'en as apporté ?

Elle fit deux pas souples et vifs et, se coulant entre lui et le prêtre, elle s'accroupit, lui prit la main, l'ouvrit et la referma. Le rouquin ébaucha un sourire et murmura :

— Merci.

Le prêtre la laissa se relever, s'accroupit à son tour et, sans chercher à voir ce que l'ancien vacher serrait dans sa main, il l'invita à prier avec lui. Mathieu et Antoinette se tenaient en retrait, priant aussi et échangeant par moments des regards rapides. La nourrice qui était sortie derrière le barbier revint avec lui, portant une bassine d'eau chaude.

— Laissez-nous la place, dit-elle un peu bourrue. Vous reviendrez après.

Ils sortirent tous les trois, et l'ensevelisseuse se dirigeait vers le bâtiment de cuisine lorsque le Père Boissy la rappela.

— Attendez une minute !

Elle revint, la tête basse, l'air buté.

— Que lui avez-vous mis dans la main ? demanda le Jésuite.

— Rien.

— Pourquoi mentir, je n'ai qu'à aller voir. Vous vous conduisez comme une enfant de cinq ans.

— C'est un brin de gui. C'est la plante qui guérit tous les maux.

— C'est ce que certains prétendent. Je sais. Et je sais même qu'il doit être coupé sur un pommier, par la pleine lune.

Il marqua un temps, les observa tous les deux et reprit :

— C'est là que vous êtes allés ensemble cette nuit. Tout près de la ville... Et c'est sur vous qu'on a tiré deux coups de feu. Tout ça, pour une superstition ridicule.

Il avait à peine élevé le ton sur la fin de sa phrase. Il se tut, fit trois pas comme s'il eût décidé de les laisser, puis, se ravisant, il revint et chercha encore leur regard dans la pénombre pour leur dire :

— Je ne peux pas vous blâmer d'avoir pris cette peine et ce risque pour sauver nos malades. Mais je voudrais vous faire comprendre que ce ne sont pas des pratiques de chrétiens. La foi en Dieu...

Un cri rauque venu de l'abri l'interrompit. Tous trois regardèrent vers la porte basse d'où sortaient à présent des plaintes moins aiguës et la voix du barbier qui s'efforçait de rassurer le rouquin. Mais ce cri avait couru jusqu'aux bois d'alentour. La brume ne l'avait pas étouffé et, lorsqu'en revint l'écho, il se chargea au passage d'autres cris et d'autres plaintes. La souffrance de Colin Huffel avait réveillé celle de tous les malades, de ces malades dont il avait si peur et qui semblaient ainsi l'appeler à eux.

Le prêtre ne reprit pas son propos. La nourrice sortait pour vider sa cuvette dont l'eau ajouta un petit nuage vif et léger à la brume.

— Vous pouvez y aller, dit-elle. Moi, je vais préparer le manger.

Ils entrèrent et, tout de suite, d'une voix d'enfant effrayé, Colin dit :

— Faut me laisser là... Faut pas m'emmener... J'ai trop mal.

— Allons, dit le barbier, sois raisonnable. Si tu restes ici, tu prendras mal encore plus, à cause du froid. On va te trouver une bonne place. Sois tranquille, tu seras bien soigné.

Deux civières de bois étaient debout contre la cloison. Le barbier en coucha une le long du malade et, aidé par Mathieu et l'ensevelisseuse, ils y posèrent doucement le vacher qui dit :

— Tu peux aller creuser pour moi, Guyon... Je veux pas que tu attendes. Je veux pas être bouffé par les loups...

Comme Mathieu et le prêtre empoignaient la civière, il gémit encore :

— Laissez-moi là... Je vous en supplie, mon Père, pas avec les autres... pas avec les autres.

Le prêtre était devant. Il sortit et, au lieu de se diriger vers l'une des loges où étaient les malades, il tourna à droite et prit la direction de la porte des gardes. L'ensevelisseuse qui avait compris courut devant pour ouvrir et le barbier qui était resté derrière pour ramasser ses lancettes se précipita en criant :

— Mais vous n'y pensez pas, mon père. C'est contraire au règlement... C'est interdit... Pas avec nous... Je ne veux pas... Ce n'est pas possible.

Sa voix montait et s'étranglait. Comme il se campait devant l'entrée, sans ralentir le Père Boissy ordonna calmement :

— Laissez-nous passer, Maître Grivel, sinon, je finirai par croire que vous avez peur, ou que vous ignorez ce qu'est la vraie charité.

12

La lumière des quinquets et le bruit qu'ils firent en entrant réveillèrent le sergent qui demanda ce qui se passait. Le prêtre donna quelques explications, et, tout de suite, le barbier dit :

— Ce n'est pas normal. Un malade est un malade. On ne devrait pas admettre. Le sergent aussi a son mot à dire.

Le sergent qui s'était levé bâilla, s'étira, puis vint se planter près de la civière de Colin qui leva vers lui son regard suppliant en disant :

— Je veux pas aller vers les autres... Je veux pas.

Le barbier qui s'était approché du sergent le regarda sous le nez et répéta :

— Alors, tu as ton mot à dire aussi, toi !

Il y eut un silence lourd. Même Colin retenait ses plaintes. Enfin, avec son rire gras et après avoir repoussé le barbier d'un revers de main, le grand gaillard s'éloigna en disant :

— Barbier, tu me dégoûtes. Tu es le plus foireux de tous. Au point où on en est dans cette saloperie de maladière, qu'il soit ici ou ailleurs, qu'est-ce que tu veux que ça me foute, pourvu qu'il m'empêche pas de dormir...

Le barbier les regarda tous de ses petits yeux gris dont les paupières se mirent à battre et d'où coulèrent deux larmes qui suivirent deux rides. Un sanglot souleva sa poitrine, il baissa la tête, prit son visage dans ses mains, puis, d'une voix prête à se briser, il dit :

— Je vous demande pardon... Je suis un lâche... Je suis à bout de force... Je n'aurais pas dû. Mon Dieu, ce que la fatigue peut faire de nous !

Le prêtre s'approcha de lui et le prit par l'épaule pour le conduire à un banc où il s'assit à côté de lui.

— Allons, Maître Grivel, fit-il. Nous sommes tous à la merci d'un moment de faiblesse. Que chacun soit aussi courageux et aussi dévoué que vous, et tout ira bien. Personne ici ne songe à vous accuser de lâcheté, mais la peste et la guerre font du mal même à ceux qui ne sont pas touchés directement. Lorsque vous aurez écouté la messe et avalé une bonne écuelle de soupe bouillante, vous verrez que tout ira mieux... Ce n'est pas un crime que de tenir à la vie. Il faut constamment être prêt à paraître devant Dieu, mais ce n'est pas une raison pour ne pas s'accrocher à cette terre.

Il se leva et alla prendre son étole, son crucifix et son livre de prières, puis il prépara un coin de table pour y célébrer l'eucharistie.

— C'est demain dimanche, observa-t-il. S'il y en a parmi vous qui désirent communier, je trouverai un moment ce soir pour les entendre en confession.

Il avait à peine fini de célébrer l'office, que Colin Huffel entra dans le délire. Il commença par réclamer sa mère en disant qu'elle s'occupait davantage de ses chèvres que de lui. Et puis, après avoir appelé quelques bêtes de son troupeau, il en vint à rire en parlant du curé que les Français faisaient danser autour de la fontaine.

— Tout nu, qu'il était. Avec son gros ventre. Le salaud, il m'avait rossé parce que je manquais la messe. Ils lui ont foutu du feu sur le ventre. Ils l'ont buclé, comme un cochon.

Il se tut, les observa tous comme s'il découvrait un monde inconnu. Ses yeux paraissaient habités d'une lueur aussi rousse que ses cheveux et sa barbe. Son regard se fixa enfin sur l'ensevelisseuse. Il fut un moment sans la reconnaître car il était comme égaré, puis, d'un coup, ses yeux écarquillés semblèrent lui sortir des orbites. Se soulevant sur un coude, il se mit à hurler :

— C'est toi qui m'as donné le mal ! C'est toi. Tu es une sorcière. Je t'ai refusée. Tu t'es vengée. Tu m'as donné la mort. Comme à l'Allemand. Ils te brûleront... Ils te brûleront... C'est sûr, ils vont te brûler... Hein, mon père, qu'ils vont la brûler ?

Sa voix s'étrangla. Il se mit à sangloter en remuant sur sa civière dont le bois couinait.

— Allons, dit le prêtre, laissons-le. Il faut qu'il dorme. Nous avons du travail. Et ce n'est jamais bien bon de prêter attention aux propos d'un homme pris de fièvre qui déparle... Venez.

Ils sortirent tous derrière lui et allèrent prendre leur soupe de gaudes dans la loge où se faisait la cuisine. Nul ne soufflait mot et la houle souple du vent qui déferlait sur le plateau mêlait son chant à la rumeur douloureuse des loges. Il y avait entre eux quelque chose d'épais, de lourd, de gluant qui était peut-être la présence invisible de la mort aux aguets.

Lorsqu'ils sortirent, le vent était toujours aussi souple, mais il charriait un épais flot de brouillard auquel il mêlait la première pâleur de l'aube. Une lueur glauque avait remplacé la clarté lunaire, mais il semblait que cette lueur vînt davantage du sol gelé que du ciel invisible. Il faisait de plus en plus froid, l'herbe craquait sous le pas et les loges n'apparaissaient plus que de loin en loin, lorsque se déchirait un pan de brouillard.

L'ensevelisseuse était restée à la cuisine avec la nourrice ; le sergent et le barbier regagnèrent la loge de garde, mais le prêtre retint Mathieu.

— Vous allez partir pour creuser, lui dit-il. Il y a quatre morts, et je redoute qu'il n'y en ait encore d'autres avant midi. Ne revenez pas. J'irai avec l'ensevelisseuse. Nous vous rejoindrons avec la voiture. Il faut se partager le travail. Le sergent descendra chercher les nouveaux malades.

Il parlait d'une voix fatiguée et il sembla à Mathieu que, pour la première fois, les mots lui venaient moins bien. Son regard lui parut moins vif et tout son visage où la barbe noire poussait reflétait une immense lassitude. Mathieu s'arrêta et dit :

— Si je dois vous attendre là-bas, je vais prendre un morceau de pain et de quoi boire.

— Bien sûr, dit le prêtre. Avec une nourriture si pauvre, nous finirons par ne plus avoir de force. Mais nous avons tant d'autres maux que personne ne songe plus à se plaindre de la faim.

Ils s'étaient arrêtés, à mi-chemin entre la sortie du village et la loge de la cuisine où le charretier devait retourner.

Le brouillard de plus en plus dense et de plus en plus lent coulait autour d'eux pareil à un fleuve dont on ne devinait même plus la surface. Des corbeaux invisibles croassaient très haut, peut-être dans le soleil. Les deux hommes se regardèrent un moment, puis le prêtre demanda :

— Pourquoi êtes-vous allé avec cette femme, chercher ce gui ? Vous croyez donc à ces histoires de magie ?

Gêné, le charretier baissa les yeux.

— Est-ce qu'il y a autre chose que cela ?

La voix du prêtre était redevenue plus timbrée. Il attendit un instant que Mathieu sentit passer sur lui comme une éternité, puis, n'obtenant ni réponse ni regard, il dit avant de s'éloigner :

— Ce soir, je vous entendrai en confession.

Il disparut, rapidement absorbé par le brouillard où son passage dessina un remous gris. Mathieu demeura un instant hésitant, prêt à le rejoindre pour lui demander de l'entendre immédiatement, mais il finit par se diriger vers la loge de cuisine où il entra tout plein encore de l'angoisse que les paroles du prêtre avaient fait naître en lui.

Les deux femmes étaient occupées à laver des écuelles et la nourrice lui dit de se couper son pain et de prendre une demi-bouteille de piquette. Il se servit, les regarda, chercha un mot à dire qu'il ne trouva pas et sortit.

Il avait à peine fait quelques pas que la porte s'ouvrit et se referma en claquant. Antoinette le rejoignit et se planta devant lui, l'œil mauvais, ses lèvres minces crispées sur une espèce de sourire plein de fiel.

— Tu n'as pas voulu partir avec moi, tu le regretteras, Guyon... Tu as profité de moi et tu m'as refusé ton aide. Tu le regretteras. Tu crois que le gui que je t'ai donné te protège ? Il te protège si je veux. Réfléchis bien, Guyon. Si le brouillard ne se lève pas, la nuit prochaine sera encore meilleure pour partir. Pense à Colin. Tu vois, il n'a pas voulu descendre pour nous aider à couper le gui, le mal n'a pas attendu longtemps avant de lui tomber dessus. Je lui ai bien donné un brin, mais c'était trop tard.

Elle le fixa un moment en silence. Son regard était une vrille qui s'enfonçait loin et faisait mal. Voyant qu'elle allait tourner les talons, le charretier dit :

— Tu as trop de haine.

— Non, fit-elle. Je n'ai pas de haine, mais je veux m'en aller. Et je veux que ce soit avec toi. Je sais, tu as peur du Père. Mais il ne peut rien. Rien du tout. Moi... Moi, ma mère n'a pas eu le temps de me donner tous ses secrets de guérison. Mais j'en connais assez pour pouvoir donner le mal.

— Tais-toi, dit-il. Tu blasphèmes.

Elle se mit à rire.

— Tu ne sais même pas ce que ça veut dire.

Mathieu avait la gorge nouée. Dans cet univers de blancheur qui limitait la vue à quelques pas, il éprouva soudain la sensation de se trouver en prison avec cette femme. Il se vit contraint au tête-à-tête avec cette créature dont il paraissait de plus en plus évident qu'elle n'était pas comme les autres.

Soudain, le regard noir s'attendrit, le visage de la jeune femme se détendit et sa voix se fit infiniment douce. S'approchant de Mathieu elle leva vers lui son sourire et demanda :

— Tu n'as pas été heureux, cette nuit ? Tu n'as pas été heureux, dis ?

Elle voulut l'embrasser, mais une force qu'il ne commandait pas le fit se dégager.

— Va-t'en, dit-il... Va-t'en !

Et ce fut lui qui se mit à courir dans le brouillard de plus en plus épais, vite, le plus vite qu'il put, sans se retourner, avec, lui battant les reins, le vieux sac de toile où il avait glissé sa bouteille et son quignon de pain noir.

13

Mathieu avait marché sans ralentir jusqu'au pré où l'attendaient sa pioche et sa pelle. Lorsqu'il y parvint, le brouillard s'était encore épaissi. Il n'y avait plus un soupir de vent, et le monde restreint au champ de sa vision s'était immobilisé. Tant qu'il avait marché sur l'herbe givrée, le craquement de son pas l'avait accompagné, mais, depuis qu'il s'était arrêté, un silence oppressant était autour de lui. Seul le cri des corbeaux et le bruit de leur vol invisible lui parvenaient de temps à autre. Pris par le gel, même le bois qu'il sentait tout proche se taisait, retenant à mille branches les gouttelettes ténues qui givraient, alourdissant peu à peu les arbres. Mais rien ne craquait encore, et le charretier pensa un moment qu'il demeurait peut-être le seul être vivant à des centaines de lieues à la ronde. Et pourtant, d'autres vivants allaient venir le rejoindre qui amèneraient un chargement de morts. Et pour ces morts, il devait creuser.

Il enleva sa veste qu'il suspendit avec son sac à la croix qu'il avait plantée la veille, puis, posément, il délimita la fosse qu'il allait ouvrir et se mit à piocher. Le gel n'avait pas encore durci la terre humide et le travail irait bon train.

Il n'avait pas à réfléchir pour accomplir cette besogne, et sa pensée était tout entière occupée par le regard du Jésuite et celui d'Antoinette. C'était en lui comme un duel entre ce regard de source claire et celui de la femme, tour à tour dur et plein de promesses. Mais, de l'un comme de l'autre, il avait peur à présent. Est-ce que le Père Boissy lui pardonnerait d'avoir fauté avec cette créature ? Est-ce que cette femme détenait réellement un pouvoir surnaturel qui lui permettait de guérir ou de donner la mort ? N'aurait-il pas dû refuser de porter ce brin de gui comme sa mère portait une médaille de la Vierge Marie ? S'il s'en débarrassait à présent, est-ce que la peste n'allait pas lui tomber dessus dans l'instant, exactement comme elle venait de tomber sur ce pauvre Colin ? La socière ne détenait-elle pas le pouvoir de le surveiller à distance, de savoir ce qu'il faisait et de se venger de loin ?

Ici, même en la présence des tombes où dormaient tant de gens qu'on avait enterrés avec leur mal, Mathieu se sentait loin de la peste. Et le brouillard qui l'isolait semblait le protéger encore.

— Si le froid s'installe, le mal s'arrêtera. C'est le Père qui l'a dit. Et il sait de quoi il retourne.

Sans cesser sa besogne, et pour rompre un peu ce silence angoissant, Mathieu s'était mis à parler.

— Mais l'autre ? Si le Père savait... Et Colin, est-ce qu'elle lui a vraiment donné le mal pour le punir ? Qu'est-ce qu'il va raconter, à présent qu'il a commencé de déparler ?... Que va-t-il dire au Père ?

Mathieu se souvenait d'histoires de sortilèges et de maléfices de toutes sortes que lui avait contées sa mère. Et la sainte femme n'inventait rien. C'était une âme de droiture et de vérité, incapable d'un mensonge. Elle avait vu mourir des familles entières uniquement par le fait de personnes qui avaient le mauvais œil.

— Les bénédictions, les prières et même les processions, ça ne faisait rien du tout. Le Père Boissy, sûr qu'il connaît son affaire. Sûr que c'est un saint homme qui ne plaint pas sa peine et qui ne redoute pas la mort, mais qu'est-ce qu'il peut faire pour moi ? Rien. Si elle veut me donner le mal, c'est pas lui qui pourra l'en empêcher !

Mathieu se redressa, planta sa pelle entre deux mottes et se demanda :

— Et si je lui dis tout. Même en confession, qu'est-ce qu'il va faire ? Un prêtre c'est un prêtre. S'il sait qu'elle a une parenté avec le diable, il ne voudra pas la garder là. Alors ?... Ma foi, il peut la renvoyer à Salins. Et là, ils la jugeront et elle sera brûlée vive... Par les temps qui courent, ça ne traînera pas.

Plus il avançait dans sa réflexion, plus le charretier se sentait pris au piège. Ou bien il mentait en confession, ou bien il risquait de faire condamner l'ensevelisseuse.

— Sûr que le Père n'ira pas trahir le secret de la confession, mais il s'arrangera tout de même pour la faire parler. Sorcellerie, c'est trop grave... Et ça, je peux pas.

Il fut un moment visité par l'envie de regagner le camp. Avec le brouillard, il avait une chance de rejoindre Antoinette sans être vu. Même de jour, par un temps pareil, s'ils s'engageaient sous bois, personne ne les retrouverait.

— Tout de même, partir avec une créature du démon, est-ce que c'est une chose à faire ?... A elle seule, elle est peut-être plus dangereuse que la peste et la guerre. Tant qu'elle sera d'accord avec moi, ça ira bien, mais qu'on en vienne à se fâcher... Ce sont des choses qui peuvent arriver. Surtout avec une personne aussi autoritaire. Alors là, pour se venger, elle me fera n'importe quoi... Et puis, vivre avec une sorcière, c'est tout de même dangereux. Admettons qu'elle se mette dans l'idée de me faire voler ou assassiner les gens... Non, une créature du diable, c'est pas possible.

Il s'était remis à piocher, mais lentement, comme si ses forces eussent diminué, comme si ce brouillard eût englué ses gestes. Il fut un long moment avec cette idée de départ, puis, parce qu'il s'était laissé aller à imaginer ce qu'il pourrait faire encore avec cette femme, il éprouva le sentiment d'être tout habité de mauvais sang.

Terrorisé soudain à l'idée qu'elle avait pu faire de lui un être lié au monde infernal de la magie, il s'arrêta de travailler et sortit de la fosse à peine profonde d'un pied, regarda autour de lui, écouta et s'épongea le front d'un revers de bras. Tout devenait hostile, inquiétant.

Contemplant la terre ouverte à ses pieds, il crut un moment qu'elle l'attirait, que le poids de la brume allait le pousser dans cette fosse qu'une force inconnue refermerait sur lui. L'impression fut si forte que, durant un moment, il eut du mal à respirer et que ses jambes se mirent à trembler.

Pour tenter de se reprendre, il fit quelques pas en s'éloignant de la fosse et s'imposa de penser à son métier de charretier et aux attelages merveilleux qu'il avait conduits sur des lieues et des lieues de route. Les chevaux, les chars énormes et les chemins, c'était sa vie. Une vie que la guerre puis la peste avaient anéantie, mais qu'il espérait bien retrouver un jour. Même par des brouillards pareils, et même par des temps plus pénibles encore, il fallait aller. Et il allait, lié à ses bêtes et à ses compagnons de route. Ils allaient jusqu'au soir tombé. Ils passaient la nuit à l'auberge, ou dans les granges ou en pleine campagne sous la bâche des voitures. Ils roulaient. Le bruit des roues et le pas des chevaux, c'était la vie...

Il se figea soudain sur place, l'oreille tendue.

— Bon Dieu, grogna-t-il, je suis fou !

A force de penser à son attelage, il venait de l'entendre.

Bloquant sa respiration, il écouta encore plus attentivement.

Non, il n'était pas fou. Il y avait bien quelque part un attelage qui roulait. Et ce n'était pas le cheval des loges tirant le char des morts. Il n'y avait pas à s'y tromper : trois chevaux au moins, et de forte taille, tiraient deux gros chars.

— Au moins, murmura-t-il. Au moins trois chevaux et deux chars... Et ça vient par ici.

Il écouta encore, puis, lentement, il se dirigea vers le bas du pré où passait le chemin. Sa peur avait disparu, et pourtant, peut-être à cause du brouillard, une crainte le tenaillait encore. Mal définie, elle était là, liée à cette moiteur blanche qui enveloppait les formes et leur donnait, par moments, un aspect irréel, presque transparent. Le givre qui chargeait les arbres ajoutait encore à cette impression.

N'était-ce pas son propre attelage qui venait à lui ? Ses propres chevaux morts qui venaient le chercher pour l'entraîner dans le néant d'où ils sortaient ?

Il eût aimé s'enfuir, atteindre une terre d'où le ciel fut visible, un univers que la lumière baignât encore et qui appartînt à la vie. Il eût aimé, et pourtant il demeura planté en bordure du chemin.

La haie pareille à une congère sous son fardeau de givre se perdait très tôt dans l'épaisseur ouatée qui portait ce bruit de charroi. Le chemin où s'avançait ce bruit ne pouvait être que celui-là. Mathieu pensa un instant que ce pouvait être un transport de malades venu d'une autre ville, mais chaque cité gardait les siens et les loges de Salins étaient déjà surchargées.

Ce convoi suivrait-il réellement un chemin des vivants ? S'il appartenait à un autre monde, peut-être avançait-il sans se soucier des routes. Son bruit grandissant semblait d'ailleurs venir à la fois du sol et des hauteurs invisibles. Il emplissait tout le silence blanc.

— Bon Dieu, Mathieu, toi le charretier, tu vas pas avoir peur d'un attelage, tout de même !

Il se força à rire, mais son rire qui sonnait mal se brisa. Des formes remuaient qui se précisèrent bientôt. Un homme, un cheval de tête, puis d'autres et un char bâché que l'on devinait à peine. Et l'odeur des bêtes qui approchait aussi, chaude, réconfortante, familière, propre à donner confiance. Une bonne odeur de vie.

Mathieu s'avança et le charretier cria :

— Ho ! Holà !

C'était un jeune gars bien planté, le chapeau rejeté sur l'arrière de sa tête. Un bon visage ouvert. Il se mit à rire en disant :

— Salut ! Je commençais à me demander si je ne m'étais pas engagé en plein désert ! Est-ce que c'est bien le chemin qui mène à Cernans ?

Le rire de l'homme et son bon visage avaient

réchauffé le cœur de Mathieu. Lui aussi se mit à rire pour répondre :

— Pour sûr, mais pas en le prenant dans ce sens !

— Qu'est-ce qu'il y a ?

Un autre homme arrivait le long de l'attelage. Il était plus court et plus sec que son compagnon.

— Il y a que nous voilà dans la mauvaise direction, dit le premier. Mais reste donc sous la bâche, toi, tu vas encore tousser.

— Vous avez de belles bêtes, observa Mathieu.

Le deuxième homme qui paraissait une bonne trentaine d'années était maigre, avec un visage où l'on ne voyait que les yeux très luisants. Il demanda :

— Et par là, où on va ?

Mathieu hésita, puis il dit :

— Nulle part. Sur la Beline. Ou alors à Salins, mais en descendant vers la gauche.

— Je te l'avais dit, fit le plus âgé, dans ce brouillard, fallait demander en passant Clucy.

— Tu as vu quelqu'un, toi ?

— Dans une maison, on aurait trouvé.

— C'est pas le diable, intervint Mathieu, ça vous fait même pas une lieue de détour. Vous pouvez virer ici, dans le pré. La terre est franche, je la connais bien.

— C'est que nous avons du poids, fit le plus jeune.

Mathieu eut un regard vers les voitures dont la deuxième se devinait à peine.

— Je sais, dit-il. J'ai reconnu de loin. Et je me suis pas trompé. Trois bêtes en flèche et deux voitures qui se tiennent. Mais si je dis que vous pouvez tourner, c'est que vous pouvez. Je connais, je suis charretier.

— Charretier, moi aussi, fit le plus jeune l'air heureux. Charretier forestier à la verrerie de la Vieille-Loye.

Son regard s'assombrit et, d'une voix plus dure, il ajouta :

— Enfin, j'étais. Parce que la verrerie, les Gris l'ont brûlée, et le village aussi.

L'autre semblait s'impatienter. Il intervint :

— Faut aller, dit-il. On a déjà perdu du temps. Toi, si tu es charretier ici, tu dois connaître les routes.

— Où allez-vous ? demanda Mathieu.

Les deux hommes se regardèrent, puis le plus vieux dit :

— On veut passer en Savoie par le pays de Vaud. Tu comprends, la guerre, la peste, la mort partout, on va pas attendre. Ma femme est dans la voiture avec les deux gosses... On va pas rester dans ce pays foutu à attendre la mort.

Sa voix montait. On le sentait plein de colère mal contenue.

— Je sais, dit Mathieu. La nuit dernière, ça brûlait de partout vers le bas pays.

— On s'est perdus parce qu'il faut prendre les petites routes, dit le jeune, sinon il y a trop de risque de rencontrer des troupes.

Mathieu leur expliqua par où ils devaient prendre pour gagner la frontière à travers la forêt de Lajoux puis les bois de Mignovillard et le Noirmont.

— Par là, dit-il, c'est le plus sûr. Mais vers le haut, vous risquez la neige. Et si ça se met à tomber, vous serez bloqués.

— Justement, fit le plus âgé. Faut pas perdre de temps. Allez, Pierre, fais tourner.

— Hue, la Grise ! cria le garçon en empoignant le bridon.

— Fais seulement attention à la fosse, lui cria Mathieu.

Le plus âgé qui était resté à côté de lui tandis que l'attelage s'engageait sur le pré, demanda :

— Quelle fosse ?

— Je creuse, dit Mathieu. J'ai été désigné enterreur, pour les loges de Salins.

L'autre eut un mouvement de recul. Il hésita, puis, l'œil mauvais, la main sur le manche de son fouet, il cria :

— Quoi, enterreur pour la peste !

Mathieu fit oui de la tête, avec un geste des bras comme pour s'excuser.

— Salaud ! hurla l'autre. Et tu le disais pas. Fous le camp... Fous le camp... Saloperie... Tu nous donnerais la mort.

Il leva son fouet. Pris de peur Mathieu se mit à courir vers le haut du pré.

— Fouette, bon Dieu, criait l'autre. Fouette, Pierre. On est en plein dans la peste. Allez, allez !

Les mèches claquèrent, le pas des chevaux s'accéléra, mais avec deux voitures chargées, ils ne pouvaient tenir longtemps une cadence rapide, et, planté près de la fosse commencée, Mathieu entendit décroître le bruit du charroi dont les chevaux avaient repris le pas.

TROISIÈME PARTIE

BISONTIN-LA-VERTU

14

Mathieu demeura longtemps immobile, les nerfs tendus, à écouter décroître ce bruit de charroi qui avait un moment apporté la vie dans ce lieu de mort. Les menaces proférées par cet inconnu l'avaient fait trembler. Non qu'il ait eu peur des coups que cet homme pouvait lui donner, mais plutôt en raison de la frayeur qu'il avait lue dans son regard. A présent, il était seul. Il se trouvait rejeté vraiment du monde des vivants dans cet univers où le mal tant redouté régnait en maître absolu. Jamais jusqu'à cet instant, il n'avait aussi intensément éprouvé ce sentiment de solitude et de désespoir. Ceux-là partaient vers la vie. Par le pays de Vaud, ils allaient gagner la Savoie où ils trouveraient la paix dans le travail et la joie. Au fond de lui, remuait à présent une eau trouble où se mêlaient les menaces de cet homme, les malédictions de l'ensevelisseuse et la crainte qu'il avait de retrouver le Jésuite. Non seulement il se sentait exclu du monde de ceux qui pouvaient encore aspirer à la vie, mais peut-être serait-il rejeté de ce domaine des loges où il avait un moment, à cause de la présence du prêtre, continué d'espérer. Il ne savait même plus ce qu'avait été cet espoir. Il n'avait jamais imaginé comment pouvait se terminer ce séjour. Le prêtre affirmait que l'on avait toujours une chance d'échapper à la peste, mais n'avait-il pas dit aussi que la mort au service des malades, si on les servait bien, assurait l'accès au royaume de Dieu ?

A l'écouter — et sans doute parce qu'il était alors prisonnier de son regard d'eau limpide — Mathieu avait cessé de redouter la mort.

Marchant à côté de ce prêtre dont la force le subjuguait, il avait confusément senti que le passage serait aisé. Il n'aurait qu'à se laisser conduire ; avancer du même pas que lui. La porte s'ouvrirait.

A présent, plus rien n'existait de tout cela que le souvenir de quelque chose qui n'avait pas davantage de consistance qu'un rêve.

Il retrouvait le vide. Une espèce de vertige angoissant dans ce silence qui, de nouveau, reprenait possession de cette terre d'enterrement.

Les corbeaux eux-mêmes avaient fui qui, sans doute, s'étaient portés vers les loges où attendaient les cadavres qu'on amènerait tout à l'heure. Et il devrait creuser encore pour d'autres corps en attendant qu'un nouvel enterreur venu le remplacer ne se mette à creuser pour lui.

La vision de la fosse commencée acheva de le précipiter dans la peur. Alors, sans bien savoir ce qu'il allait faire, repoussant le regard du prêtre et celui d'Antoinette, il passa sur son épaule la courroie de son sac, mit sa pèlerine, démancha une pioche dont il lança le fer au fond de la fosse et partit en serrant le manche de frêne dans son poing crispé.

Il n'y avait en lui qu'une espèce de rage sourde. Une volonté instinctive de fuir la menace de mort qui pesait sur cette terre nourrie de cadavres. Il avait fallu le regard terrorisé de cet inconnu pour qu'il comprît soudain à quel point il appartenait déjà à la maladie et à la mort. Sans hésiter, il se mit à marcher sur le chemin où le givre écrasé par les pieds des chevaux et les larges bandages des voitures, laissait voir la terre rouge des ornières et l'herbe jaunie.

Il marchait sans s'arrêter, sans ralentir le pas. L'eau trouble qui était en lui s'était apaisée, mais elle demeurait. Tout occupé de sa course, il ne réfléchissait pas. Il allait comme allait le chemin où les traces se lisaient, franches et solitaires. Il parcourut ainsi à peu près un quart de lieue et s'arrêta. Clucy ne devait plus être loin, et, déjà, il commençait d'entendre le bruit du charroi. Il ralentit, et, dès qu'apparut dans le brouillard la masse accroupie de la première maison, il quitta le chemin et franchit une murette de pierre pour accéder à un pré. Il préférait éviter le village, sachant fort bien qu'il retrouverait le chemin en coupant à travers le bois de la Côte Versane. Une odeur de feu et de fumier chaud lui apprit que le village continuait de vivre. Il se félicita de l'avoir contourné et, sans le vouloir, il allongea le pas, son manche de pioche bien assuré dans sa main droite. Il atteignit bientôt le taillis épais. Le givre qui croulait chaque fois qu'un buisson s'ébrouait sur son passage faisait sur le sol de feuilles mortes un bruit qui paraissait couvrir tout le pays. Mathieu s'arrêtait souvent, tendait l'oreille, puis repartait. Le bois ne portait aucune trace, il ne comptait aucune sente, mais, en raison de la déclivité du sol, le charretier allait sans crainte de s'égarer. Il monta en biais jusqu'à déboucher sur un pré qui le mena un moment à plat avant de redescendre vers des arbres dont la masse grise se devinait à peine. Derrière ces arbres, un ruisseau chantait clair en passant sous le chemin par la voûte d'un pont épais. Les rives du chemin comme celles du ruisseau étaient habitées de buissons où s'emmêlaient les ronces. Mathieu s'accroupit et attendit.

Les gens avaient dû s'arrêter pour faire boire les bêtes à la fontaine de Clucy, car ils mirent un bon quart d'heure avant de déboucher. L'un des hommes toussait d'une mauvaise toux de poitrine. Tout en toussant, il essayait de parler mais les glaires l'étouffaient. Mathieu reconnut la voix du jeune charretier arrêtant les chevaux. Le charroi cessa de rouler et ce fut de nouveau le silence avec le seul bruit de cet homme qui toussait à s'arracher l'intérieur. Une voix de femme se fit entendre, une voix douce, qui dit :

— Joannès, tu ne peux pas marcher en rancassant de la sorte. Viens là. Monte sous la bâche. C'est ce brouillard qui te fait du mal.

L'homme dut monter, car l'effort qu'il fit changea le ton et le rythme de sa toux. Et la femme lança :

— C'est bon. Pierre, tu peux faire tirer.

Le fouet claqua et le roulement des bandages de fer sur le chemin à présent empierré reprit.

Mathieu regarda passer l'attelage. Sous la bâche du premier char, l'homme toussait toujours et la femme lui parlait avec douceur.

Il laissa les voitures disparaître dans le brouillard, puis, montant sur le chemin, il se remit à les suivre.

Les chevaux allaient d'un bon pas de route. L'homme qui menait connaissait son affaire. Mathieu l'entendait parler à ses bêtes, et, lorsque le chemin se mit à descendre raide en direction de la route qu'il avait si souvent empruntée pour monter sur Pontarlier, il apprécia que le charretier s'en vînt serrer les sabots au bon moment. Le métal se mit à couiner, de loin en loin une bête glissait d'un pied, et la voix criait :

— Tiens bon ! Tiens bon !

Il avait expliqué au roulier qu'il n'était pas possible de gagner le plateau sans emprunter la grand-route jusqu'à Cernans, mais ça ne faisait guère qu'un bon quart de lieue. Dès qu'il aperçut la route, l'homme suivit son conseil et s'arrêta. Dans la voiture, l'autre ne toussait plus mais deux enfants parlaient. La voix du charretier dit :

— Marie, fais taire les petits, qu'on entende s'il vient du monde.

La femme parla, les petits se turent, et ce fut le silence épais, tendu, avec seulement, çà et là, un paquet de givre dégringolant dans les branchages. Un cheval gratta du sabot, des choucas passèrent très haut, invisibles, comme suspendus à leur cri.

— Je crois qu'on peut aller, dit l'homme. Mais tenez-vous prêts. Si jamais il venait des Gris, vaudrait mieux abandonner les chars et s'enfoncer dans le brouillard pour foutre le camp.

L'homme fit le tour des voitures pour débloquer les sabots. Son pas, les bruits du métal et du bois, tout était énorme dans ce silence. Il retourna au cheval de tête et cria en faisant claquer la mèche. Profitant du bout de descente qu'il lui restait à faire, il lança ses bêtes qui prirent un trot lourd mais efficace. Le bruit s'amplifia, répercuté par le rocher qu'on devinait sur la gauche. Ce quart de lieue, les trois bonnes bêtes la dévorèrent en un rien de temps et l'attelage obliqua bientôt sur la droite, quittant déjà la route.

Là aussi Mathieu qui était resté assez loin en arrière eut envie de couper, mais il savait que le village avait été brûlé par les soldats du duc de Saxe-Weimar, et sa curiosité fut plus forte que sa crainte d'une mauvaise rencontre.

Ici, à deux lieues de Salins, il s'était souvent arrêté à l'auberge, le temps de laisser boire et souffler ses bêtes après cette montée fort drue. C'était alors un beau village d'une cinquantaine de feux groupés en cet endroit où s'achève le revers des monts et où commence le plateau. Les maisons de bonne pierre couvertes de bardeaux étaient alignées le long de cette route et des chemins qui la croisaient pour tirer sur La Marre, Geraise ou L'Abergement. On y entendait sonner sur l'enclume la masse et le marteau de trois maréchaux-ferrants. De la route, on pouvait crier bonjour au cordonnier dans son échoppe. La cheminée de la fromagerie fumait. Dans les trois auberges, il y avait des servantes qui vous versaient un bon petit vin venu tout droit de Pupillin.

Mathieu revit en un instant ces visages familiers. Il approchait du village et, avant que d'apercevoir la première maison, il fut touché par l'odeur de feu que l'humidité ravivait. Il y avait pourtant plusieurs mois que l'incendie s'était éteint, mais sans doute de petits foyers avaient-ils persisté longtemps au cœur des poutres écroulées et sous les amas de fourrage et de paille.

Rien n'avait échappé aux flammes. Entre les pans de murs noircis, la carcasse des charpentes calcinées s'était abattue sur les planchers et les meubles dont il ne restait que quelques débris épars. Des cercles de roue et des essieux marquaient l'emplacement des voitures ; des ferrailles tordues émergeaient de ce qui avait été l'atelier du vieux charron gueulard qui savait si bien vous remettre les voitures en état le temps qu'on vide quelques pichets. Mathieu eut du mal à reconnaître ce qui avait été l'auberge du carrefour. Seul le four à pain avait résisté qui semblait un gros animal à gueule ouverte bâillant en contemplant les ruines. Sans doute des cadavres étaient encore sous les décombres, et, les imaginant, Mathieu crut un instant retrouver l'odeur des morts du village des loges. Mais, à part ce remugle de feu, le froid avait tué toutes les vieilles odeurs, celles de la vie comme celles de la mort, et le givre peu à peu effaçait les traces laissées par l'incendie.

15

Ils allèrent ainsi jusqu'au moment où se leva le vent du Nord. Mathieu l'entendit arriver derrière lui sur le plateau où courait comme un froissement de paille. Il savait ce qui allait se passer et quitta le chemin pour continuer derrière une ligne d'épine noire qui formait une haie sauvage assez haute. Le brouillard se leva, ondulant du ventre comme s'il conservait l'empreinte des terres vallonnées qu'il découvrait. Tout paraissait beaucoup plus sale : les pâtures d'ocre clair et de vert mêlés, les roches grises affleurant çà et là comme des croûtes, les bois sur les hauteurs où les premiers sapins alternaient avec des feuillus dépouillés et des chênes portant encore l'automne. De loin en loin, par une échancrure de la haie, Mathieu apercevait le charroi dont le conducteur marchait à hauteur du cheval de tête. Il le laissa prendre une bonne avance et ne regagna le chemin qu'après avoir vu disparaître la voiture de queue au sommet d'une montée. Comme le plateau était entièrement vallonné, il poursuivit sa progression ainsi, n'attaquant une descente qu'après avoir vu le convoi s'enfoncer en terre derrière une bosse.

Lorsqu'il devait s'arrêter, Mathieu éprouvait parfois du mal à reprendre sa route. Il avait marché sans réfléchir, attiré par cet attelage, ce roulement et ce bruit de sabots, mais plus il s'éloignait des loges, plus il avait du mal à les effacer de sa vision. Sans le vouloir, il imaginait le Père Boissy découvrant la fosse abandonnée. Il entendait les sarcasmes de l'ensevelisseuse, les injures du sergent et son gros rire. Il ne savait pas encore s'il allait suivre ces inconnus jusqu'à la frontière en continuant de se cacher où s'il finirait par les rejoindre. Après tout, il suffirait peut-être de leur expliquer qu'il ne pouvait nullement leur communiquer le mal puisqu'il était porteur du gui qui protège. Tant que le brouillard avait tenu, il s'était pris à souhaiter que le conducteur s'égarât de nouveau. Dans ce désert, lui seul eût été en mesure de lui indiquer son chemin. A présent, ce jeune charretier ne risquait pas de se perdre, même s'il n'avait jamais fait cette route. Il suffisait de tirer toujours vers les hauteurs. Les suivant ainsi, c'était surtout aux chevaux que Mathieu pensait, à ce travail facile pour le moment, mais qui pouvait se compliquer si la route devenait mauvaise ou si la neige se mettait à tomber.

Le brouillard s'était levé juste ce qu'il fallait pour livrer passage à la bise qui filait au ras du sol, pareille à une lame sur une pierre. C'était ce brouillard posé sur le vent qui formait ce ciel bas et pesant, de plus en plus sombre, uniformément gris d'un bord à l'autre des terres.

— Ce serait la neige pour bientôt que ça ne m'étonnerait pas. Et alors, il pourrait en tomber un paquet : quand il neige de bise, il neige à sa guise. Ma mère le disait. Et elle avait raison. Je l'ai vu souvent, et surtout dans cette région des plateaux.

Il s'était mis à parler à voix haute, peut-être pour ne pas être tenté de penser aux loges, mais aussi pour se tenir compagnie, et par habitude. Il parlait à la bise et au désert de cette immensité morte, exactement comme il eût parlé à ses chevaux. Il allait de son pas de charretier et tout naturellement, il retrouvait un peu du bonheur de son métier.

Cependant, de temps à autre il se retournait, scrutait la route derrière lui et tout ce qu'il pouvait découvrir de vallonnement à droite et à gauche. Ici, ce n'était pas un endroit idéal pour disparaître rapidement. Les seuls bois proches étaient de petites parcelles et pour atteindre la vraie forêt il y avait des lieues de découvert à parcourir.

— Si un parti de cavaliers venait de l'arrière, j'aurais beau gueuler, avec le bruit du charroi, les autres m'entendraient pas. Faudrait encore que je perde du temps à courir les avertir. Sûr qu'il doit se retourner aussi pour surveiller, mais tout de même, à sa place, j'aurais mis un gosse dans la voiture de derrière, le plus haut possible... C'est un jeune. Bon charretier, mais pas assez de tête.

A cause de l'épaisseur du ciel, le jour demeurait immobile. Mais Mathieu connaissait les distances. Il savait que l'attelage parcourait un peu plus d'une lieue à l'heure et il se dit que l'on devait être à peu près au milieu de la journée.

— S'ils n'hésitent pas à rouler un moment après la tombée de la nuit, ils pourront être à Cuvier pour dormir... Seulement, Cuvier, qu'est-ce que ça peut être en ce moment ? Certainement comme le reste : un tas de cendres. Je leur ai dit : avec des voitures, vaudrait mieux passer la nuit en forêt. C'est encore là qu'on risque le moins... Seulement, moi, j'ai pas de voiture. (Il se mit à rire). Charretier sans voiture, charretier dans la nature. Démerde-toi comme tu peux, Guyon. Fallait rester aux loges. Ici, t'auras même pas la paille. Ta pèlerine, et c'est tout.

Le fait d'avoir vraiment retrouvé son pas de charretier, de respirer de temps en temps l'odeur encore tiède d'un crottin fumant au milieu de la route, d'entendre claquer le fouet lorsque la bise s'apaisait ou d'apercevoir les chariots finissait par l'entraîner loin de ses inquiétudes. Sans s'absenter de sa mémoire, le prêtre et l'ensevelisseuse avaient cessé de le talonner. La marche régulière et le chant de la bise qui finissent par vous saouler un peu y étaient aussi pour quelque chose, de même que le manque de nourriture. Et il allait de l'avant sans plus se demander où finiraient par le conduire ces gens qu'il suivait comme ça, peut-être pour leur venir en aide en cas de besoin, peut-être uniquement pour ne point se sentir tout à fait seul sur cette terre que les troupeaux comme les hommes avaient désertée.

A part ce convoi, la seule vie était celle des choucas, des grands corbeaux et de quelques buses qui s'envolaient, battaient des ailes au ras du ciel gris, puis retombaient sur la terre morte.

Lorsque le jeune homme arrêta ses bêtes et les dételа pour qu'elles mangent le foin qu'il sortit de la deuxième voiture, Mathieu l'observa de derrière un gros rocher saillant contre lequel il s'adossa pour manger son pain. Ils avaient traversé L'Abergement et là, Mathieu avait coupé à travers pré dans un creux bien abrité. En en sortant, il avait pu voir de loin que le village était tout aussi mort que Cernans. Il y connaissait deux carriers chez qui il était souvent venu charger de la bonne pierre à bâtir tirées des carrières toutes proches. Qu'étaient devenus ces hommes et leurs familles ? Avaient-ils pu fuir jusqu'à la forêt ? Etaient-ils morts sous les décombres de leurs maisons ou tués par les reîtres de Saxe-Weimar ?

En mangeant son pain dur, le charretier évoquait ces visages, les demeures paisibles de ces gens avec qui il avait si souvent partagé une soupe, un morceau de lard, un lièvre pris au collet à l'orée de la forêt. Il revoyait des visages heureux, il entendait des rires et des appels d'enfants. Il se souvenait de la place où il avait si souvent joué aux quilles avec ceux du village.

Les chars repartirent, et, dès qu'ils eurent disparu en direction de Lemuy, Mathieu reprit sa marche. Un peu avant le village, il y avait une levée de terre assez haute que la route contournait. Mathieu décida de l'escalader. De là-haut, il aurait la vue sur tout le plateau et pourrait s'assurer que rien ne vivait qui pût être un danger. Mais les autres avaient eu la même idée. De loin, il vit une forme brune s'éloigner de l'attelage et monter à pied à travers prés. Il comprit que c'était la femme. Il se cacha dans un trou qui devait être une ancienne carrière et, l'œil au ras des herbes givrées, il demeura parfaitement immobile. La femme resta quelques minutes en haut, observant dans toutes les directions, puis elle disparut. Descendant sur l'autre versant, elle alla rejoindre le convoi qui avait continué sa route en direction de la ligne sombre des premiers sapins de La Joux. Lemuy également avait été incendié. Tout était détruit, le village aussi bien que la chapelle et la maladrerie où avaient fini tant de lépreux de Salins et de Bourg-Dessus.

Le froid se faisait de plus en plus vif à mesure qu'ils montaient lentement vers la forêt. La bise froissait le givre. Elle prenait le plateau dans sa longueur et filait droit, s'accordant à peine le temps d'épouser les épaulements du terrain. Déjà, enflant la voix, elle se haussait jusqu'aux couches les plus basses de la grisaille qu'elle commençait à déchirer. Ainsi, résistant d'abord pour ne lui laisser emporter qu'une filasse transparente, le ciel entier finit-il par céder. Et ce fut alors toute sa masse lourde qui se mit en route vers le sud, d'un seul mouvement qui allait en s'accélérant.

Mathieu sentait la bise lui glacer le côté gauche et, de temps à autre, il s'arrêtait, se retournait et offrait à sa morsure son côté droit. Le jeune homme marchait à droite de son attelage et Mathieu se mit à rire en disant :

— Tu fais comme moi, tu t'abrites derrière tes bêtes. Tous les charretiers font de la sorte. Mais moi, aujourd'hui, je suis un charretier sans charroi.

Le poids des nuées hâta la fin du jour, et, lorsque les voitures atteignirent la forêt, le vert délavé des bâches se confondit avec le vert plus lourd des sapins bien avant que la voûte d'ombre n'eût absorbé le convoi.

Mathieu marcha plus vite, comme attiré par le grondement des arbres que les premières rafales avaient depuis longtemps dépouillés de leur charge de givre. Le sol lui-même se nettoyait aux endroits les plus exposés, blanchissant davantage dans les creux abrités.

— S'il neige par cette bise, il y aura des congères énormes, dit Mathieu. Et pour rouler, ce sera pas facile !

Il atteignit bientôt l'endroit où la route entre dans la forêt, et, d'un coup, ce fut presque la nuit. La plus grande lumière venait du sol où le givre était par plaques, barrant parfois le chemin où se lisait la trace des pas, des sabots et des roues. A cause des hurlements de la bise, Mathieu n'avait plus aucune chance d'entendre les voitures tant qu'il ne les approcherait pas à quelques sabotées. Si le charroi s'arrêtait, avec la pénombre il risquait d'arriver sur lui sans s'en rendre compte. Il se mit donc à marcher dans la forêt, s'écartant le moins possible du talus. Le sol couvert d'aiguilles était doux au pas, mais les branches basses et les ronces que l'on ne voyait plus rendaient la marche pénible.

De loin en loin Mathieu s'immobilisait pour mieux écouter, et ce fut au cours d'une de ces haltes qu'il entendit tousser l'homme malade. D'arbre en arbre, il s'avança jusqu'à pouvoir comprendre ce que disaient les gens. La femme demandait :

— Est-ce que tu crois qu'on ne pourrait pas allumer un feu, juste de quoi lui faire chauffer de l'eau. J'y mettrais une pomme de pin. C'est bon pour ce qu'il a.

— On peut essayer... Mais juste un petit feu, dit le plus jeune.

S'arrêtant de tousser, d'une voix brisée, le plus âgé dit :

— Non... Faut pas. Ça peut se voir. Même en forêt.

— Qui veux-tu qui vienne ici à pareille heure ? dit la femme.

— On aurait dû continuer, dit l'aîné. Si la neige vient, nous serons beaux !

— Elle ne viendra pas de nuit, ça souffle trop... Je vais chercher des pierres.

Tout en écoutant, Mathieu s'était approché. Les dernières lueurs qui filtraient entre les arbres lui permirent de voir que le jeune homme avait engagé ses voitures à reculons dans un chemin de coupe. Ainsi, elles étaient prêtes à partir sans manœuvrer, et les premiers arbres devaient les dissimuler suffisamment.

— Cet homme est bon charretier, murmura Mathieu. Mais pour la neige, je ne suis pas certain qu'il ait raison. On voit bien qu'il est du bas pays.

Il attendit que le garçon eût allumé son feu. La flamme se couchait à ras du sol, s'applatissait entre les pierres du foyer à chaque gifle de bise, mais la femme l'abritait de son mieux. Elle avait posé sur les pierres une casserole de cuivre dont le fond luisait par instants comme les braises. Mathieu les observa un moment avec envie. Ils s'étaient groupés tous les cinq et tendaient les mains à la chaleur. Mathieu contourna leur camp en passant sous le vent pour la seule joie de respirer quelques bouffées de fumée qui lui parurent tièdes. Puis il rejoignit la route et chercha un abri. Il trouva un tronc couché le long du talus, à un endroit où la voie passait nettement en contrebas.

— Là, dit-il, je serai bien. Et même si je ne me réveille pas avant eux, je suis certain de les entendre passer.

Du pied, il fit un lit épais d'aiguilles de sapin contre le tronc. Il mangea lentement ce qu'il avait gardé, ramassant à tâtons les dernières miettes, puis, s'allongeant sur le flanc, la tête sur son sac et son chapeau bien enfoncé, il dit :

— Demain, je me demande bien ce que je vais manger.

Le vent menait toujours le branle dans la forêt en furie, mais, à cause de la fatigue qui alourdissait ses jambes, Mathieu se sentait bien. Sa tête était vide et en quelques minutes il sombra dans le sommeil.

16

Mathieu fut réveillé par une sensation d'étouffement. Se soulevant sur un coude, il sentit le poids qui l'écrasait glisser et se défaire. Son chapeau tomba et le vent lui piqua le visage et le cou de mille aiguilles. Du froid coula dans son dos et, tout de suite, il comprit qu'il neigeait. La nuit était parfaitement obscure. Il se leva sur les genoux, ramassa son manche de pioche et son sac à tâtons, secoua la neige collée à ses vêtements et se mit debout.

— Doit y avoir un moment que ça tombe, fit-il.

Toute la forêt gémissait sourdement.

— Bon Dieu, qu'est-ce que je vais faire ?

Il scrutait l'obscurité, mais rien n'apparaissait. Il s'orienta en se souvenant que le tronc couché contre lequel il s'était allongé était parallèle à la route. Il pouvait gagner cette route et se mettre à la suivre. Il savait qu'elle tirait sur Cuvier et Censeau, mais la couche était déjà épaisse de plus d'un pied, et il se dit qu'une fois sorti de la forêt, il risquait de quitter la route sans même s'en apercevoir et de s'égarer dans la tempête. Là, tout près de lui, il y avait des voitures couvertes. Il avait vu le roulier tirer du fourrage du deuxième char, et il imagina la tiédeur sèche du foin sous la bâche. S'il parvenait à s'y couler sans bruit, il pourrait attendre le jour et s'en aller avant que les autres ne se réveillent. Un frisson qui l'enveloppa des pieds à la tête le décida. Lentement, tâtant le sol du soulier et agitant devant lui son manche de pioche à la manière des aveugles, il marcha dans la direction où il savait les voitures. Il tendait l'oreille, espérant qu'un cheval secouerait son licou. Il avait vu l'homme attacher ses bêtes à côté de la deuxième voiture de manière qu'elles soient un peu protégées de la bise, mais il savait que les chevaux secoueraient de temps en temps la neige qui devait s'accrocher à leur poil. De fait, il avait à peine fait une vingtaine de pas qu'il entendit une bête remuer, battre du sabot et s'ébrouer. Bientôt, ce fut leur odeur qu'il perçut. Il connaissait assez les chevaux pour savoir que, s'il les surprenait de trop près, ils risquaient de regimber et de réveiller les dormeurs. Il allait se manifester par un claquement de langue, lorsque lui parvinrent la toux du malade et la voix de la femme. Il hésita, mais il se dit que même si les autres sortaient de la voiture, ils seraient incapables de le voir. Il continua donc d'avancer et, bientôt, ayant contourné plusieurs sapins aux branches chargées de neige, il distingua un filet de lumière marquant une mauvaise couture de la bâche. Les bêtes remuèrent davantage. Elles l'avaient certainement éventé. A présent, elles ne risquaient plus d'être surprises et de s'affoler.

La toux du malade était plus faible, encombrée de glaires, et, lorsqu'il se fut approché davantage, Mathieu perçut un râle entre les quintes. Sans doute à cause des enfants, la femme et le plus jeune des hommes parlaient bas et il ne put rien saisir de ce qu'ils disaient. Il attendit encore, mais, le froid le gagnant de plus en plus, il finit tout de même par se diriger vers la deuxième voiture. Au passage, il flatta de la main les chevaux, et ce contact lui fit du bien. Il souleva la bâche, et, le plus doucement qu'il put, il se hissa dans la voiture. Sur la gauche, il sentit des planches, puis du bois rond et lisse. Ce devait être un meuble démonté. A droite, il y avait de la paille et surtout du foin qui avait encore de l'odeur. Il s'y creusa un trou et se coucha, recroquevillé, les genoux au menton. La forêt était trop tumultueuse pour qu'il pût entendre encore la toux du malade, mais, dès qu'il voulut dormir, il eut l'impression que quelqu'un écartait la bâche. Il était là, tendu, la main crispée sur son gourdin, prêt à se défendre et il éprouva bientôt le sentiment d'être un voleur.

Plus il essayait de se défendre et de profiter de la chaleur que le fourrage retenait autour de lui, plus il se sentait étreint par le malaise. Toute la journée, il s'était accroché à sa marche, à la nécessité de se cacher, et il avait fini par ne plus penser. A présent, il y avait ces gens qui l'avaient fui et qu'il suivait malgré eux. Il y avait aussi, renaissant de la nuit, le regard clair du Père Boissy. Un regard à la fois chargé de chaleur, d'amitié et de reproches.

Lorsqu'ils étaient montés aux loges, le Père Boissy lui avait donné sa confiance ; à présent, toujours dévoué aux malades, le Père devait penser à lui et à sa fuite. Et le charretier qui avait si souvent vécu de pareilles nuits de tempête sans jamais trembler, se sentait habité d'une grande peur. Les rafales secouaient la voiture tout entière, mais la colère du vent était moins terrifiante que ce regard clair perçant la nuit. La voix aussi arrivait jusqu'à lui. Elle reprenait des propos que le prêtre avait tenus durant leur voyage, mais aussi une phrase citée le jour où Mathieu lui avait parlé de ceux qui refusaient tout secours aux malades et qui, parce qu'ils étaient riches, s'isolaient loin des villes, dans des châteaux où ils se croyaient à l'abri des épidémies : « Allez loin de moi, maudits, au feu éternel qui a été préparé par le diable et par ceux qui le servent. »

N'avait-il pas un peu servi le diable depuis sa nuit avec l'ensevelisseuse ? N'avait-il pas trahi le prêtre et trahi Dieu du même coup en s'enfuyant comme il l'avait fait ? Qui donc creuserait pour les morts ? Le Jésuite, le barbier, peut-être même le sergent qu'il avait jugé si odieux et qui, sans doute, valait mieux que lui ?

Sa solitude à côté de ces gens qui lui étaient hostiles lui apparaissait à présent plus totale et plus pesante que celle qu'il avait connue à creuser des tombes dans le brouillard épais. Est-ce que cette nuit et cette tempête n'étaient pas le commencement de la punition du Ciel ?

Durant quelques interminables minutes, ce fut l'œil cruel de l'ensevelisseuse qui prit la place du regard d'eau limpide. Elle avait jeté sur lui la malédiction. Sans doute cette femme détenait-elle un pouvoir plus fort que celui du prêtre. Rien ne le protégeait plus du mauvais sort qu'elle lui avait lancé. Il allait peut-être mourir ici. La mort qu'il avait voulu fuir l'avait suivi tout le jour, cachée dans le brouillard. Elle l'avait épié comme il avait lui-même épié les réfugiés. Et là, profitant de la nuit, elle s'approcherait de la voiture et se glisserait à son tour sous la bâche pour le rejoindre. Est-ce qu'elle n'allait pas prendre l'aspect de l'ensevelisseuse ? Est-ce qu'elle l'étreindrait en se servant de cette femme pour mieux le perdre avant de lui ôter la vie ?

Elle était là. Il la sentait. C'était sa main immense et glacée qui giflait la bâche. C'était sa patte griffue qui lacérait la nuit et la faisait hurler de douleur.

Sa main écarta ses vêtements, et il chercha sur sa poitrine le brin de gui. Lorsqu'il l'eut trouvé, il le serra, mais il n'eut pas la force de l'arracher. Quelque chose le retenait qui était certainement le pouvoir de cette femme ; contre ce pouvoir, il se sentait désarmé.

Derrière lui, dans l'autre voiture, il entendit parler plus fort. Il s'assit, son manche de pioche bien en main, mais tout alla très vite. Il y eut le bruit des chevaux dérangés. L'un d'eux hennit et la voix de l'homme parut toute proche.

— Oui oui. Restez tranquilles. C'est pas l'heure.

Mathieu se mit à genoux et recula dans le foin, mais déjà la bâche s'écartait et la lueur d'une lanterne l'aveuglait. Il leva son bâton, la lumière recula puis se haussa un peu.

— Qu'est-ce que tu fais là ? cria l'homme d'une voix que la peur faisait vibrer.

Mathieu baissa son bras et dit :

— Rien de mal... Je me suis abrité.

— Tu es l'enterreur des loges ?

— Oui... Je vous ai suivis.

— Bon Dieu, tu veux nous foutre la mort.

— Non. Je suis pas malade. Je le sais. J'ai le gui qui préserve de la peste.

Il y eut un temps avec les rafales qui faisaient tourbillonner la neige dans la lueur jaune. Moins tranchante, la voix de l'homme dit :

— De toute manière, nous sommes dans le malheur. Je crois que mon beau-frère va passer... Est-ce que tu veux m'aider ?

— Si je peux, je le ferai, dit Mathieu.

— Je vais essayer de lui faire chauffer de l'eau.

Mathieu s'avança. L'homme fit pivoter sa lampe pour le laisser descendre.

— Prends de la paille, dit-il.

Il tenait la casserole de cuivre.

— A qui parles-tu ? cria la femme.

— A un qui va nous aider. Rentre, et ferme la bâche !

Ils prirent aussi une pelle et Mathieu dégagea la neige à l'endroit où l'autre avait construit son petit foyer.

— Faut du sapin vert, dit Mathieu, ça fume, mais ça fait beaucoup de chaleur.

L'homme alla prendre une serpe dans la voiture et coupa une branche basse qu'il débarrassa de sa neige en la secouant. Il la tailla menu, puis Mathieu enflamma la paille à la lampe, et le feu, attisé par la bise, prit très vite entre les pierres où les restes de neige grésillaient. Le sapin brûlait en pétillant. Les flocons passaient à l'horizontale dans la double lueur du foyer et de la lanterne.

— Tu sais, dit le jeune homme, la peste, je la connais... Quand mon beau-frère, t'a engueulé, je pouvais rien dire, mais je la connais.

Il hésitait, cherchant ses mots. Son visage qui avait encore quelque chose d'enfantin reflétait une bonne amitié. On sentait qu'il devait être heureux de ne pas se trouver seul à côté de ce feu. Comme il ne parlait plus, Mathieu demanda :

— Où est-ce que tu l'as déjà vue ?

— A Dole. J'y étais quand ça a recommencé. En plein mois d'août. Même qu'il y a eu un des premiers cas chez les gens où je venais chercher des meubles pour les transporter à Foucherans.

— Et alors ?

— Alors, je me suis sauvé sans rien dire à personne. La ville n'était pas encore barrée. Je suis revenu chez nous, et là, j'ai rien dit non plus. On m'aurait envoyé aux loges... Alors, tu comprends, moi, j'ai pas tellement peur de toi.

Mathieu ne savait que répondre. Il secoua le feu avec une branche mouillée qui se mit à pleurer en soufflant comme une bête dès qu'il l'eut retirée des braises.

— Tu sais, dit le jeune homme, ce qu'il y a aussi, c'est que tu es charretier... On aurait pu se trouver sur la route, ou à l'auberge. Mais moi, j'ai jamais fait de longs parcours. Juste dans notre coin, des sorties de deux jours, pas plus.

Il réfléchit un moment, puis il eut un hochement de tête pour dire :

— Maintenant, ce qu'il nous faudrait, c'est un médecin. Un qui puisse venir ici... Toi qui connais bien le pays, tu pourrais peut-être en trouver un ?

Mathieu réfléchit, puis il dit :

— Tous les villages du Val de Mièges ont été dévastés et brûlés. Il n'y a plus personne. On pourrait en avoir un à Nozeroy, mais ce n'est pas à côté.

— Tu irais ?

— Au jour, oui. A présent, c'est impossible. Mais au jour il y aura trois pieds de neige et tes bêtes ne pourront plus tirer même un seul char.

— Il faudrait qu'un médecin ou un barbier vienne ici.

Mathieu eut un ricanement.

— Tu n'y penses pas.

— Il faudrait. J'ai de quoi payer.

L'eau chantait dans la casserole et le jeune homme y jeta une poignée d'aiguilles de sapin en disant :

— C'est tout ce qu'on peut lui donner. On n'a rien.

Ils étaient accroupis devant le feu pour le protéger. Leur visage était brûlant mais la bise leur glaçait l'échine.

— S'il venait à passer, dit le jeune homme, ce serait terrible.

Il y avait une grande lassitude sur son visage et dans sa voix. Mathieu l'observa un moment, puis calmement il dit :

— Dès qu'on y verra un peu, j'irai. S'il n'y a pas de médecin, je trouverai peut-être un barbier, ou des fois un remède.

17

Dans la voiture de tête, la lanterne fit émerger de la nuit une jeune femme assise sur une malle à côté du malade allongé sur un lit de paille et couvert d'une couette de duvet bien ventrue.

— Qu'est-ce que c'est que cet homme ? demanda la femme avec inquiétude.

— Je t'expliquerai. Il peut nous aider. Il connaît le pays. Dès le jour, il ira jusqu'à Nozeroy.

— Mon pauvre Joannès n'ira pas jusqu'au matin, soupira-t-elle.

Son visage pâle était encadré d'un fichu de laine bleue d'où débordaient quelques mèches noires. Son regard brun luisait, comme noyé de larmes, mais elle ne pleurait pas et Mathieu pensa qu'elle avait peut-être la fièvre. Elle paraissait fragile. Son corps se devinait mince sous une grosse robe de laine grège d'où sortait un col blanc qui montait haut et faisait tache en ce lieu où tout était sombre et terne. Derrière elle, l'un contre l'autre sur la paille, Mathieu devina les deux enfants. Un moment, il pensa à sa femme, mais ce fut une vision fugitive.

Le jeune homme avait soulevé la tête du malade

que la femme s'efforça en vain de faire boire. Le râle était profond. Il venait de la poitrine où l'on entendait gargouiller un liquide épais.

— Laisse-le, Marie. Laisse-le, va, dit le jeune homme. Sinon, il risque encore de cracher le sang.

— Il a déjà craché du sang ? demanda Mathieu.

Marie le regarda, puis regarda son frère avant de dire d'une petite voix qu'un sanglot étranglait.

— Oui... Je vous dis qu'il ne tiendra pas. Il faut atteler. Il le faut... Pierre, je t'en conjure. Il faut partir.

Pierre paraissait désemparé. Son visage exprimait l'anxiété et, dans le regard qu'il lui lança, Mathieu crut lire un appel de détresse. Il perçut nettement la voix du prêtre qui lui soufflait : « Si tu laisses un homme sans secours, tu n'as plus le droit de prétendre que tu aimes Dieu. Car le Christ est forcément en cet homme. N'oublie jamais qu'il a dit : Ce que tu fais au plus humble, c'est à moi que tu le fais. »

Il les observa encore tour à tour, puis, avec un geste vers le pan de bâche que la bise secouait, il dit :

— Nous pouvons essayer, mais j'ai peur qu'on soit vite arrêtés par la neige.

— Oh oui ! supplia Marie. Essayez, je vous en prie. Je marcherai s'il le faut pour soulager. Je pousserai la voiture.

Mathieu sourit.

— Vous n'êtes pas si lourde, fit-il, restez bien là... Je suis charretier, vous savez. J'ai l'habitude. Si la route est possible, je vous mènerai. (Il regarda Pierre). Mais toi, il faut que tu viennes avec la lumière.

Ils sortirent avec la lanterne et la femme referma

derrière eux le pan de bâche qu'elle attacha aux cotrets. La bise ne faiblissait pas et les flocons de plus en plus gros tourbillonnaient serrés, filant le long de la voiture dans la lueur mobile du fanal.

— De toute manière, dit Mathieu, ça ne fera pas de mal à tes bêtes. Elles doivent être gelées. Ce qu'il faut, c'est dégager à la pelle assez long de chemin pour qu'elles prennent élan.

— Tu crois ? Les voitures ne sont tout de même pas chargées à ce point.

— Je sais, mais si tu les rebutes au départ, elles risquent de rechigner. Tu es du bas pays, tu n'as pas l'habitude de tant de neige, et tes bêtes non plus. Ecoute-moi, je connais la neige, et je sais ce qu'elle peut faire à des chevaux.

Retrouvant un attelage, il se sentait revivre. Tout de suite, il montra de l'autorité et ce fut lui qui prit l'initiative des opérations. Tandis que le garçon l'éclairait, il se mit à pelleter en toute hâte, et cette besogne lui remit le sang en mouvement. La chaleur se nourrissait de son effort et envahissait son corps et ses membres.

— Laisse-moi te reprendre, proposa le jeune homme.

— Non, non... Ça me fait du bien... Quand tu m'as surpris, il n'y avait pas longtemps que j'étais dans le foin... Avant, j'étais couché par terre... Ça me réchauffe de remuer.

Il y avait aussi l'excitation qui le poussait, et, sans doute, le besoin inconscient de se racheter en se rendant utile. Il savait que plus ils feraient vite, plus ils auraient de chances d'arriver. La couche leur montait à peine aux genoux, mais elle augmenterait rapidement à présent que les flocons se faisaient plus gros.

— Tant que nous serons en forêt, dit Mathieu, on ne risque pas de perdre la route, mais après, tu sais, je crois que de nuit, ce serait pas prudent. Il y a des fossés profonds, avec la neige on les verra pas et on risquerait de verser.

Dès qu'ils eurent nettoyé une trentaine de pieds de chemin, Mathieu s'arrêta.

— Ça devrait faire, dit-il, mais jusqu'à la route, je mènerai. Tu iras seulement devant pour éclairer.

Pierre répondait oui à tout ce qu'il proposait ou ordonnait. C'était un peu comme si ce garçon se fût senti libéré d'une lourde responsabilité. Tandis qu'ils attelaient les trois chevaux en flèche, il dit à Mathieu :

— Je sais pas ce qui t'a poussé à nous suivre. Si je t'avais vu dans la journée, j'aurais sans doute cru que c'était le diable, mais à présent, je penserais plutôt que c'est le bon Dieu.

— Tais-toi, fit le charretier. Ne parle pas de ces choses-là, ce n'est pas la peine d'attirer le mal, il vient assez vite tout seul... Donne ton fouet. Et surtout éclaire-moi bien, qu'on ne soit pas obligés de s'arrêter.

Il fit claquer le fouet avec une espèce de joie sauvage qui se devinait à sa voix :

— Allez ! Hue !... Hue donc, les beaux !

Les trois bêtes arrachèrent sans peine les deux chariots qui roulèrent sur le sol que déjà les flocons recommençaient à couvrir. Elles entrèrent sans broncher dans la neige profonde. Le pas se fit plus feutré mais plus lent aussi lorsque les voitures atteignirent la couche épaisse.

— Allez ! Hue, les beaux !

Mathieu criait, et la mèche de son fouet claquait au ras des croupes.

Devant, Pierre avançait, levant haut les pieds, le fanal à bout de bras pour éclairer les deux bords du chemin. Il allait en plein mitan, comme le lui avait recommandé Mathieu qui n'avait plus qu'à faire avancer la bête sur sa trace. Sans lâcher le bridon, le charretier continuait de faire claquer la mèche et de donner de la voix. Et tout ce bruit semblait éloigner les coups de gueule de la forêt.

Elle était là, pourtant, de chaque côté de la route, à peine visible lorsque le faisceau de lumière découvrait des branches basses malmenées par le vent. C'était dans les hauteurs des arbres que se tenait le plus grand remuement. Le ciel tout entier semblait passer sans relâche au-dessus d'eux, suivant une route qui coupait la leur, bousculant tout sur son passage et lâchant sa neige par paquets.

Ils allaient, le dos courbé, la tête rentrée dans les épaules, le buste et le visage tournés vers la droite pour offrir moins de prise aux rafales. Le bruit des bandages était étouffé et le pas des chevaux s'entendait à peine. Lorsque le fouet ne parlait pas, lorsque Mathieu s'arrêtait de crier, il n'y avait que le couinement des ridelles dans leur gâche et les claquements des bâches. Il semblait alors que d'autres charrois plus rapides galopaient dans les hauteurs, chargés de bois sec, roulant sur des cailloux, glissant parfois avec d'étranges sifflements. La nuit sans limites leur offrait ces chemins mystérieux que seules connaissent les tempêtes.

A un certain moment, Pierre ralentit un peu et Mathieu comprit qu'il s'était approché du fossé. Lâchant la bride, il fit claquer le fouet pour que les bêtes ne s'arrêtent pas, puis, bondissant en avant, il cria :

— Donne-moi la lumière... Va tenir les bêtes.

Tiens... tiens, prends le fouet. Et fais marcher dans mes traces.

Le changement s'effectua instantanément et Mathieu allongea quelques pas pour reprendre la distance avec l'attelage. La route tournait à gauche, et ils eurent un moment la bise en pleine face. A plusieurs reprises, Mathieu dut protéger sous sa cape le falot dont la flamme menaçait de s'éteindre. Ce tournant lui indiqua l'endroit exact où ils se trouvaient. Tout de suite après, ils auraient un tournant à droite avec le vent dans le dos, mais, un peu plus loin, ils l'auraient de nouveau en pleine gueule et la route se mettrait à monter. La côte n'était pas longue, mais assez raide. S'ils la passaient, ils auraient de bonnes chances d'aller au bout.

La neige tombait de plus en plus serrée et la couche augmentait d'épaisseur. En certains endroits, elle atteignait deux pieds et la marche était extrêmement pénible. Mathieu sentait la sueur couler le long de son dos et il pensait aux bêtes. Elles devaient transpirer aussi. Lorsqu'ils seraient contraints de s'arrêter, le vent les glacerait d'un coup.

— Attention, cria-t-il, ça va monter, tiens bon les bêtes !

Au bas de la côte, la neige s'était entassée et Mathieu eut du mal à passer. Il comprit tout de suite que les chevaux seraient bloqués, mais il était trop tard pour les faire arrêter, alors, d'instinct, il se mit à crier :

— Hue ! Hue ! Bon Dieu, les beaux ! Plus vite ! Plus vite !

Les traits se tendirent. Il y eut des gémissements de fer et de bois, mais, dès qu'elle sentit la neige profonde, la bête de tête s'arrêta. Comme Pierre tirait sur le bridon en faisant claquer le fouet, Mathieu revint vers lui et dit :

— C'est pas la peine, garçon... C'est pas la peine.

Il flatta le cheval de la main pour le calmer, se donna le temps de reprendre son souffle et ajouta :

— Nous n'irons pas plus loin. Je m'en doutais. C'est un sale coin... Tes bêtes ont fait ce qu'elles ont pu. Faut pas demander l'impossible.

Les naseaux lançaient de courts jets de buée que la bise piquetait de flocons pour les emporter.

— Alors ? demanda Pierre.

— On ne peut rien tenter tant que ça tombe pareillement. Pour passer, faut déblayer.

Mathieu réfléchit un moment, puis, très calme, il ajouta :

— C'est bon. Je continuerai seul, mais pas avant qu'on commence à y voir un peu clair.

18

Aussitôt le charroi arrêté, les deux hommes avaient déblayé la neige à côté de la deuxième voiture de manière que les chevaux soient abrités, les pieds à peu près au sec. Ce qu'ils avaient enlevé formait mur et montait largement à hauteur des croupes. Mathieu avait coupé deux jeunes sapins qu'il avait ébranchés et posés en pont entre ce mur de neige et le sommet de la voiture. Là-dessus, une vieille bâche tendue faisait toiture. Vigoureusement bouchonnées, les bêtes se trouvaient à l'abri.

— Mon pauvre homme, avait dit Marie, vous êtes notre Providence.

Et Mathieu les avait laissés pour s'en aller seul dès qu'une vague pâleur avait permis de s'orienter.

Il marchait à présent, ouvrant son chemin, luttant contre la bise. Avec le jour naissant, les flocons se firent plus petits et, peu à peu, ils cessèrent de tomber. Ce que le vent portait à présent, c'était ce qu'il arrachait aux arbres et éparpillait en poussière. Par moments, les rafales quittaient la forêt pour monter plus haut dans le ciel où on les entendait siffler comme des lanières. Alors, il y avait un profond soupir de la terre et des arbres. Mathieu se redressait, relâchant les muscles crispés de ses épaules et de sa nuque, respirait plus profondément et interrogeait les hauteurs. Le ciel semblait disposé à se dégager un peu. Dans la grisaille, se dessinaient déjà quelques lueurs encore sales mais qui annonçaient une aube de lumière.

Et cette aube se leva au moment où Mathieu atteignait les derniers arbres. Il la devina de loin, qui rampait sur le vallonnement du plateau. Il y eut un temps d'hésitation. Même la bise s'arrêta un instant pour regarder vers l'Est cette déchirure qui s'ouvrait au ras des montagnes. Il se fit une longue crevasse d'or entre le gris épais, violacé par endroits, des nuages, et le bleu sourd, presque cendré, de la forêt enneigée qui barrait l'horizon par-delà cette échappée sur le Val de Mièges où la pénombre dormait encore.

Mathieu s'arrêta à la lisière. Lentement, avec beaucoup d'attention, il se mit à scruter chaque repli de neige. Rien ne remuait. Rien ne vivait que la lumière qui avançait pas à pas, en se donnant le temps de fouiller chaque recoin, de débusquer partout les dernières traces de la nuit. Mathieu reprit sa marche. Ici, rien n'arrêtait la bise qui filait d'un seul élan, effleurant les crêtes, pressée d'aller secouer la forêt.

Dès qu'il découvrit les premières maisons de Cuvier, le charretier s'arrêta. La neige avait écrasé le village d'où ne sortait aucun filet de fumée. Il savait que, comme tous ceux du Val de Mièges, ce village avait été dévasté et incendié par les troupes de Saxe-Weimar, mais il avait espéré que, depuis lors, quelques habitants y seraient revenus. Mais non, c'était le vide et la mort partout.

Il n'était plus qu'à quelques pas des premiers

murs écroulés et noircis, lorsqu'il sursauta. On cognait à la masse. Il s'accroupit dans la neige et sa première pensée fut : « Heureusement que je n'ai pas écouté Pierre. Il voulait que je prenne un cheval. Mais comment se cacher avec un cheval ? »

C'était du métal que l'on frappait, mais certainement un métal posé sur du bois. Mathieu hésita un long moment. La peur était en lui, mais il la trouvait stupide. Il se disait :

— Si j'avais vu de la fumée à une cheminée, je serais allé droit dessus. J'entends du bruit et je n'ose pas avancer. Ça ne peut être qu'un homme qui reconstruit sa maison. Qu'est-ce que des soldats pourraient venir taper ici ? Il y a longtemps qu'ils ont pris ce qu'ils avaient à prendre.

Il se redressa et, s'étant approché davantage, il put constater qu'une trace de pas toute fraîche arrivait de la forêt qu'il venait lui-même de quitter. Mais cette trace coupait à travers champs, sans suivre la route. Il regretta de n'avoir pas pris son manche de pioche, mais il se décida tout de même.

La maison d'où sortait le bruit ne portait plus qu'un pan de toit dans un angle. Le reste s'était écroulé. Les poutres noires tranchaient sur la neige. De bons gros murs en pierre de grand appareil étaient restés debout. Il s'avança jusqu'à l'angle d'un portail. Les coups de masse s'étaient arrêtés, mais on entendait remuer de la ferraille. Il avança la tête. Un homme grand et sec qu'il voyait de profil était occupé à dégager un cercle de roue pris sous un éboulement. Mathieu s'avança et dit :

— Salut, l'homme !

Surpris, l'autre porta la main à sa masse posée à côté de lui.

— Je ne te veux pas de mal, dit Mathieu. Je cherche de l'aide.

— De l'aide, ici ? Mais c'est le désert.

— La preuve que non, puisque tu es là.

— Je viens d'arriver. Deux minutes plus tôt, tu ne trouvais personne.

L'inconnu avait un visage étroit avec un long nez en bec d'aigle. Sa peau était brune et des cheveux noirs sortaient de dessous un large béret bleu. Il portait une veste boutonnée haut et un pantalon de gros velours bien serré aux chevilles.

— Tu es charpentier, dit Mathieu.

L'autre apporta une précision importante :

— Compagnon charpentier, oui.

— Moi, je suis charretier... Je suis d'Aiglepierre... Tu es venu remonter cette maison ?

L'autre se mit à rire.

— Par ce temps, dit-il, faudrait être fou. Je viens seulement chercher du fer.

Mathieu raconta rapidement son aventure, mais sans parler de la peste ni des loges. Il fit comme s'il avait accompli tout le voyage avec les autres.

— Tu ne trouveras ni barbier, ni médecin, ni foutre rien ici, dit le charpentier. Et à Nozeroy, tu n'entreras pas. Il y a un mois, le siège tenait toujours. Il y a des Français, des Gris, des Suédois qui viennent rôder autour. Je ne te conseille pas de t'en approcher... Mais nous, on peut t'aider.

— Vous, c'est-à-dire qui ?

L'autre le regarda, regarda sa ferraille et sa masse, puis se décidant soudain, il dit :

— Si ton ami est si mal en point, c'est pas la peine de traîner. Je t'expliquerai en route. Allons... La masse, je vais la laisser. Personne viendra me la prendre là par un temps pareil !

Le compagnon prit au passage une longue houppelande marron qu'il avait accrochée à une ferrure de porte, et il la jeta sur ses épaules.

Ils se mirent en route l'un derrière l'autre dans les traces que le charretier avait laissées. Ils allèrent un moment ainsi, puis lorsqu'ils atteignirent une éminence où la souche rabotée par la bise était plus mince, le compagnon quitta les traces pour marcher à côté de Mathieu.

— Je m'appelle Lacroix, Denis Lacroix. Mais mon nom de compagnon, c'est Bisontin-la-Vertu. Parce que je suis de Besançon... Moi, j'ai travaillé en France, en Italie et aussi en pays de Vaud... Et voilà que je suis revenu en Comté au printemps 36. Tu vois un peu, juste le bon moment ! J'étais sur un beau chantier de clocher à Brevans quand le siège de Dole a commencé. Pas la peine de te dire que je n'ai pas moisi sur place. Je me dis : Bisontin, mon lapin, tu vas t'en retourner chez les Vaudois, tu seras plus tranquille... Me voilà en route, quand je rencontre un maître qui me parle d'une belle charpente à bâtir à Chapois. Tu vois où c'est ?

— Bien entendu, je suis charretier. Je connais ce pays comme pas un.

— Bon, il me parle de ça, et aussi qu'Arbois n'est pas si loin et que l'homme qui fait bâtir y possède quelques ouvrées de vigne. C'est le genre de double argument auquel un bon compagnon ne résiste pas. Nous voilà donc d'entreprendre cette charpente dans les meilleures conditions, d'en faire quelques autres aux environs, de prendre goût à ce pays lorsque cet imbécile de Saxe-Weimar s'en vient se faire rosser à Saint-Germain. Histoire de se venger, est-ce que ce rustre qui ne respecte même pas la belle ouvrage ne s'en vient pas brûler nos charpentes et tout le reste du pays avec ? Encore une chance qu'avant de nous tomber dessus, il ait eu l'idée de brûler Gardebois et Le Larderet. Quand on a commencé à respirer l'odeur de cochon buclé, tout le monde a chargé les voitures, et que je te fouette en direction du bois des Troncs.

L'homme racontait tout cela sur un ton presque enjoué, comme s'il eût parlé d'une partie de plaisir, avec de petits gloussements de rire qui faisaient tressauter sa pomme d'Adam saillante et pointue. Son œil vif pétillait. Ses grands bras soulevaient les pans de sa houppelande, ce qui achevait de lui donner l'allure d'un long échassier. Sa démarche était curieuse, à la fois saccadée et assurée, donnant un peu d'inquiétude pour son équilibre. Mais ils allaient bon train, et le soleil qui était déjà haut derrière eux projetait sur la blancheur éblouissante leurs deux ombres que déformaient les bourrelets de neige.

Lorsqu'ils arrivèrent sous bois, le compagnon s'arrêta, fouilla sa poche et en tira un petit flacon ovale qu'il déboucha et tendit à Mathieu.

— Tiens, garçon, fit-il. C'est du remontant. Un petit coup dans le col, et tu vois tout de suite la vie plus claire.

L'alcool était fort mais extrêmement parfumé. Mathieu sentit sa chaleur descendre en lui et l'envahir tout entier.

— C'est de la prunelle, dit Bisontin avec un clin d'œil. On l'a distillée dans le bois, avec du matériel de fortune, mais reconnais que c'est quelque chose !

Le charretier reconnut volontiers, et le charpentier se remit à raconter comment une trentaine de personnes avaient vécu en forêt n'en sortant que la nuit, par petits groupes, pour aller chercher un peu de nourriture dans les champs ou rôder autour des villages du Revermont où la guerre et la peste continuaient leurs ravages.

— Tu vois, charretier du diable, fit-il en riant, je te dirai pas que c'est la belle vie, mais moi, avec les cabanes à bâtir et les voitures à bricoler, je me suis jamais emmerdé. On a même quelquefois bien rigolé.

Ils marchèrent un moment sans parler, l'un derrière l'autre, à cause d'un creux où la neige s'était amoncelée. La bise sifflait toujours, mais il semblait qu'à la manière du soleil, elle se faufilât plus aisément entre les arbres qu'elle secouait moins.

Dès que la couche s'amincit, le compagnon revint à hauteur de Mathieu, le prit par le bras et l'obligea à s'arrêter. Le souffle un peu court, il dit :

— Oh là, laisse respirer une minute.

Ils demeurèrent à se regarder dans la lumière qui filait entre les cimes en mouvement, puis, lorsqu'il eut retrouvé son souffle, le compagnon dit :

— C'est pas tout, mais moi, je leur ai donné une idée, à ces paysans. Ils veulent tous passer en pays de Vaud ou en Savoie ; seulement, avec les troupes qui fourragent le pays, ils ont peur de se risquer sur les routes. Et au fond, ils ont raison, des centaines de pauvre bougres qui foutaient le camp se sont fait occir bêtement... Et moi, plus malin, je leur ai dit : « Laissez-nous faire, le temps et moi, et vous irez en pays Vaudois sans suivre les routes. »

Il s'arrêta, regarda Mathieu d'un air de triomphe qui voulait dire : « Alors, lourdaud de charretier, toi non plus tu n'y aurais pas pensé. » Il laissa passer quelques secondes, puis il reprit :

— Et c'est pour ça que tu m'as trouvé en train de farfouiller dans la ferraille d'un pauvre charron qui a dû laisser sa peau dans l'aventure. Et tu devineras jamais ce que je veux ferrer, toi qui es charretier.

— Les chevaux, lança Mathieu qui comprit tout de suite qu'il venait de tomber dans un piège grossier.

L'autre éclata d'un rire qui rappelait celui du pic vert. Un rire haut perché qui descendait avec des kiakiakia en cascade jusque dans les graves les plus sourds.

— Bien sûr que non, fit-il. Les chevaux, ils sont fins prêts. Mais ce que je veux finir de ferrer, c'est les traîneaux... Parfaitement, mon gaillard ! J'ai transformé les voitures en traîneaux. Et à présent que la neige est là, laisse deux ou trois jours qu'elle durcisse, et je te mène tout ce monde en pays de Vaud sans jamais prendre une lieue de route... Et d'ailleurs, avec ce froid, les soldats sont beaucoup plus portés sur le coin du feu que sur le service en campagne ! Ce matin, quand j'ai vu la neige, j'ai pas hésité à aller tout seul récupérer ma ferraille. Je me suis dit, pas de risque qu'un Français ou un Gris mette le nez dehors... Et tu peux dire que tu m'as surpris. Ça alors, tu m'as surpris, foutu charretier !

Il raconta encore comment ils avaient dû quitter le bois des Troncs pour la forêt de Joux plus vaste et plus dense, au moment où Saxe-Weimar avait brûlé le château et le village de Montmarlon. Il parla aussi de toutes les batailles livrées durant l'été et l'automne autour de Nozeroy.

— Depuis la forêt, on entendait tonner le canon. Ceux de Nozeroy, ils en ont vu de cruelles ! Ça dure depuis février. C'est d'abord les Français qui ont pris la ville. Et puis les Cuanais les ont foutus dehors. Après, les Suédois sont venus, et puis Villeroy. Alors là, qu'est-ce qu'il y a eu comme canonnade ! Avec deux amis, une nuit, on est montés jusqu'à la lisière du bois. Ça flambait de partout... Je te jure, quand cette guerre finira — si elle finit un jour — va y avoir de l'ouvrage pour les maçons et les charpentiers !

Son rire d'oiseau cascada sous le couvert, puis il ajouta :

— Mais moi, je préfère aller de l'autre côté de la frontière pour mettre ma carcasse en sécurité. Quand ce sera fini, on avisera... J'ai déjà repéré de beaux chantiers. Des charpentes de clocher. Ça, c'est de la belle ouvrage... Et tiens, puisque tu es charretier, j'aime mieux te dire qu'il y aura aussi de la besogne pour transporter le bois, la pierre et la chaux.

Mathieu était un peu mal à l'aise à écouter cet homme qui parlait des atrocités avec tant de légèreté. Le compagnon dut le sentir, car, s'arrêtant de nouveau pour le regarder, il montra soudain un visage sombre. Son regard se fit plus froid, ses gros poings osseux se nouèrent, tandis qu'il disait, les dents serrées par la colère :

— Tu sais, faut pas croire. Je rigole des fois... Faut pas se laisser aller à pleurnicher toujours. Mais j'ai vu des gosses et des femmes à genoux, se traîner aux pieds des Français... Jamais de pitié... A coups de sabre et de pique... Comme des bêtes, ils les saignaient. Comme des bêtes... Entre ça et la peste, bon Dieu, pauvre Comté !...

Il détourna la tête et se remit à marcher, se cachant pour essuyer deux larmes sur ses pommettes saillantes.

Il fit quelques pas et toussa pour se reprendre, avant de dire :

— La guerre, ça rend sauvage n'importe qui. Parce que les Français, je les connais bien, moi. Comme compagnon du rite des Etrangers, j'ai parfois eu des histoires avec eux, en faisant mon tour de France, mais pourtant, ça finissait toujours par s'arranger.

Il hésita un peu, parut réfléchir, puis il conclut :

— Au fond, la mauvaise race, c'est pas plus les Français que les autres ; c'est les soldats. Tu n'as qu'à voir, ceux de l'invasion, Suédois et tout le reste, c'est du même tonneau. Et je crois bien que les Cuanais ne valent pas plus cher du moment qu'ils ont une arquebuse entre les mains... La guerre, ça finit par pourrir les meilleurs, alors moi, j'aime mieux la voir de loin.

19

Lorsqu'ils atteignirent les voitures, le compagnon regarda l'abri sommaire où se trouvaient les chevaux, et en riant il dit à Mathieu :

— Tu me fais concurrence. Voilà de la belle charpente.

Tout de suite, Pierre qui l'avait entendu sauta de la voiture et s'avança en demandant :

— Vous êtes médecin ?

— Médecin des charpentes. Je suis Lacroix Denis, dit Bisontin-la-Vertu, compagnon charpentier.

Mathieu expliqua que nulle âme ne vivait dans les villages, mais qu'au campement d'où venait cet homme, il y avait un barbier capable de soigner Joannès.

— J'aime savoir le nom des gens, dit Bisontin.

— Je suis Pierre Mercier, dit le jeune homme. Je suis charretier forestier de La Vieille-Loye. Ma sœur est Marie Bourdelier. Et c'est son homme qui se meurt.

Ils montèrent sous la bâche où la moiteur de l'air les surprit. Le malade râlait. Marie se tenait assise à côté de lui et ses deux petits enveloppés dans un grand châle brun se blottissaient contre elle. Le compagnon embrassa tout cela du regard et dit :

— Si c'est pas pitié, pauvres gens !

Il se tourna vers Mathieu et demanda :

— Toi qui es charretier, est-ce que vous pouvez rouler ?

— Avec une seule voiture, en ouvrant le chemin où c'est le plus épais, on devrait pouvoir.

— Je te signale que ça descendrait plutôt.

— Et on laisserait l'autre voiture ? s'inquiéta Pierre.

— T'en fais pas, on reviendra. Et par ce temps, personne ne s'aventure dans la forêt. Il n'y a que des fous comme nous et quelques loups.

Il retint son rire à cause de Marie, puis il sauta de la voiture dans un large envol de sa houppelande et lança :

— Allons, les charretiers, montrez ce que vous savez faire !

D'un grand geste rond il enleva sa houppelande qu'il lança dans la voiture en disant :

— Ordonnez, je suis votre homme.

Pierre le regardait avec beaucoup d'étonnement. Ils dégagèrent la neige devant la première voiture, puis ils sortirent les chevaux et roulèrent tant bien que mal la bâche que le gel avait durcie, puis ils la glissèrent dans la deuxième voiture. Tandis que Pierre allait atteler les bêtes, les deux autres détachèrent les chars. Puis, à la pelle, ils commencèrent à déblayer le chemin.

— Il faudra redescendre un peu par où vous êtes venus, expliqua le compagnon, et nous trouverons un ancien chemin de coupe. En le suivant, on tombe sur notre camp.

— C'est là qu'on s'était garé pour la nuit, dit Mathieu.

— Tu vois, fit le charpentier en riant, fallait pousser de l'avant, et vous veniez nous réveiller.

Cet homme avait un étonnant pouvoir de joie. Un rien le faisait rire, et, depuis qu'il l'avait rencontré, Mathieu se sentait libéré de l'angoisse qui l'avait si souvent étreint.

Le chemin fut lent et pénible. Vingt fois, ils durent arrêter la voiture le temps de dégager la neige amoncelée. Et, chaque fois, Marie écartait la bâche pour dire :

— Il va de plus en plus mal, vous savez. Il faudrait faire vite.

Le compagnon répétait :

— Pauvres gens, si c'est pas une pitié !

Et ils se hâtaient tous trois, lançant loin la neige qui volait à la bise, miroitant dans les rais de soleil que la forêt de plus en plus épaisse laissait encore couler jusqu'à eux. Malgré le froid, ils transpiraient, et chaque fois qu'ils s'arrêtaient de pelleter, la bise leur glaçait le corps.

— Il nous faudra un bon coup de vin chaud en arrivant, disait Bisontin. Heureusement qu'il y a ce qu'il faut chez nous.

Les bêtes reposées tiraient ferme, bien tenues par Mathieu qui avait su faire amitié avec elles. Leur poil beige fumait comme une soupe et les naseaux soufflaient épais dans le vent froid.

A un certain moment, Bisontin porta deux doigts à ses lèvres et lança trois coups de sifflets. De loin, le même appel arriva. Bisontin siffla encore et dit :

— Ils vont comprendre. Il nous viendra sûrement de l'aide.

En effet, ils virent bientôt arriver cinq hommes dont l'un portait une arquebuse.

— C'est moi ! cria le compagnon. Venez pousser à la roue... Ça presse, les amis. Il y a un malade dans la voiture !

Sans demander d'explications, les cinq hommes vinrent ajouter leur force neuve à celle des chevaux. Tous avaient aux pieds des toiles de sac serrées par des cordelettes, ce qui leur donnait une bonne assise dans la neige.

Un remous de bise leur apporta bientôt une chaude odeur de feu, et, passé une bosse, ils découvrirent une dizaine de huttes groupées dans une clairière que le soleil inondait. Les chemins étaient tracés comme des rues de village et bordés de neige entassée plus haut qu'un homme. De la fumée bleutée courait, tourbillonnant avant de se perdre dans le bois.

Dès qu'ils approchèrent, des gens sortirent des huttes et se portèrent à leur rencontre. Des femmes, des enfants, trois chiens hurlant, faisaient quelque chose qui ressemblait aux villages du temps de paix, ces villages perdus en montagne où l'arrivée des rouliers était une fête. Mathieu eut un coup d'émotion à découvrir cette vie au cœur de la forêt, cette vie comme on n'en trouvait plus guère dans les vrais villages du pays comtois.

Tout de suite, le malade fut emporté dans la cabane du barbier où Marie le suivit tandis que des femmes emmenaient les petits pour les réchauffer et leur donner à manger. Bisontin dit aux hommes du village de s'occuper des bêtes, et il entraîna Mathieu et Pierre dans son logis qui était une bonne cabane de rondins couverte d'ancelles inégales mais dont on pouvait voir, de l'intérieur, qu'elles joignaient à la perfection. Dans un angle, un foyer de terre battue où couvaient des braises tirait vers l'extérieur par un tronc évidé où filait la fumée.

— C'est une invention à moi, dit le charpentier en riant. Il y en a dans chaque maison. Et je vous jure que ça fonctionne.

Il jeta sur les braises des pommes de pin qui s'enflammèrent aussitôt en ronflant, et il posa sur le feu une casserole où il vida un pot de vin rouge. La bonne odeur du vin mêlée à celle du feu emplit la demeure. Pierre et Mathieu s'étaient assis sur des billots, offrant leurs pieds et leurs mains à la chaleur. Dès qu'il eut absorbé son vin chaud et mangé le pain noir et le lard offerts par le compagnon, Mathieu sentit le sommeil le gagner.

— Vous allez dormir, dit le compagnon. Et nous, on va s'en aller chercher votre deuxième voiture.

Pierre protesta qu'il voulait aller avec les autres, mais le rire d'oiseau l'interrompit :

— Qu'est-ce que tu veux qu'on fasse d'un gaillard qui va s'endormir en route ? dit le compagnon. Allez, couchez-vous, et vous occupez pas du reste.

Il y avait là une claie de branchages assez large pour quatre personnes. Les deux hommes s'y allongèrent sous des couvertures après avoir étendu leurs vêtements près du feu. Le compagnon parti, Mathieu demeura longtemps allongé sur le côté, à regarder les habits lâcher leur buée devant ce foyer d'où montaient des lueurs. Le compagnon y avait placé deux rondins qui flambaient en lançant de temps à autre des étincelles. C'était bon, d'être là après tant de peine et d'angoisse, et pourtant, Mathieu qui tout à l'heure somnolait sur son plot, ne parvenait pas à s'endormir. Délivré de l'effort à fournir, il se retrouvait seul avec le regard du Père Boissy et le souvenir de l'ensevelisseuse. L'un et l'autre s'étaient installés entre ce feu et lui, transparents et pourtant étonnamment présents. Il s'y mêlait parfois le visage douloureux de son épouse au moment où la rongeait ce mal pareil à celui qui écrasait Joannès.

A cause de la fatigue, le charretier d'Aiglepierre était sans réaction. Il ne luttait ni pour chasser ces visions ni pour s'y accrocher. Il ne savait même plus s'il devait les maudire ou les appeler. Elles étaient là, bien présentes mais immobiles et muettes, comme si l'engourdissement qui le gagnait les eût enveloppées elles aussi.

Tout commençait à se brouiller lorsque la porte s'ouvrit. Un vieillard entra que suivait le barbier aperçu tout à l'heure. Mathieu fit effort pour se soulever sur un coude.

— Ne te lève pas, dit le vieux. Tu as peiné, tu as droit au repos. Je suis Jacques d'Eternoz, échevin de Chapois. Comme je suis le doyen de cette petite communauté de réfugiés, on m'en a donné la responsabilité. A ce titre, je veux bien vous accueillir parmi nous, mais je dois vous poser une question... Et toi, tu te dois de me répondre en toute honnêteté si tu ne veux mettre ni ta vie ni ton âme en péril.

Il marqua un temps, et Mathieu comprit que le vieil homme à cheveux blancs et à visage d'aigle attendait qu'il s'engage.

— Questionnez, fit-il, je vous répondrai en toute honnêteté.

— Tu le jures ?

— Je le jure.

— C'est bien. Je n'ai aucune raison de douter de toi. Alors, dis-moi, là d'où vous venez, est-ce que vous avez été en relation avec des pestiférés ?

Mathieu eut un sursaut. Marie avait-elle parlé ? La peur dut se lire sur son visage, mais le vieil homme, l'interprétant autrement, s'empressa de dire :

— Ne t'effraie pas, garçon. Ce n'est pas de peste qu'est atteint ton ami. Le barbier est formel. Et que ce seul mot te donne une telle peur me prouve assez que tu n'as jamais rencontré ce qu'il désigne... Dors en paix, mon ami, et pardonne-moi de t'avoir importuné, mais tu dois bien comprendre que j'ai le devoir de préserver du mal cette petite communauté qui s'en est éloignée.

Mathieu avait la gorge nouée. Il ne put que hocher la tête et regarder sortir les deux hommes. A côté de lui, Pierre que les voix avaient réveillé n'avait pas remué d'un pouce. Lorsque la porte se fut refermée, il dit à voix basse :

— Tu as bien fait... Si tu avais dit d'où tu viens, ils nous auraient jetés dehors... Et alors, on n'avait plus qu'à crever dans le froid, tous autant que nous sommes... Dors... Moi, je peux plus... Je peux plus...

Et sa voix s'embourba dans le sommeil.

20

Lorsqu'il se réveilla, Mathieu se figura qu'il avait dormi plusieurs jours tant il avait la tête lourde. Et pourtant sa fatigue ne l'avait pas quitté. Elle était là, somnolant tout au long de son corps et de ses membres comme une bête sournoise. Elle le mordit dès qu'il remua.

Il se souleva et la claie de branchages se mit à geindre sur ses piquets. Il s'assit, jambes pendantes, et regarda le foyer où rougeoyaient quelques tisons. Il alla enfiler ses vêtements qui n'étaient secs que par endroits et se dit qu'il n'avait peut-être pas dormi aussi longtemps qu'il l'avait cru tout d'abord.

Plus longue à se dégourdir que son corps, sa tête se remit à travailler. Les propos du vieil échevin lui revinrent.

Qu'eût-il fait si cet homme lui avait laissé le temps de répondre ? Qu'allait-il faire lorsqu'il le reverrait ? Avait-il le droit de se taire ? S'il portait sur lui le germe du mal, sans doute l'avait-il déjà transmis à d'autres. Et il y avait là des enfants qui, à cause de lui, allaient peut-être mourir comme mouraient ceux des loges.

— Le premier froid aura raison des miasmes.

Il répéta plusieurs fois ces propos du Père Boissy, mais, en lui, une autre voix disait :

— Je te maudis... Tu n'as pas voulu m'emmener avec toi, que le terrible mal soit sur toi et sur tous ceux que tu approcheras !

En même temps que cette voix de métal tranchant, lui revenait le regard de l'ensevelisseuse.

Il allait se diriger vers la porte lorsqu'elle s'ouvrit doucement. Le compagnon entra, regarda vers la couche et dit à voix basse avec des gestes de ses grandes mains ouvertes.

— Laisse-le dormir. Il est jeune... Je venais redonner du bois au feu. Toi, tu n'as dormi que deux heures, ce n'est pas assez.

— Ça va, murmura Mathieu.

— Tu veux manger ?

— Pourquoi pas ?

Bisontin-la-Vertu remit deux rondins sur la braise et le feu recommença de chanter tandis qu'une belle flamme souple filait en direction du tronc évidé.

— Tu ne crains pas que tout prenne feu ?

— Non, dit le compagnon, j'ai fait tremper ces conduits dans un bain de terre glaise. Une préparation à moi.

Il étouffa son rire le temps de sortir et de refermer la porte. Dehors, il rit et poursuivit :

— Tu connais les choses des bêtes et des voitures, moi je sais toutes celles de la construction. Et même des recettes que j'ai inventées et que je ne donne à personne. Ça vaut de l'or. Et ça fait maronner les autres.

Il s'arrêta, regarda Mathieu d'un œil soudain assombri. Tout de suite, le charretier se dit : « Il va me parler de la peste ; Marie lui aura dit d'où je viens. »

Sans doute l'angoisse parut-elle dans son regard, car l'autre dit :

— Tu as deviné ce que j'ai à t'apprendre ?

Mathieu ne put soutenir son regard et baissa la tête.

— Il était trop faible, reprit le charpentier. Le barbier n'a rien pu faire de bon. Il y a à peu près une heure qu'il est mort. Mais ça ne servait à rien de vous réveiller pour vous l'annoncer.

Malgré lui, Mathieu soupira. Le compagnon poursuivit :

— Sa femme a été courageuse, tu sais. Elle est avec la mère Malifaux. C'est une brave vieille. Elle l'a prise avec ses deux petits qui n'en peuvent plus. Heureusement qu'on a encore deux vaches. Avec le froid et le manque de fourrage, elles ne donnent pas beaucoup, mais assez pour les enfants.

Mathieu se sentait de plus en plus mal à l'aise. Lorsque le compagnon lui demanda s'il était parent avec le défunt, il hésita un moment avant de répondre d'une voix qui passait mal :

— Non... C'était un ami.

Le charpentier lui tapota l'épaule et trouva des mots d'amitié qui accentuèrent encore sa gêne.

— Faut te remettre, mon vieux, dit le compagnon qui continuait à se méprendre. Nous vivons de drôles de temps. Aujourd'hui c'est lui, demain peut-être toi, ou moi, ou tous ceux qui sont ici... Même si la guerre s'arrêtait ce soir et que les soldats foutent le camp, ils n'emporteraient pas la famine et la peste avec eux aussi facilement qu'ils les ont amenées sur ce pays.

A l'extrémité du village, deux hommes avaient

déblayé la neige et creusaient le sol dur, lâchant souvent la pioche pour prendre la hache et couper les racines. Le charpentier voulut empêcher Mathieu de se diriger vers eux, mais ce fut en vain. Arrivé près des autres, le charretier dit :

— Laissez-moi faire.

— C'est dur, tu sais, dit l'un des hommes qui était jeune et robuste.

Mathieu faillit répondre qu'il avait l'habitude, mais il se reprit à temps et déclara :

— C'est normal que ce soit moi qui creuse pour lui... C'était un ami.

Les autres lui laissèrent la place et les outils. Secouant les douleurs qui lui nouaient les bras, les épaules et les jambes, il sauta dans la fosse commencée et se mit à piocher comme jamais il ne l'avait fait. Sa fatigue même le talonnait. Une espèce de rage sortait de lui qui, aussitôt, se retournait contre lui. C'était comme s'il eût voulu expier une faute. Se laver dans le travail et la peine de ce qu'il n'osait confesser à personne.

Il revoyait Joannès près du cimetière des loges. A ce moment-là, il avait détesté cet inconnu. A présent, il creusait pour lui. Et aux loges, c'était peut-être le Père Boissy qui creusait pour d'autres en pensant à lui et en s'étonnant de sa lâcheté. Le Père et Antoinette qui devait continuer de le maudire, de le vouer au mal. Il lui parut un instant que le brin de gui lui brûlait la peau.

La tentation de s'en débarrasser lui revint, mais il se dit qu'il n'en avait plus le droit. Si ce gui le protégeait, il protégeait également tous ceux qu'il approchait. Il était condamné à le porter toute sa vie, car l'ensevelisseuse guetterait certainement de loin le moment où il s'en déferait pour lui envoyer la maladie. Malgré lui, la vision lui revint du corps de cette femme et des moments vécus avec elle. Alors, il cogna plus fort et plus vite encore, comme pour s'étourdir.

— Tu vas te crever, dit le charpentier. Laisse-moi au moins manier la hache, ça me réchauffera.

A bout de force, Mathieu posa son outil et s'adossa à la paroi de terre tandis que l'autre qui venait de la rejoindre lui tendait sa bouteille d'alcool. Mathieu but une bonne goulée, puis, regardant le charpentier qui passait doucement une petite pierre sur le tranchant de la hache, il commença :

— Ecoute, Bisontin, faut que je te confie quelque chose.

L'autre leva les yeux sur lui, l'observa un instant et, comme Mathieu demeurait à chercher ses mots, il lui tapa sur l'épaule en disant :

— Tu n'as pas besoin de parler, mon vieux. J'ai roulé, tu sais, je comprends les choses.

Une fois de plus il se méprenait, mais le charretier manqua de courage.

Tout en travaillant de la cognée, le grand compagnon dont chaque coup faisait voler des copeaux deux fois comme la main, continuait de parler :

— On le laisse là, mais il sera pas tout seul. A côté, on a déjà enterré le curé du village, deux vieux et un enfant. Sans la neige, tu verrais leurs croix. Quand on reviendra au pays, on les retrouvera. Ils sont moins perdus que ceux qui ont flambé dans les maisons. Moi qui te parle, j'aimerais mieux être ici, en plein bois, qu'écrasé en cendres sous des décombres. C'est plus chrétien. Et j'aimerais mieux être ici qu'avec les pestiférés... Quand il y en a beaucoup, paraît qu'on les enterre par dix ou quelquefois plus...

Dix dans le même trou, tu diras ce que tu veux, c'est pas une vie pour des morts honnêtes !

Son rire dégringola jusqu'au fond de la fosse. La racine tranchée de deux belles coupes bien nettes, il l'arracha et la lança sur le tas de terre. Mathieu eut du mal à reprendre la pioche. Serrant les dents, il se remit à creuser tandis que l'autre, adossé dans l'angle opposé continuait de parler :

— La compagnie des arbres, c'est pas mauvais du tout, pour les morts. D'abord ça chante dès qu'il y a du vent. C'est plein d'oiseaux. Ça arrête un peu la pluie et puis, si ça vous bouffe, on doit finir par se retrouver dans le bois. Au fond, c'est pas plus mal.

Il se mit à rire et poursuivit :

— Finir dans une charpente, pour un compagnon comme moi, c'est pas plus mal. J'y avais seulement jamais pensé, tu vois comme sont les choses ! Et toi, tu te vois dans les longerons d'une charrette ? Bon Dieu : charretier pour l'éternité ! Ça alors, c'est une affaire !

Il resta longtemps sur cette idée des morts montant à l'intérieur des arbres avec la sève, puis il en revint aux vents pour raconter avec force petits rires qu'il les avait tous baptisés comme des compagnons. Il dit les noms qu'il leur avait donnés, mais Mathieu ne l'écoutait plus. Besognant comme une bête, il demeurait enfermé avec le regard de source du Jésuite. Une source dont l'eau s'était assombrie depuis qu'il s'en était éloigné. Une source qui l'attirait de plus en plus.

Lorsque la fosse fut assez profonde pour que le corps ne risque rien des loups, ils allèrent manger dans une hutte assez vaste où Mathieu fit la connaissance d'une dizaine de personnes. Marie, Pierre et les enfants se trouvaient là aussi. Tous avaient les yeux rouges. En entrant, le compagnon alla soulever les petits qu'il embrassa. Puis il embrassa aussi Marie et Pierre. Mathieu le suivit et fit comme lui sans souffler mot.

Comme il serrait Marie contre sa poitrine, elle lui dit à l'oreille :

— Merci. Vous avez fait beaucoup... Et vous avez sûrement sauvé mes petits.

Elle eut un gros sanglot et se laissa tomber sur son banc, le visage dans ses mains. Mathieu baissa la tête et gagna la place que Bisontin lui indiquait de la main, à côté de lui, sur un banc où se tenaient déjà deux autres hommes. L'échevin se leva et tous l'imitèrent. Demeurant la tête inclinée vers la longue table qui occupait le centre de la pièce, avec lui ils se signèrent et récitèrent le bénédicité.

Les regardant, ce n'était pas ces gens-là que voyait le charretier, mais ceux des loges disant la même prière sous la conduite du Père Boissy.

21

Tous les gens du village des cahutes assistèrent à l'enterrement de Joannès. Le vieillard à cheveux blancs lut les prières, puis il entraîna Marie, Mathieu et Pierre dans sa propre cabane où son épouse était restée avec les deux petits. Déjà le soir s'avançait, sortant des arbres que la journée de bise avait achevé de dépouiller.

— Cette nuit, avait dit le vieil homme avant de quitter les autres, les loups viendront. Il faudra que les hommes de garde aux chevaux entretiennent bien les feux.

Le compagnon alla donner des ordres, puis il les rejoignit dans la baraque où ils s'étaient assemblés devant le fourneau de terre battue. La lueur du foyer dansait sur les visages.

— Nous manquons de chandelles, dit le vieux, mais pour ce que nous avons à faire le soir, ça ne nous gêne pas beaucoup.

Lorsque Bisontin fut assis, l'échevin les observa tous durant un moment, puis il dit :

— Nous vivons en communauté. Après-demain, nous prendrons la direction du pays de Vaud. Tout le monde en est d'accord. Grâce à Bisontin-la-Vertu, notre expédition est bien préparée. Il ne reste plus qu'un traîneau à ferrer...

Le compagnon leva la main.

— Oui, fit le vieux avec un peu d'agacement, tu pourrais me laisser terminer... Alors ?

— Trois, avec leurs deux voitures qu'il faut transformer.

— Justement, j'allais y venir.

— Pardonnez-moi, dit le compagnon.

Le vieillard mordit sa lèvre inférieure le temps de trouver ses mots, puis il reprit :

— Donc, vivant en communauté, nous prenons la décision en commun. J'ai posé la question de savoir si vous pouviez nous accompagner... Tout le monde est d'accord.

Son regard se porta sur Marie, puis sur les enfants qu'elle tenait contre ses genoux. Sa main maigre qui tremblait un peu alla caresser les deux têtes des petits et sa voix parut émue lorsqu'il dit :

— Votre malheur n'a laissé personne indifférent. Ce que ces gens ont eux-mêmes enduré ne les a pas endurcis. Ils sont restés sensibles, vous savez... Seulement...

Il hésita. Il semblait embarrassé. Il regarda son épouse qui était une toute petite vieille sèche et frêle au visage lisse dont un fichu noir accentuait la pâleur. Elle eut un hochement de tête, et, d'une voix grêle qui lui ressemblait, elle fit :

— Il faut le dire. C'est bien naturel... Ils peuvent comprendre.

L'homme attendit que le compagnon eût achevé de recharger le feu, puis, ayant toussé et craché dans le foyer, il poursuivit :

— Tous sont d'accord, mais à condition d'avoir

votre parole que vous n'avez jamais approché la peste au cours de ces derniers jours... J'ai déjà posé la question à Guyon, mais je suis obligé de vous le demander aussi.

Mathieu qui avait jusqu'alors observé le vieillard baissa les yeux, puis les leva vers Marie qui le regardait. Son beau visage triste était empreint d'une grande sérénité. Ses yeux où jouaient les reflets du foyer regardaient loin, bien au delà de Mathieu. Elle laissa passer un moment puis, calmement, elle dit :

— Nous venons de la Vieille-Loye qui est au milieu de la forêt de Chaux. Même lorsque la peste est venue à Dole, elle n'a jamais atteint notre village que nous n'avons quitté que pour venir ici.

Elle marqua une pause durant laquelle Mathieu éprouva le sentiment que son regard voulait lui dire mille choses qu'il ne saisirait jamais.

— Maintenant, dit-elle, je dois vous avouer qu'en venant ici, à cause du brouillard et parce que nous voulions éviter les grands chemins, nous nous sommes égarés. Nous sommes tombés sur un homme qui creusait en plein champ. Il nous a renseigné... Et il nous a dit aussi qu'il était l'enterreur des loges de Salins... Alors, les hommes ont fouetté, et nous sommes partis très vite.

Il y eut un silence épais. Les enfants somnolaient, la tête sur les genoux de leur mère. L'échevin fit des yeux le tour de l'assistance, puis son regard se fixa sur le compagnon qu'il sembla interroger. Bisontin haussa les épaules. Ses larges mains ébauchèrent un geste fataliste et il dit :

— Nous avons tous rencontré la peste sans nous en douter. Et de plus près que ça. Moi, je dis que si le mal avait dû nous atteindre, il serait là depuis longtemps. D'ailleurs, avec l'hiver, il va s'arrêter...

A mon avis, ce n'est même pas la peine d'en parler aux autres. On ne va tout de même pas laisser ces gens parce qu'ils ont vu de loin un enterreur qui n'était même pas malade !

Il avait élevé la voix, et, lorsqu'il se tut, le silence où la bise était seule à passer, parut plus lourd encore. Le vieillard les regarda, puis il dit :

— Bisontin a raison. Les voyages lui ont donné beaucoup de sagesse et une grande connaissance des hommes. (Il rit.) Et un petit peu aussi celle de son métier.

Le rire du compagnon fit sonner la baraque et sursauter les enfants.

— Allons, dit le vieux, demain dès l'aube, tu iras chercher ta ferraille. Et tu n'auras pas trop de la journée pour transformer leurs voitures en traîneaux.

— Je t'aiderai, dit Mathieu.

— Et moi aussi, fit Pierre.

— Oh, vous savez, fit le charpentier, ici, ce n'est pas la main-d'œuvre qui fait défaut, ce serait plutôt les matériaux. Mais ça ne fait rien, il y a de quoi arranger vos voitures.

Ils parlèrent un moment du voyage, mais le charretier d'Aiglepierre avait cessé de les écouter. Il fixait les flammes qui montaient des bûches pour se coucher et former une longue langue de feu qui se tordait avant de se perdre dans le conduit noir. De loin en loin, il levait les yeux en direction de Marie. A plusieurs reprises leurs regards s'étreignirent, et, chaque fois, Mathieu fut troublé jusqu'au fond de lui. Il y avait, dans ce visage, quelque chose qui exprimait à la fois la détresse et le calme. Il y avait aussi une infinie pureté. Cette femme semblait lui dire : « Tu nous a sauvés, je voudrais t'en remercier et te dire de nous accompagner, mais tu sais bien que tu n'en as pas le droit. Tu as menti à ces gens qui nous ont accueillis. Tu as trahi le Jésuite qui t'avait accordé sa confiance. Tu as fait tout cela par peur. Je ne veux pas accepter l'amitié d'un homme qui s'est conduit lâchement. »

Il imaginait ces propos, et puis, il se disait que tout cela était insensé puisque Marie ne savait rien de lui. Elle savait seulement qu'il avait été enterreur des pestiférés.

Malgré lui, il comparait Marie à l'ensevelisseuse. Mais Marie était sans doute plus proche du Père Boissy que de cette créature d'enfer. Son regard sombre n'avait pas la couleur des eaux pures, et pourtant, lorsque le feu s'y reflétait, est-ce qu'il n'avait pas leur limpidité ?

Lorsque le vieillard se leva pour donner le signal du coucher, Mathieu imita les autres lentement et avec un temps de retard. Il se sentait lourd et gauche. Sa fatigue y était sans doute pour beaucoup, mais autre chose se trouvait en lui, pesant comme un limon épais.

Ils se souhaitèrent le bonsoir. Pierre et Mathieu sortirent derrière le compagnon. La bise les enveloppa d'un coup.

— Venez, dit Bisontin, je veux passer voir les bêtes.

Bien que la lune ne fût pas encore levée, la nuit était déjà noyée d'une clarté de lait qui filtrait entre les cimes où vivait une longue plainte. Ils marchèrent en direction d'un feu allumé à l'extrémité du village. Deux hommes étaient là qui battaient la semelle, enveloppés des pieds à la tête dans de longues pèlerines brunes.

— Ça va ? demanda Bisontin.

— Ça ira, dirent-ils.

Une dizaine de chevaux et deux vaches étaient attachés côte à côte sous une espèce de toiture basse que la neige recouvrait. Les bêtes avaient le nez contre un mur de rondins qui les protégeait du nord. La neige qui s'était accumulée contre ce mur jusqu'au toit le rendait parfaitement imperméable à la bise. Dans le feu, deux longues branches droites étaient plantées en biais que les hommes pouvaient saisir pour marcher sur les loups au cas où ils s'approcheraient des bêtes.

— Qui est-ce qui prend après vous ? demanda Bisontin.

— C'est Berthier et Maréchal.

Le compagnon se tourna vers Mathieu et dit :

— Si nous allions de nuit chercher la ferraille, on serait plus tranquilles. Es-tu d'accord ?

— Bien sûr.

Pierre offrit de les accompagner, mais Bisontin dit qu'il suffisait d'être deux et que le garçon aurait à l'aider le lendemain. Puis il s'adressa aux hommes de garde :

— Vous direz à Berthier de me réveiller dès que la lune sera haute.

Mathieu alla caresser quelques croupes où la lueur des flammes allumait des reflets fauves, puis ils gagnèrent la cabane du compagnon où le feu s'était éteint.

— C'est pas la peine de le rallumer, dit Bisontin. Bien couvert, on ne sent pas le froid. Et nous en verrons de plus dures avant de toucher la Suisse... La neige, je sais que c'est le seul moyen de passer sans risquer d'être pris par les soldats, mais il y a tout de même des traversées de forêts qui ne seront pas faciles.

Lorsqu'ils furent allongés côte à côte sous les couvertures et les peaux de chèvre, le compagnon continua longtemps d'évoquer ce voyage qu'il avait préparé avec tant de minutie. Il évaluait les risques, mais il semblait absolument certain de réussir. Il parlait sans inquiétude, seulement comme s'il eût voulu les prévenir qu'ils auraient à lutter contre la montagne et contre l'hiver.

Cette fois, Mathieu l'écoutait. Il savait ce que serait ce combat. Il l'avait mené souvent. Car c'était cela, sa vie. Les chevaux, les charrois, les chemins sous le soleil, sous les pluies qui ravinent et transforment les bas-fonds en bourbiers, sous les neiges aussi et dans le grand froid. C'était pour cette besogne qu'il était fait.

Il écoutait. Il imaginait les pentes entre les sapinières, les congères, les passages au bord des gouffres où grondent les torrents. Il regardait ce voyage qui lui apparaissait comme s'il l'eût déjà vécu cent fois. Et pourtant, quelque chose était en lui qui grandissait, qui durcissait pour devenir comme un mur infranchissable. Quelque chose dont il n'avait pas encore une totale conscience, mais qui le tenait éveillé, le cœur serré, l'oreille tendue vers cette nuit de grand gel et de bise où, très loin, les loups commençaient à hurler.

22

Lorsque l'homme de garde vint les appeler, Mathieu n'avait pas réussi à trouver le sommeil. Immobile sous les couvertures où s'était installée une bonne chaleur, il avait regardé grandir la lumière par les fentes de la porte. L'idée du voyage évoqué par le charpentier ne l'avait pas quitté, mais une autre image s'était superposée à celle du haut pays. Il avait revu le chemin qui le séparait des loges. Il avait revu le Père Boissy, l'ensevelisseuse, et aussi le regard pur de Marie.

— Vous n'aurez pas besoin de fanal, dit Berthier, c'est le grand clair. Mais c'est aussi le grand froid.

Le charpentier se leva en maugréant et dit :

— Vivement qu'on soit en pays de Vaud, que je puisse me reposer un peu en faisant mon vrai métier.

Il retint son rire à cause de Pierre qui ronflait. Ils s'habillèrent sans bruit et sortirent.

Toute la clairière était inondée de lumière. La lune à son plein était au-dessus des cimes dans un ciel scintillant où la bise courait toujours. Le feu des veilleurs paraissait sans éclat sur toute cette blancheur où même l'ombre portée des baraques était lumineuse. Les hommes de garde leur versèrent un gobelet d'une boisson brûlante qui fleurait le sapin et l'alcool de fruits.

— Est-ce que les loups sont venus ? demanda Bisontin.

— Oui, dit Berthier, mais ils n'ont fait que gueuler de loin. N'empêche qu'il vaut tout de même mieux prendre des piques, et choisir un cheval pas trop nerveux.

— Je vais prendre un des nôtres, proposa Mathieu. Celui de flèche est placide, et il peut piquer son temps de galop tout de même.

Mathieu alla détacher la bête qui s'appelait Bovard et il lui parla doucement durant tout de temps qu'il mit pour l'atteler à un traîneau assez bas, long d'une dizaine de pieds et bordé de ridelles où l'on pouvait se tenir. Les patins plus larges que des douelles de barrique l'empêchaient de s'enfoncer dans la neige.

Les deux hommes montèrent, et la bête démarra au premier appel des rênes que tenait Mathieu.

— Te voilà à ton affaire, dit le charpentier lorsqu'ils eurent passé la dernière hutte.

— Moi, dit Mathieu, ce serait plutôt les gros charrois.

— Sûr que si on pouvait partir avec des traîneaux légers comme celui-là, on serait vite arrivés. Mais tous ces gens veulent sauver ce qu'ils ont. Faut les comprendre. Moi je n'ai rien que mon baluchon, mes outils et ma canne de compagnon. Mais je les comprends. C'est pour ça que j'ai foutu des patins à leurs charrettes.

Il se mit à rire et ajouta :

— Et là, tu vas en avoir, des gros charrois. Tu auras de quoi faire. Et pas dans des chemins faciles !

Mathieu tenta de l'interrompre, mais l'autre était

parti pour reprendre pas à pas son itinéraire si savamment préparé.

Le charretier se disait : « A la route, je parlerai... A la route ».

Puis la route fut atteinte. Le cheval allait bien, suivant les traces qu'ils avaient laissées en amenant les voitures.

Le compagnon se tut. Un long hurlement venait de partir sur leur droite, légèrement derrière eux. De lui-même, le cheval allongea le pas tandis que les deux hommes criaient très fort. Mathieu faisait claquer son fouet, haut dans les airs. Le compagnon s'était dressé, une pique à la main, pour se porter à l'arrière du traîneau.

Le hurlement les accompagna longtemps, mais sans jamais se rapprocher.

Même dans les endroits où le bois était le plus serré, la lumière de la lune parvenait à percer, et la bise dans les cimes la faisait danser sur la neige miroitante. Le cheval peinait à présent dans une montée où la neige était épaisse. Elle craquait sous son pas et ce bruit s'en allait courir loin entre les sapins. Les rochers, qui d'habitude mettaient des taches claires dans le sous-bois, semblaient des veilleurs accroupis, enveloppés de longues capotes sombres où luisaient des sillons blancs. Mathieu fixa le dernier, juste avant le replat, et il se dit : « Là, je lui dirai. A lui, il faut lui dire ».

Il laissa passer le rocher, puis, se tournant vers le charpentier qui avait repris place à côté de lui, lentement, il dit :

— Tu sais... moi... j'irai pas avec vous.

— Comment ça ?

— Oui, en pays de Vaud, j'irai pas avec vous.

Le compagnon sortit sa main de dessous sa pèlerine, la retira de sa mitaine de peau qui se balança à son cou au bout de son lacet, il se gratta le menton et dit :

— Ça alors ! Qu'est-ce qui te prend, d'un seul coup ?

— Ce n'est pas d'un seul coup. Mais je n'ai rien voulu dire aux autres... Et même, je veux pas leur dire. Si je pouvais être en queue de convoi, je dirais rien. Et je resterais.

Les mots passaient mal. Il se tut et le charpentier attendit un moment avant de demander :

— Mais enfin, qu'est-ce qui te retient ici ?

— Je peux rien te dire... J'ai décidé de te parler à toi, parce que... Parce que ça me gêne moins. Et puis, tu as vu tant de choses...

— C'est vrai. Il en faut pour m'étonner. Mais tout de même, rester où sont la guerre et le mal...

Il se tut soudain et se pencha pour mieux observer le visage du charretier. Le traîneau approchait de l'orée du bois et la lumière grandissait, reflétée par l'immensité du plateau.

— Dis donc, toi, demanda le compagnon, t'aurais tout de même pas dans l'idée d'aller rejoindre la bande à Lacuzon ?

Le charretier eut un ricanement. Il dit :

— Oh, que non !... Je suis un bon Comtois. Je ne suis pas pour les Français qui nous prendraient tout, mais je tiens à ma peau.

— Tu sais, j'en connais qui ont rejoint Lacuzon et qui ne sont pas patriotes du tout. Seulement, ils se font du butin. Le pillage et le vol, ça ne leur fait pas peur. Et tu pourrais avoir dans l'idée de te mettre à ton compte une fois cette guerre finie.

— Ce n'est pas ça, je t'en donne ma parole.

Le traîneau débouchait sur le plateau et, tous deux

dressés, ils observèrent un moment les alentours en silence. Rien ne vivait dans ce vallonnement que barrait au loin la ligne noire des forêts de Mignovillard, de Bonnevaux et de Laveron. Le compagnon les montra d'un grand geste et il dit :

— Tu vois, dans deux jours c'est là-bas qu'on sera.

Mathieu hocha la tête. Il imaginait très bien ce long train de voitures transformées en traîneaux et traversant le plateau pour s'engager dans d'autres forêts. Il les imagina même sous la lune, et sans doute le compagnon eut-il la même vision que lui, car il dit :

— Je suis même en train de me demander si on ne devrait pas partir à peu près comme nous avons fait. Au moins, on traverserait le plateau avant le jour. Et on serait beaucoup plus tranquilles. Une fois dans la forêt d'en face, il n'y a plus grand risque. Qu'est-ce que tu en dis ?

— C'est drôle, mais c'est justement ce que j'étais en train de penser.

— C'est vrai ?

— Je te jure.

Le rire du charpentier courut sur la neige à perte d'oreille.

— Ça alors ! fit-il... Ça alors ! Tu vois que nous sommes faits pour nous entendre, bon Dieu ! Ce serait trop bête que tu ne viennes pas avec nous. En Suisse, des bons compagnons, ça ne reste pas sans besogne. Je connais du monde. Je suis certain de pas te laisser les bras croisés. Je fais la charpente, et je te prends pour amener le bois, pour faire tous les transports du bâtiment... Je te connais pas depuis longtemps, mais je t'ai vu à l'ouvrage. Je sais ce que tu vaux de ce côté-là... Enfin, quoi, si c'est une femme qui te retient, va la chercher et tu nous rejoindras.

Sa phrase en resta là, à moitié interrogative. Mathieu le regarda dans la grande lumière aux ombres froides. Plein de fierté, le visage anguleux de Bisontin-la-Vertu exprimait une belle force. Mathieu pensa que ce charpentier devait être dur à la besogne, et qu'il devait faire bon travailler avec lui. Il sentit une hésitation le gagner, et, pour y couper court, il se hâta de répondre :

— Non, je peux pas te dire la raison, mais c'est impossible... Absolument impossible.

Et il détourna la tête, fixant obstinément le dos du cheval qui luisait, tout givré sous la lune. La neige craquait sous les sabots comme du verre brisé et chantait sous les patins d'une voix pareille à celle de la bise. Après un temps, calmement, le charpentier se mit à parler du pays et de la guerre. Il se plaçait bien au-dessus de la politique. Il voyait le bonheur possible pour tous les gens de métier sur cette terre de Comté où le travail n'avait jamais manqué. Il se moquait de la politique. Il avait vécu au royaume de France et sur les pays du Saint-Empire et il pouvait comparer. Pour lui, la Franche-Comté, avec son gouverneur, avec le Parlement de Dole qui était son vrai gouvernement, pouvait être heureuse puisque le roi d'Espagne ne lui réclamait ni soldats ni argent. Les Français, ceux du travail qu'il avait fréquentés, avaient moins de chance. Richelieu les saignait à blanc. Et ce qu'il voulait, c'était saigner aussi les Comtois et leur terre si généreuse. Seulement, faire la guerre, ce n'était pas son affaire de compagnon charpentier. Et puis, il avait vu à l'œuvre les troupes régulières de la Comté et les partisans qui s'étaient joints à elles en grand nombre. A ses yeux, ceux-là ne valaient pas plus cher que les hommes de Suède, de France ou d'Allemagne qui composaient les troupes d'invasion. Le meurtre, le pillage, le viol et l'incendie, c'était tout ce qu'ils savaient pratiquer.

— Tu comprends, disait-il, ils font ça comme je dresse une charpente ou comme tu mènes tes chevaux. C'est leur métier. Nous autres, on ne peut pas s'y mettre. Il faut avoir le vice dans le sang pour s'atteler à pareille tâche.

Mathieu se dit que le compagnon doutait encore de lui. Il lui parlait comme pour le détourner d'une idée de rejoindre les partisans.

— Tu sais, fit-il, je t'ai dit la vérité. Je n'ai pas envie du tout d'aller me battre.

L'autre le regarda un moment, puis, comme ils approchaient des ruines, il observa :

— Des centaines de villages et de fermes brûlés, des milliers de gens tués... Tout un pays pillé et mis à mal... Bon Dieu, ça vous taraude le cœur, de voir des choses pareilles ! Je sais bien que si les Français prennent le pays, la vie ne sera plus aussi facile, mais quoi, est-ce qu'il faut que tout le monde crève ? Une fois que toute la Comté sera vide, ils la prendront tout de même.

Mathieu ne savait que répondre. La guerre, il l'avait subie comme on subit un orage contre lequel on ne peut rien. Il n'avait jamais beaucoup réfléchi à ses causes et à ses répercussions possibles. Mais le compagnon avait davantage que lui vécu à l'étranger. Charretier, Mathieu avait souvent un peu méprisé les paysans qui ne quittaient jamais leur village, mais il sentait à présent que, sur ce point, le compagnon était encore bien au-dessus de lui. Il l'écoutait et, lorsque le charpentier cessa de parler, Mathieu ne trouva rien à répondre.

Comme il arrêtait le traîneau devant l'ancien atelier du charron, le compagnon lui prit le bras et, les dents serrées par la colère il dit :

— Tu vois, Guyon, que les paysans restent, je le comprends. Mais un qui a vu d'autres contrées, un qui sait qu'on peut faire sa vie ailleurs, alors là, je comprends pas... Moi, faudrait me casser les deux pattes pour m'empêcher de foutre le camp... Et encore, j'arriverais peut-être à marcher sur les mains.

Son rire trouva l'écho des murs noircis, mais il ne sonnait pas aussi clair que d'habitude. Il avait quelque chose d'une plainte. C'était un peu un rire blessé.

Ils descendirent du traîneau et le charretier fit reculer le cheval tandis que Bisontin tirait le cul du véhicule pour l'engager sous le porche de grosses pierres resté debout. La lumière de la lune et les ourlets de neige dessinant chaque saillie faisaient paraître plus noirs encore les murs et les poutres.

Ayant enfilé leurs mitaines, les deux hommes se mirent à charger des barres de fer et des cercles de roue plus hauts qu'eux que le compagnon avait préparés les jours précédents.

— Tu sais, observa Bisontin, c'est pas du pillage. Le pauvre bougre de charron qui vivait ici est sûrement mort comme tous les autres du village. Je sais comment ça s'est passé. Personne n'a pu s'échapper. Les Gris et les Français ont commencé par obliger les habitants à charger tous leurs biens sur des voitures en leur disant qu'ils devaient évacuer les lieux. Ceux qui hésitaient, ils étaient abattus sur place, alors, les autres ont chargé. Les voitures pleines, c'est les soldats qui ont fait avancer les bêtes en dehors du village. Après, ils ont rassemblé toutes les femmes à l'auberge et ils les ont violées. Ça gueulait, tu peux pas savoir ! Ensuite, ils ont fait rentrer tous les gens dans les maisons, et ils ont foutu le feu de partout. Et ils s'étaient rangés tout autour. Et chaque fois qu'il en sortait, ils tiraient dessus. En rigolant... Ils avaient vidé les caves... Saouls comme des bêtes.

Mathieu lui demanda comment il avait appris tout cela, et le compagnon dit :

— Il y a un vieux fendeur de merrains qui se trouvait dans le petit bois, à repérer des foyards qu'il devait abattre. Il s'est caché sous des buissons, et il a tout vu... Ensuite, il s'est sauvé. Il était comme fou. Il a raconté et, trois semaines plus tard, il est mort. Il avait perdu la raison... bon Dieu, saloperie de guerre !

Mathieu pensait à Colin Huffel et à tant d'autres qui avaient assisté de loin à pareilles horreurs. Il en parla, puis il raconta comment il avait vu, depuis le haut du Revermont, un jour de juin, des centaines de faucheurs bressans placés sous la protection de soldats français, et qui fauchaient les blés encore verts.

— Je sais, dit Bisontin, c'est une idée du Cardinal. Une idée de génie. Et ce qu'ils ont pas pu faucher en herbe, ils l'ont fait brûler juste avant la moisson... Ça aussi, c'est un crime. Et je me demande comment un homme d'Eglise peut faire des choses pareilles.

Le traîneau chargé, ils reprirent le chemin de la forêt, sans parler, la tête toute pleine des images terribles de cette guerre.

Ils tournaient à présent le dos à la lune, et l'ombre de l'attelage courait au-devant d'eux, légèrement sur leur droite, ondulant et se déformant sur la neige. Ils naviguèrent en silence, jusqu'à toucher le rivage de la forêt, et là, comme ils allaient s'enfoncer dans l'ombre, Mathieu dit d'une voix qui tremblait à peine :

— J'en aurai gros, tu sais, de vous quitter. Mais c'est obligé. Je peux pas te donner la raison, mais c'est important. Pierre le sait pas exactement, et Marie non plus... Tu leur diras simplement que j'ai été obligé de retourner d'où je viens. C'est tout... Tu leur diras, hein ?... Ils comprendront.

Le compagnon soupira et fit oui de la tête au moment précis où l'ombre épaisse des premiers sapins tombait sur eux.

Très loin, à contre bise, plusieurs loups hurlaient. Sur le traîneau, le fer bringuebalait. Toute la forêt continuait de miauler, tandis que la lune, déjà sur le déclin, laissait s'épaissir autour d'eux la nuit qui séjourne à longueur d'année au cœur des vastes sapinières.

QUATRIÈME PARTIE

LES YEUX DE SOURCE

23

Ils avaient passé une grande partie de la journée à préparer les voitures, fixant sous les roues des longerons de bois où ils venaient de poser les fers. Le compagnon charpentier, un vieux forgeron et un rabotier menaient le travail, Pierre, Mathieu et deux autres hommes aidaient. La perspective du départ les avait tenus tout le jour dans une grande excitation, puis la nuit était venue et Bisontin-la-Vertu avait profité d'un moment où il se trouvait seul avec Mathieu pour lui demander :

— Tu as bien réfléchi ?

— Oui... Je ne peux pas te donner de...

Le compagnon l'avait interrompu :

— Tu n'as pas d'explication à me donner... J'ai dit à l'échevin que je tenais à prendre la queue du convoi avec toi. Et c'est normal. S'il y a de la casse à une voiture, vaut mieux que je sois derrière... Toi, il aurait préféré que tu te trouves à l'avant parce que tu es charretier et que tu connais bien les routes, mais j'ai dit que tu rejoindrais la tête quand il le faudrait.

Il s'était mis à rire en ajoutant :

— Tout de même, ce que tu me fais faire !

Ils avaient ri tous les deux, avec un peu de nervosité, pour cacher l'émotion, puis, prenant Mathieu par les épaules, le compagnon avait retrouvé un ton de gravité pour dire :

— On est certainement faits pour se revoir, charretier... Tu verras ce que je te dis... Tu verras.

Voilà. Ils s'étaient embrassés et souhaité bonne chance et, à présent que la lune était haute, Mathieu les regardait s'éloigner. Il se tenait dans l'ombre de la dernière baraque tandis que les voitures transformées en traîneaux glissaient sur leurs roues immobiles reliées entre elles par les longs patins ferrés.

Il attendit que la dernière bâche eût disparu derrière un sapin, puis, écoutant décroître les claquements de fouet et les cris des conducteurs, lentement, le cœur lourd et la gorge serrée, il regagna la baraque du compagnon.

Quelques flammes courtes dansaient sur les braises rouges. Il remit deux bûches, tisonna et demeura un moment à fixer le foyer. Puis, lorsque sa vision noyée de larmes se troubla, il gagna la claie où il s'étendit sous sa pèlerine. Tout avait disparu, excepté ce qui tenait aux murs de rondins et au sol de terre battue. Il pensa qu'il se trouvait absolument seul dans ce village de huttes et l'idée lui vint de les visiter toutes. Il réfléchit quelques instants, puis il eut un haussement d'épaules. Cette idée était absurde, comme il était absurde de penser à vivre seul ici... Comme il était absurde de n'être pas parti avec les autres.

Il se dressa sur un coude. Il était soudain comme si un sang plus chaud eût coulé dans ses veines.

— Il me faudrait pas longtemps pour les rattraper... Bon Dieu, Bisontin-la-Vertu, la tête qu'il ferait ! Je l'entends d'ici... Ce qu'il serait heureux !... Et les autres n'en sauraient jamais rien. Il m'a promis qu'il attendrait la première halte pour leur dire... La première halte, ils seront au mitan du Val de Mièges, bon Dieu !

— Laissez donc le bon Dieu tranquille.

Il sursauta. Il avait parlé haut, et il lui sembla vraiment que c'était la voix du Jésuite qui l'avait interrompu.

En tout cas, le regard clair était là, terriblement présent dans cette nuit où vivait la lueur du feu. Un regard qui semblait le défier... Une voix qu'apportait la bise et qui disait :

— Tu veux leur courir après ? Eh bien, va donc ! Va vite les rejoindre !... Je n'ai plus besoin de toi. Tu m'as trahi. Comment veux-tu que je t'accorde encore ma confiance ? Que veux-tu que je fasse d'un homme comme toi ? Si tu reviens, ce n'est tout de même pas pour me faire plaisir, non ! Ou alors, ça n'a aucun sens... Mais non, si tu reviens, c'est encore parce que tu as peur. Tu es parti parce que tu tremblais pour ta carcasse de vivant, et tu reviens parce que tu as peur pour ton âme... A moins que ce ne soit pour retrouver Antoinette. Pour le plaisir. Le plaisir défendu... Ou encore parce que tu redoutes qu'elle ne te punisse si tu te sauves sans elle... Non, tu reviens vraiment pour sauver ton âme ! Mais alors, est-ce que tu ne tricherais pas un peu ? Tu regagnes les loges à présent que le froid est là et qu'il a tué le mal... Car tu le sais que l'hiver se rend maître de la peste. Je te l'ai dit. Allons, Guyon, ne me dis surtout pas que l'idée ne t'en est pas venue. Tu triches, Guyon... Tu reviens et tu voudrais nous faire croire que c'est par dévouement alors que c'est uniquement par égoïsme. Tu triches, Guyon. Tu ajoutes encore un mensonge au fardeau déjà considérable de tes fautes.

La voix se perdit peu à peu. Mathieu qui n'avait déjà pas dormi la veille succomba à sa fatigue. Un sommeil lourd le tint jusqu'à l'aube. Lorsqu'il s'éveilla, il avait la tête pesante. Le feu s'était éteint et le froid avait envahi la cabane dont il avait mal fermé la porte. Il se leva et fit quelques mouvements pour remettre son sang en circulation. Ce qui s'était passé juste avant qu'il ne s'endorme lui revint en mémoire. Il s'approcha du foyer, hésita, puis, avec un peu de colère, il grogna :

— A quoi ça servirait de rallumer... Faut y aller, quoi !

Il ouvrit la porte, et le jour levant entra comme une eau encore embrumée. Il imagina les voitures traîneaux. Il vit un moment le compagnon et il entendit sa dernière recommandation :

— Surtout, attends le jour pour t'en aller. Les loups crèvent de faim... Et prends la pique, hein ! Prends bien la pique. C'est mieux que ton manche de pioche.

Mathieu murmura plusieurs fois :

— Bisontin-la-Vertu, compagnon charpentier. Compagnon de l'ordre des Etrangers.

Il le répéta pour le plaisir de prononcer ces mots qui sonnaient pour lui avec un peu de mystère... Il le répéta aussi en revoyant ce grand gaillard tout en os et avec qui il devait faire si bon travailler.

— A présent, dit-il, je n'arriverais même pas à les rattraper avant la nuit.

Et il fut effrayé que cette idée pût encore lui venir. Alors, passant sur son épaule la courroie de son sac, empoignant le manche de la longue pique fabriquée par le vieux forgeron, il sortit de la cabane dont il tira la porte derrière lui. La bise soufflait beaucoup moins. Elle nichait surtout dans le haut des arbres, et son souffle était comme un ronronnement. En bas, c'était le calme. Des cabanes fermées ne sortait plus le moindre filet de fumée. Mathieu marcha lentement jusqu'à l'abri construit pour les bêtes. Le crottin et la paille gelés étaient déjà durs comme pierre sous la semelle, et le froid avait tué l'odeur.

— Est-ce que j'aurai encore une fois un bel attelage ?

Les chevaux, la route, c'était toute sa vie.

Il revint sur ses pas et, après un dernier regard à ce lieu abandonné, il s'engagea sur le chemin où la neige piétinée craquait sous la semelle. Les chevaux avaient tassé le centre de la voie et les larges patins ferrés avaient tracé de chaque côté deux pistes luisantes, presque régulières.

Lorsqu'il atteignit l'endroit où ce chemin de coupe rejoint la route, Mathieu s'arrêta. Il n'hésitait plus, mais il ne put s'empêcher de contempler la fuite de ce triple sillon qui s'engageait à droite, dans le sens de la montée. Lui, c'est à gauche qu'il devait prendre. Et là, il n'y avait même plus aucune trace de leur arrivée. La neige et la bise avaient tout nivelé.

Dans le jour qui grandissait, cette route où personne n'avait marché avant lui paraissait hostile. Il s'y engagea pourtant, d'un long pas rendu irrégulier par la neige qui, çà et là, craquait sous son poids pour s'enfoncer d'un coup. Quelques pistes de bêtes coupaient ce chemin. Des oiseaux, des renards, des loups, une harde de biches. Mais ce monde même avait disparu. la forêt était à lui seul. L'appel des rapaces et des corbeaux invisibles habitait l'espace, bien plus haut que le vent. Cette présence ajoutait encore au poids de la forêt.

Mathieu qui avait si souvent, avec son charroi, traversé ce bois dans la solitude n'avait jamais éprouvé l'angoisse qui l'étreignait ce jour-là. Voilà que parmi ces arbres géants, il se sentait redevenu l'enfant auquel sa mère racontait les histoires effrayantes de ces êtres ni dieux ni hommes qui peuplaient autrefois les vastes sapinières. Il retrouvait l'effroi qu'il avait connu au coin de l'âtre à écouter ces récits tandis que pleuraient les longs hivers ; mais aujourd'hui, il était seul. Il n'avait plus autour de lui les murs épais de la maison et la voix de sa mère n'était qu'un écho tellement lointain que c'était à peine s'il la reconnaissait. Bientôt, ce fut comme si la forêt elle-même racontait, avec la plainte des arbres, avec leur ombre épaisse où pouvaient se dissimuler toutes sortes d'êtres redoutables.

Il essaya de parler, mais les quelques mots qu'il parvint à articuler l'effrayèrent. Il redouta d'éveiller toutes les forces inconnues tapies autour de lui et qui, peut-être, allaient l'enlever pour l'emporter en des lieux plus effrayants que ceux où vivait la peste.

Cette forêt n'avait pas pu changer depuis son dernier passage, et, pourtant, elle lui semblait tellement différente qu'à plusieurs reprises il se demanda s'il ne s'était pas égaré. Mais l'unique route était là, il la suivait à pied, sans la bonne compagnie d'un attelage. Le crissement même de son pas dans ce silence avait quelque chose d'insolite et d'inquiétant. Il marchait, se retournant souvent, scrutant ce monde noir et blanc.

Lorsqu'il vit grandir devant lui la lumière du plateau dénudé, Mathieu se sentit soulagé. Il marcha plus vite jusqu'à la lisière où le soleil étirait sur la neige l'ombre dense des sapins. Il s'arrêta, écouta, et demeura un moment à regarder dans toutes les directions avec une inquiétude nouvelle. Ici, ce n'était plus la présence des êtres de mystère qu'il devait redouter, mais celle des hommes.

Ici, c'était l'immensité qui créait l'angoisse. La blancheur éclatante à perte de vue, avec des ondulations à peine soulignées par un reflet plus vif ou un ourlet bleuté. La vue se troublait vite à fixer les lointains, et tout se mettait à onduler, à remuer, à créer des formes sans cesse en mouvement. Et pourtant, ce plateau était aussi désert que le Val de Mièges.

Mathieu avait quitté la route pour tirer au plus court, à travers les terres barrées de congères où il enfonçait parfois plus haut que les genoux. Il progressa ainsi, péniblement, jusqu'à la fin de la matinée. Et ce fut seulement lorsqu'il coupa le chemin qui conduit de Levier à Moutaine que le charretier découvrit les premières traces de vie. Des chevaux se dirigeant vers le bas pays avaient passé là depuis moins d'une heure, car le crottin qu'il écarta de la main était encore mou et tiède en son milieu, Mathieu essaya de compter les chevaux, mais ce n'était pas possible. Ils devaient être cinquante, peut-être davantage. Examinant une empreinte parfaitement nette en bordure du chemin, il constata que ce n'était pas celle d'un ferrage comme on le pratiquait en Comté et en France.

— Qu'est-ce que ça peut bien être ? murmura-t-il. Des Suédois ? Des Allemands ? Peut-être des gens de plus loin encore ? En tout cas, vaut mieux éviter les chemins et le découvert.

Mathieu se redressa, regarda autour de lui, puis décida de filer droit sur le bois des Combelle pour y rester le plus longtemps possible en descendant vers Dournon. Il s'imposait un détour important, mais, par cette voie, il pourrait traverser la grand-route dans la côte du Ribalet, à l'endroit où la forêt la borde des deux côtés. Il eut un petit rire pour dire :

— Des fois, ça peut servir de ne pas avoir d'attelage. Avec des chevaux et des voitures, ce serait pas possible.

La forêt n'avait plus rien d'effrayant. Les hommes dont ces traces venaient de lui rappeler la présence, étaient beaucoup plus redoutables que les êtres mystérieux dont le souvenir l'avait un moment poursuivi.

Lorsque le soleil lui indiqua l'heure de midi, Mathieu choisit un endroit de la lisière d'où il avait regard sur une vaste partie du découvert. Assis dans l'ombre, sur une souche, il pouvait voir très loin sans risque. Il ouvrit son sac, en tira le pain, le lard et le vin que le compagnon lui avait donnés. Puis, tout au fond, il découvrit une demi-bouteille qu'il ouvrit et flaira. C'était de l'alcool de fruit qui sentait fort le sauvage. Avant même d'y avoir goûté, voilà qu'il se sentait réchauffé. L'amitié du charpentier le rejoignait jusque-là pour lui donner force et chaleur.

— Avec celui-là, on se retrouvera certainement. C'est lui qui l'a dit. La guerre durera pas toujours, il reviendra. Et il passera par Salins pour me voir.

Cette idée demeura un bon moment en lui, toute lumineuse d'espérance.

Dans l'après-midi, Mathieu se félicita d'avoir fait ce crochet pour cheminer à couvert, car la route de Pontarlier portait de nombreuses traces de chevaux et de chars. Il connaissait assez le trafic réduit à l'extrême par ces temps troublés pour comprendre que c'était là une preuve qu'on était loin d'en avoir terminé avec les mouvements de troupes. Avant de traverser, il prêta l'oreille. Silence. Même la bise avait fini par se taire. Le froid était moins vif et le ciel se brouillait vers l'ouest.

— Si le redoux nous vient, est-ce que la peste ne va pas redoubler ?

Il éprouva d'abord un sentiment de peur, puis une espèce de joie sourde en se disant que le Père Boissy ne pourrait pas lui reprocher de rentrer aux loges parce que l'épidémie touchait à son terme. D'ailleurs ici, la couche de neige était beaucoup plus mince et le froid n'avait sans doute pas été aussi vif que dans la forêt du Val de Mièges. Dans le dévers, à plusieurs reprises, il entendit glousser des sources nées du début de la fonte et qui creusaient leur sentier secret sous la neige molle.

Il laissa Dournon sur sa droite et piqua vers le couchant pour éviter Clucy. Il rejoignit le chemin pour le traverser à l'endroit où, le jour du départ, il s'était caché en attendant le passage des deux chars. Il s'arrêta. Quelque chose venait de se serrer en lui. Ce chemin-là ne portait aucune trace, et pourtant, il lui sembla soudain qu'un attelage roulait devant lui. Il entendit nettement le pas des chevaux, les cris du conducteur, le roulement des bandages ferrés et le couinement des longerons. Il entendit aussi la toux de ce pauvre Joannès. Puis tout s'effaça, et ce qui s'imposa alors, ce fut le regard doux et profond de Marie.

Cette femme avait-elle réellement souhaité qu'il revienne au pays de la peste ? N'était-ce pas son regard, en fin de compte, qui l'avait décidé à regagner les loges ? Cette inconnue n'avait-elle pas eu, sans qu'un seul mot fût échangé, plus grand pouvoir sur lui que le Jésuite ?

Le jour déclinait. Le soleil atteignit une grisaille molle aux rebords ourlés d'or qui montait du couchant. Pas un murmure de vent, pas le moindre pépiement d'oiseau, seul dans ce silence épais le chant des sources feutré par la couche de neige qui les recouvrait.

Mathieu traversa le petit bois de la côte Versagne, et, lorsqu'il en sortit pour prendre pied sur le chemin des loges, le soleil achevait de disparaître. Une lueur rousse inondait encore la partie dégagée du ciel et son reflet étirait sur la neige l'ombre violette et lumineuse des murettes et des arbres. Devant ce ciel, Mathieu pensa un instant aux grands lacs de montagne entre leurs rives de rochers et de forêts. Mais ces lacs étaient loin derrière lui, certainement déjà pris par les glaces et blancs comme des plaines nues.

La nuit suivait Mathieu à longues enjambées de silence. Lorsqu'elle le rattrapa, il se trouvait à hauteur du pré où il creusait pour les morts lorsque les deux chars perdus avaient émergé du brouillard. On avait continué sa besogne. La neige était boueuse et deux monticules de terre remuée marquaient l'emplacement de fosses toutes fraîches. Les traces noires du cheval et de la voiture sortaient du pré comme pour indiquer au charretier le chemin des loges.

La poitrine serrée, le souffle plus court, Mathieu se mit à suivre le sillon irrégulier laissé par les sabots du cheval et qu'encadraient les traits plus durs des roues. Alors que l'aube se levait, il avait tourné le dos aux traces bien propres des traîneaux emportant des vivants vers la vie, du côté de la montagne, là où naissent les matins. Tout le jour, il avait marché, suivant la course du soleil. Alors que s'éteignait le crépuscule, il retrouvait la trace du char des morts qui le conduisait au village des mourants.

Devant lui, au ras de cette terre noyée d'ombre, quatre fleurs d'or pas plus grosses que des têtes de clou venaient d'éclore, quatre étincelles immobiles tombées avant la nuit pour lui indiquer que quelques vivants l'attendaient encore dans les loges.

24

Dans le calme du crépuscule, la peste s'était annoncée de loin, et Mathieu Guyon avançait plus lentement depuis qu'il avait rencontré la rumeur des loges. Ces plaintes étaient le signe que si les vivants demeuraient sur la Béline, la mort continuait d'y accomplir sa besogne.

Le chemin était noir entre les talus enneigés. La boue mêlée à des plaques de glace le rendait glissant. Le charretier se trouvait encore à une trentaine de pas du premier baraquement lorsqu'il entendit sur sa droite un galop et un long hennissement. Un réflexe de défense l'immobilisa, le poing serré sur le manche de sa pique, mais tout de suite, il comprit que les deux chevaux de l'enclos l'avaient éventé. Le hennissement était un appel d'amitié.

— Vous m'avez reconnu, fit-il. Bonsoir ! Ça me fait joie... Sacrés bougres, vous m'avez senti de loin et vous ne vous êtes pas trompé.

Heureux de cet appel, il marcha vers la clôture. Ce contact fit tomber son angoisse et cet appel des bêtes lui parut un bon présage. Il caressa les fronts tièdes et les naseaux d'où sortait un souffle qui lui parut brûlant. Il parla doucement, plein du bonheur de retrouver les mots qui l'avaient accompagné tout au long de son chemin de travail. Puis, sortant de son sac ce qu'il avait gardé de pain, il le partagea et le donna aux chevaux en expliquant :

— Il est un peu dur, le froid ne l'a pas arrangé. C'est du pain en galette. Tout plat. Il a été cuit dans le four de terre que les vieux ont construit, là-haut, dans la forêt... Vous autres, vous savez pas où ça se trouve, ces terres du Val de Mièges. Avant de monter ici, vous n'étiez peut-être jamais sortis du bas pays.

Derrière lui, une porte s'ouvrit. Il se retourna. Un rectangle de lumière sale éclairait le sol où se mêlaient la boue et la neige à demi fondue. Sur le seuil, se découpait la silhouette du sergent.

— Qui va là ?

— C'est Guyon, le charretier... C'est moi, sergent, ne tire pas !

— Mille et mille dieux, tonna l'homme d'armes, voilà que j'ai perdu... Perdu quatre bouteilles d'alcool ! Saloperie ! Faut jamais jouer avec un curé. J'avais parié que tu t'étais sauvé en pays de Vaud et qu'on te reverrait jamais par ici.

Mathieu entra tandis que le sergent lui cognait sur l'épaule et partait d'un rire énorme en hurlant :

— Mille dieux, j'ai perdu, mais j'aurai pas à payer. J'ai parié avec le Jésuite, mais il est foutu. Je lui donnerai pas ses bouteilles, mais je boirai pas ce qu'il m'aurait payé si j'avais gagné... Mais, sacré Dieu, vous étiez de mèche, tous les deux ! Tu lui avais dit que tu reviendrais. Avoue, crapule ! Vous étiez d'accord pour me rouler, hein ?

Il s'avança, l'arme haute et l'œil mauvais. Il avait bu et Mathieu allait tenter de le calmer lorsque, de lui-même, il posa son mousquet, haussa les épaules et fit demi-tour en grognant :

— Charretier du diable, curé du diable... Vermine de peste de Comtois.

— Où sont les autres ? demanda Mathieu.

— Où veux-tu qu'ils soient ? Près du curé, bien sûr. Tous. Les deux femelles et le barbier. Dans la dernière loge des hommes. Foutu gaillard, ton curé : il a pas voulu rester ici. Il a dit : « Je suis atteint, mettez-moi avec les malades. » Moi, ça m'aurait rien fait qu'on le garde ici... Mais puisqu'il voulait aller là-bas, après tout...

Il s'interrompit soudain, regarda Mathieu d'un œil étonné puis il se mit à rire. Il toussa, s'étrangla et, lorsqu'il eut craché, il demanda :

— Qu'est-ce que tu veux foutre avec cette pique ? T'es pas soldat ? T'as tout de même pas pris du service chez Lacuzon ?

Mathieu posa son sac et sa pique, puis il sortit sans s'occuper de l'ivrogne qui continuait de parler et de rire.

La nuit s'était épaissie malgré les lueurs de la neige. Trois loges seulement étaient éclairées et le charretier gagna la dernière, pataugeant dans la boue et glissant au revers des fossés d'écoulement. Avant d'entrer, il resta un moment à écouter les plaintes des malades beaucoup moins nombreuses qu'avant son départ mais toujours aussi douloureuses. Il hésitait à pousser cette porte. Il avait tellement imaginé l'instant où il retrouverait le Père Boissy bien vivant et toujours aussi fort, qu'il avait peine à admettre qu'il allait lui apparaître sous l'aspect d'un malade pareil aux autres.

Sa main tremblait lorsqu'il souleva le loquet. Il poussa doucement, mais les ferrures grincèrent. Les deux femmes puis le barbier qu'il découvrit tout de suite au centre de la loge, se tournèrent vers lui. Quelques malades recroquevillés sur leurs couchettes le regardèrent aussi, mais Mathieu les vit à peine, il cherchait des yeux le prêtre.

Le barbier s'écarta et le charretier continua d'avancer, le regard fixé sur le visage du Jésuite dont les paupières étaient closes. Il y eut un silence avec le seul concert des plaintes, puis le Père ouvrit les yeux. Lorsqu'il reconnut Mathieu, il ne marqua aucun étonnement. Il sourit. Son regard de source n'avait pas changé, mais ses joues étaient creusées, son nez était pincé et son cou enflé portait des marbrures rouges et violacées.

— Je savais bien, murmura-t-il... Je savais bien.

Sa voix était faible et prise d'un terrible enrouement.

— Te voilà donc, reprit-il... Tu as été long, tu sais... Je n'aurais pas pu t'attendre encore bien longtemps.

Mathieu remarqua le tutoiement. Il s'apprêtait à répondre lorsque le Père leva sa main déformée aux doigts crispés pour lui imposer silence. S'adressant aux autres, il dit :

— Je vous remercie... J'aimerais être seul un moment avec Mathieu.

Le barbier et les deux femmes sortirent. Lorsqu'il était entré, Mathieu avait lu un grand étonnement dans les yeux du barbier et de la nourrice, mais l'ensevelisseuse l'avait dévisagé avec une espèce de sourire triomphant. Au moment de passer le seuil, elle s'était retournée le temps de lui lancer un regard inquiétant.

Lorsque la porte se fut refermée, le prêtre demanda au charretier de s'asseoir sur le bord de la planche où il était allongé. Les autres malades se trouvaient assez éloignés pour qu'il fût possible de parler sans être entendu. Tous semblaient d'ailleurs avoir atteint le stade du délire ou de la prostration entrecoupée par ces hoquets qui annoncent la fin.

— Tu vois, expliqua le Père Boissy, j'ai voulu attendre ton retour pour m'en aller. Et j'ai attendu aussi que l'hiver ait muselé le mal. Dans tout cela, Notre-Seigneur m'a aidé. C'est qu'il savait que tu reviendrais. Et moi, je me répétais sans cesse que tu ne pouvais pas me laisser partir comme ça. J'espérais bien que tu serais là pour creuser ma tombe. Le corps ne compte guère, mais tout de même, la dernière demeure, c'est une affaire sérieuse : il ne faut pas qu'elle soit faite par le premier venu.

Il s'efforça de sourire, mais le bas de son visage déformé par le mal ne répondait plus à sa volonté, et seul son regard s'éclaira.

— Je suis content que tu sois là, reprit-il... Je suis bien content, tu sais.

Sa main déjà raidie se souleva en tremblant. Le charretier la prit entre ses paumes et la serra fort en disant :

— Mais non, mon Père, ne dites pas des choses pareilles. Vous allez vous en tirer...

Le regard du prêtre s'assombrit.

— Allons, mon petit, fit-il, tu sais bien que je n'aime pas le mensonge lorsqu'on en est aux choses sérieuses. Il nous reste trop peu de temps pour que nous le perdions à nous monter la tête. Ecoute-moi... J'ai des choses importantes à te...

Comme le Jésuite s'arrêtait pour laisser passer une gorgée de glaires, Mathieu se hâta de dire :

— Moi aussi, mon Père. Et j'aimerais que vous m'entendiez en confession.

Une fois encore, le prêtre essaya de sourire.

— D'habitude, ce ne sont pas les moribonds qui confessent les vivants, mais puisque tu le demandes, je t'entendrai... C'est promis... Seulement, avant cela, laisse-moi parler. Je n'ai plus guère de forces, tu sais... Tu es revenu, c'est l'essentiel. J'espère seulement que ce n'est ni à cause de moi ni pour retrouver cette femme.

Mathieu fit non de la tête et le malade parut rasséréné, il se remit à parler lentement, d'une voix de plus en plus rocailleuse :

— Il ne monte plus personne... A Salins, l'épidémie est terminée... Les autorités vont vous laisser ici quelques jours encore, et puis, vous redescendrez. Pour toi, cette triste aventure sera finie... Mais, tout de même, tu ne dois jamais oublier ce contact avec la souffrance et la mort... Tu te souviendras que l'on peut toujours quelque chose pour soulager la souffrance des autres... Et pour toi, n'oublie pas qu'on ne meurt pas que de la peste. Ce mal m'aura permis de prendre un peu d'avance sur toi. J'aurai tout le temps de te préparer ta place. Et je t'assure que je ne serai pas plus pressé de te voir arriver que tu ne le seras de me rejoindre.

Il donna à ses yeux le temps de sourire, puis, ayant repris son souffle, il redevint grave pour ajouter :

— Tu dois toujours être prêt à mourir.

Il se tut. Il demeura un long moment les yeux fermés, s'appliquant à maîtriser sa respiration. Mathieu sentait entre les siennes sa main qui se raidissait dans le combat qu'il menait contre sa douleur qui devait lui brûler l'intérieur. Il rouvrit les yeux et, d'une voix plus sourde encore, il reprit :

— La mort, mon petit, c'est la justice... Les hommes qui t'ont condamné à monter ici ont certainement triché. Toi, tu t'es montré plus propre qu'eux. Mais la mort les atteindra comme elle t'atteindra un jour... Elle te placera au même rang que ceux qui t'auront dominé sur cette terre... Au même rang pour être jugé.

Sa voix était à peine audible et Mathieu dut s'incliner vers lui pour comprendre ce qu'il disait encore :

— Moi, c'est aujourd'hui que la mort m'appelle. Mais je survivrai en toi et en tous ceux qui m'ont aimé... Et toi aussi tu survivras en tous ceux que tu auras aidés à vivre ou à mourir... Je ne veux pas que tu sois triste de ma mort... N'est-ce pas ?

Le charretier avait peine à contenir son émotion. Il trouva pourtant la force de sourire en disant :

— Je vous le promets, mon Père.

— Merci, mon petit... Pense toujours au pardon... Pas de larmes sur moi... Simplement, de temps en temps, dans tes prières... Tu sais bien que cette heure est pour moi un commencement.

Tout son corps fut secoué par un long frisson qui se termina en hoquet... Son visage grimaça et ses lèvres rejetèrent un flot de glaires. Affolé, alors qu'il en avait vu tant d'autres, Mathieu sortit en courant et appela :

— Barbier !... Barbier, venez vite !

Son cri courut loin dans la nuit et attisa le concert des plaintes qui s'enfla.

— Voilà ! cria le barbier.

Mathieu revint près du prêtre dont le visage livide ruisselait. Les yeux du malade se rouvrirent. L'eau du regard demeurait transparente, mais les lèvres remuèrent en vain, aucun son ne passait plus. Mathieu essuya le front et la bouche. Un peu d'écume revint aussitôt ourler les lèvres.

— Mon Père, dit-il, vous deviez m'entendre.

Le prêtre baissa les paupières et fit oui de la tête. Mathieu eut l'impression qu'il essayait de sourire. Voulait-il dire que ce n'était pas nécessaire ?

Le barbier entra et vint tout de suite se pencher sur le prêtre. Il l'observa un moment, puis, après deux nouveaux vomissements du malade, il regarda Mathieu et murmura :

— C'est la fin... Il n'ira plus très loin, tu sais... Il était pourtant solide... Mais ce sont souvent les plus forts qui s'en vont le plus vite.

Le prêtre semblait faire un effort pour retenir des plaintes qu'on entendait monter de sa poitrine et gronder au fond de sa gorge. Il eut encore plusieurs hoquets, puis une espèce de gémissement qui fit crier les autres malades. Ensuite, son corps sembla se détendre tandis que sa respiration redevenait à peu près normale. Ses genoux se plièrent et sa tête tourna sur le côté droit. Le barbier essuyait constamment les lèvres où des bulles se formaient à chaque expiration. Les yeux s'ouvrirent encore à plusieurs reprises, mais il semblait que le regard plongeait en vain dans un vide immense où plus rien n'était atteint par la lumière.

Les deux femmes entrèrent, et la nourrice dit :

— Quand je pense qu'il n'y a même personne pour lui donner les derniers sacrements.

— C'est regrettable, fit le barbier, mais c'est un saint homme. Je suis bien certain qu'il ira tout droit au paradis.

Il marqua un silence, puis il reprit :

— Nous pouvons toujours prier.

Ils récitèrent ensemble le Pater. Ils allaient prendre une autre prière, lorsque le corps du prêtre se souleva soudain en arc. Seuls le crâne et les talons portaient encore sur la planche. Un long râle fit trembler les lèvres, puis, détendu d'un coup, le corps tomba lourdement.

Le barbier se signa, puis il ferma les paupières du prêtre dont les yeux s'étaient rouverts dans cet ultime effort.

Après un instant de silence, ils se remirent à prier à voix basse, lentement, avec des sanglots mal contenus.

Leur prière fut interrompue par le bruit que fit le sergent en ouvrant la porte. Il entra de deux pas, en titubant, regarda et dit :

— Ça y est !... Je savais bien que celui-là, j'aurais pas à le payer... bon Dieu...

Il se mit à rire et Mathieu qui sentait la colère le brûler eut un mouvement dans sa direction. Mais le barbier l'empoigna par le bras en disant :

— Non, Guyon. Non. Ne fais pas ça... Il n'aurait pas aimé, tu sais.

Mathieu se remit à prier tandis que, laissant la porte grande ouverte, le sergent s'éloignait en beuglant une chanson à boire.

25

Les deux femmes procédèrent à la toilette du mort et à l'ensevelissement. Lorsque le corps fut dans son suaire, Mathieu et le barbier le portèrent dans le petit enclos de branches et de piquets que le prêtre leur avait fait construire pour préserver les cadavres des renards et des loups. Cinq autres morts y étaient déjà.

— Il y en a eu cinq aujourd'hui ? demanda le charretier.

— Non, dit Maître Grivel, en deux jours. Depuis que le Père s'est couché, personne n'a enterré. Après ton départ, le sergent a creusé deux fosses avec le Père. Ensuite, plus rien.

Mathieu eût aimé que l'on emportât le corps du Père Boissy dans la loge de garde et que l'on fît une veillée mortuaire. A plusieurs reprises, il fut sur le point d'en parler, mais chaque fois la voix même du prêtre l'en empêcha :

— Dans la mort, c'est toujours l'égalité. Le faste des funérailles, quelle importance ? Ce n'est pas ce que l'on fait du corps qui compte, mais ce que devient l'âme...

Le prêtre n'eût pas aimé passer sa dernière nuit à l'abri alors que d'autres morts attendaient sur la neige.

Les vivants regagnèrent la loge où le sergent ronflait, terrassé par l'alcool.

— Dès que le Père est tombé malade, dit le barbier, ce porc est redevenu comme avant. Heureusement que, depuis le froid, il n'y a plus de malades à aller chercher.

Tandis que le barbier parlait de la fin de l'épidémie, Mathieu observa plusieurs fois Antoinette. Mais, chaque fois, son regard rencontra l'œil sombre de la jeune femme où les chandelles allumaient des reflets inquiétants. Il sentait une espèce de malaise l'envahir. Quelque chose d'indéfinissable qui l'empêchait de penser au prêtre comme il eût aimé le faire. Il lui semblait que cette femme l'appelait, il se sentait attiré, mais comme on peut l'être par la profondeur d'un gouffre.

Lorsque le barbier eut expliqué ce qui se passait aux loges, Mathieu qui l'avait écouté sans l'entendre dit :

— Demain, je creuserai.

— Il y aura encore des morts cette nuit, dit Maître Grivel.

— Je creuserai une grande fosse.

Il y eut un silence et des renards jappèrent tout près du camp.

— J'espère tout de même, dit la nourrice que tu creuseras une tombe à part pour le Père. Il l'a bien mérité, il me semble !

— Bien sûr que je voudrais le faire, dit Mathieu, mais il m'a dit qu'il voulait être avec les autres.

— Qu'est-ce que tu me chantes là ! fit la grosse femme.

Le barbier intervint :

— C'est exact. A moi aussi, il l'a dit avant que Guyon ne revienne. Il m'a dit : « Je veux dormir parmi les miens. » Et il a même ajouté en riant : « Vous savez bien que je suis trop bavard pour me passer de compagnie. Il ne doit déjà pas faire si chaud dans cette terre ; tout seul, ce serait intenable. » Parfaitement, il m'a dit ça... Et même que ça m'a un peu surpris de l'entendre plaisanter avec la mort... Et puis après, je me suis pensé que, pour lui, la mort ne pouvait pas être aussi terrible que pour nous.

Mathieu ne répondit pas, mais il se souvint que le Jésuite lui avait dit un jour : « La mort, ce n'est rien quand on y est vraiment préparé. Ce qui est terrible, c'est de l'affronter en se demandant si elle ne débouche pas sur le vide... J'ai aidé tant de gens à mourir que je la connais bien depuis longtemps. Et elle aussi, elle doit me connaître fort bien. »

Ces mots avaient frappé le charretier qui n'avait jamais encore entendu parler ainsi de la mort.

Les deux femmes s'en allèrent, et le barbier dit :

— Il faut dormir, mon garçon. Demain, tu auras de la besogne.

Le charretier était un peu surpris que personne ici ne lui eût demandé d'où il venait, et il pensa que le prêtre leur avait certainement recommandé de ne lui poser aucune question sur son absence. Ils se couchèrent, et, dès que la pièce fut plongée dans l'obscurité, le barbier s'endormit. Mathieu écouta un moment son souffle régulier, puis, sans bruit, il se leva, prit sa pèlerine et sortit.

Les nuages qu'il avait vus monter de terre au couchant obscurcissait à présent les trois quarts du ciel, mais une clarté coulait de l'espace encore libre et baignait la neige. Il n'y avait plus un souffle de vent, et le froid moins intense semblait surtout monter du sol. Mathieu alla donner une brassée de foin aux chevaux, puis il se rendit vers l'enclos où reposaient les morts. Le silence était presque palpable et il se dit que c'était le grand calme de la mort, venu là pour le Père, et peut-être pour lui. Il ouvrit la barrière, entra, et s'agenouilla à côté du linceul où était le prêtre. Il se signa lentement et, les mains jointes, il essaya de prier. Il récita un Pater, puis ce fut comme si une source jaillissant de lui prenait soudain un chemin différent. Sa prière devint autre chose. Peu à peu, sa mémoire lui restituait des propos que le prêtre avait tenus pour lui lorsqu'ils étaient tous deux en chemin ou occupés à enterrer :

— Il faut que ta souffrance te soit plus précieuse que le plaisir... Tu ne dois jamais vivre en te croyant loin de la mort. Mais ça ne veut pas dire que tu doives passer toute ta vie à ruminer l'idée de ton départ : ce serait intenable. Seulement, tu ne te révolterais pas contre la mort si tu te sentais capable de bien mourir... Si tu parviens à vivre avec la certitude d'entrer un jour en un monde d'éternité, tu verras combien l'idée de quitter cette existence te sera plus légère... Tu ne dois pas regarder la mort comme un départ vers la nuit. Au contraire, pense à elle en regardant la lumière qui nous arrive du ciel. C'est vers cette lumière que tu dois marcher. Crois-moi, c'est en fermant tes yeux de vivant pour la dernière fois que tu verras enfin le grand jour.

Il y avait là des choses que Mathieu n'avait pas très bien comprises, mais les paroles du Père s'étaient gravées en lui. Les répétant à présent dans cette solitude de la nuit, il était certain de ne pas les déformer. Le Père avait parlé aussi de la mort qui délivre de la douleur, et, pensant à la rapidité de son agonie, Mathieu se dit que cet homme qui avait vécu si près de Dieu avait été appelé au royaume du ciel beaucoup plus vite que la plupart des autres malades. N'était-ce pas la preuve que Dieu existe et qu'il sait reconnaître les siens pour leur épargner certaines souffrances ?

Il lui revint soudain l'image du curé dont Colin Huffel leur avait raconté le martyre. Est-ce que celui-là avait mal servi Dieu et mal aimé les hommes pour que lui fût réservée une pareille agonie ?

Le froid de la neige montait à présent dans ses genoux et ses cuisses, gagnant peu à peu son ventre. Il s'imposa pourtant de rester là le temps de réciter encore deux Pater et deux Ave, puis il se signa, se leva, referma avec soin la porte de l'enclos et regagna sa couche.

Les autres dormaient toujours et les ronflements du sergent emplissaient la loge. Mathieu pensa qu'il eût échangé cent vies comme celle de ce soldat contre la seule existence du prêtre, mais il se dit que le Père Boissy n'eût certainement pas aimé cette idée. D'ailleurs, le sergent était un ivrogne brutal, mais il n'avait pas cherché à quitter les loges. Face à la mort, il s'était montré plus solide que le charretier... Tous, ici, avaient tenu mieux que lui.

Cette pensée ramena l'image du curé martyrisé. Peut-être Mathieu serait-il contraint de payer très cher sa faiblesse. Est-ce que son retour suffisait à le laver de tout ? Il regretta que le Père n'ait pas eu le temps de l'entendre en confession. A qui pourrait-il se confier désormais ? Et si la peste le prenait à présent, qui serait là pour l'aider à mourir ?

Il fut de nouveau envahi par la peur et il resta

longtemps à regarder les quelques tisons dont la lueur s'éteignait lentement sous la cendre. Il s'efforçait d'imaginer le monde d'éternité dont lui avait parlé le Père Boissy.

Est-ce que le prêtre s'y trouvait déjà ?

Un moment, le souvenir de sa marche dans la neige et ce voyage effectué par le prêtre se confondirent. Il savait bien que nul chemin parcouru sur cette terre ne peut donner une idée de celui que doivent suivre les morts, et pourtant il voyait très nettement le prêtre s'avancer sur une route pareille à celle qui conduit à la frontière suisse. Sa pensée revint ainsi à ceux qu'il avait laissé s'en aller vers une contrée de paix. Marie, le compagnon, Pierre et les enfants.

Mathieu devait être aux limites spongieuses du sommeil, lorsqu'il fut frappé soudain de constater que cette femme au visage si pur portait le prénom de la Vierge et que le compagnon était charpentier comme Joseph. Il retrouva aussitôt le souvenir de la fuite en Egypte et il lui sembla que c'était vers le Père Boissy que le convoi de traîneaux s'en était allé. S'il les avait accompagnés, peut-être serait-il en ce moment avec le prêtre.

Il se secoua. Cette pensée lui parut odieuse. C'était comme s'il eût envoyé tous ces gens à la mort.

Pour se calmer, il s'accrocha à l'idée que sa défunte femme et le Père Boissy allaient se rencontrer. Bien entendu, ils parleraient de lui. Et, parce que les morts voient tout ce qui se passe sur cette terre, ce serait peut-être sa femme qui raconterait son voyage au prêtre.

Il revit ce voyage et ce qu'il avait accompli, et il se dit que, peut-être, le prêtre lui accorderait de là-haut l'absolution qu'il n'avait pas eu le temps de lui donner avant de le quitter.

Cette idée le réconforta, mais le sommeil l'avait fui. Il tenta de penser au Père Boissy et à ses autres morts, mais ce furent des images de la vie qui s'imposèrent à lui. Les chemins bordés d'épine noire et de murs moussus. Les champs d'où les paysans lui criaient le bonjour lorsqu'il passait avec ses voitures. Il se souvenait aussi de son patron avec qui il avait roulé, les premiers temps, pour apprendre les routes et le métier. C'était un homme intelligent et qui parlait bien des choses que l'on rencontrait. Mais ces choses-là étaient simples, sans violence. Elles étaient celles d'une terre qui n'avait à dire que la peine des hommes penchés sur le sillon, un temps sans autre combat que celui qu'il faut mener pour ce pain de chaque jour que Dieu ne donne qu'à ceux qui savent le mériter.

Lorsque le charretier parvint à retrouver le prêtre, ce fut pour l'entendre lui parler de l'existence comme il l'avait fait si souvent, avec des mots de lumière évoquant le bonheur de vivre sous le soleil. Et le pays ! Ce pays que le Père semblait regarder comme le font les oiseaux, du haut de leur vol, pour en suivre les lignes de force, les rides creusées par l'âge et les travaux, les anciennes voies et les nouvelles, la vigne qui dure des siècles et qui a fait sa terre par le provignage. Les villages des collines et ceux des vallées avec la force de la terre et la force des eaux, et ceux des plateaux voués à la colère du vent. Peu à peu gagné par une torpeur qui n'était pas encore le sommeil, Mathieu se laissait bercer par des gestes dont le prêtre lui avait fait découvrir le sens profond. Car jamais personne ne lui avait parlé ainsi ni des semailles ni des moissons, ni même de sa propre besogne. Les gestes et les mots, et la musique de cette voix qui avait su le toucher au plus profond de son être. Cet homme allait s'en aller. Demain, il creuserait pour lui, et, lui qui demeurait au chaud parmi les vivants, voilà qu'il ne parvenait plus à pleurer son départ. Au lieu de s'attrister, il se donnait plaisir à revivre par le souvenir tout ce qu'il lui avait révélé en quelques jours, d'un monde qu'avant sa rencontre, il avait parcouru sans savoir ni le regarder ni l'aimer.

Se couchant sur le dos, il demeura un moment avec la rougeur des tisons fixée à l'intérieur de ses paupières. Puis, peu à peu, cette lueur disparut, chassée par une autre, plus claire et plus transparente. Il n'eut pas à chercher d'où elle coulait. Elle naissait de tout ce qu'il venait d'évoquer. C'était une lueur de source pure, celle qui l'avait tant intrigué la première fois que le Père Boissy l'avait regardé au fond des yeux.

26

Mathieu fut réveillé avant l'aube par le bruit de l'eau qui s'égouttait du toit d'ancelles tout autour de la baraque. Il se leva. Le barbier qui était éveillé aussi lui dit que la pluie tombait depuis le milieu de la nuit.

— Vous n'avez donc pas dormi ? demanda Mathieu.

— Non, pas beaucoup... C'est toi qui m'as réveillé... Je ne sais pas ce que tu avais, mais tu as crié, et puis tu as parlé.

— Qu'est-ce que j'ai dit ?

— Je n'ai rien compris... Simplement qu'il était question de chevaux, de compagnon et aussi de Marie.

Mathieu s'était approché de l'âtre. Il jeta quelques brindilles, remua les cendres pour en tirer des tisons et souffla jusqu'à ce que la flamme jaillît. Il mit alors trois bûches refendues et se recula. La lueur du foyer se fit plus vive que celle de la lampe à huile. Il y eut quelques remous de fumée et le charretier dut ouvrir la porte pour que le tirage s'établisse dans le conduit froid et humide. Il regarda dehors. A l'est, une lueur blême s'avançait timidement sur la neige qui laissait apparaître par endroits des taches brunes et vertes. Il tombait une espèce de crachin fin et serré.

Mathieu se dit qu'il devait neiger en altitude et que les réfugiés se trouvaient peut-être bloqués en pleine forêt. Puis il pensa au prêtre et aux autres morts dont les suaires trempés devaient coller au corps.

Le barbier avait mis sur un trépied de fer une marmite de soupe que les flammes léchaient.

— Dès que tu auras mangé, dit-il, il faudra y aller.

— Bien sûr, dit Mathieu, si ça se réchauffe un peu, les morts n'attendront pas.

— Tu partiras et, vers les midi, j'irai te rejoindre avec le chariot... A moins que le sergent ne soit en état de le faire, mais ça m'étonnerait.

Recroquevillé sous une peau de chèvre qui laissait apparaître ses bottes et son bras gauche tendu en avant, le sergent dormait. Son souffle un peu rauque était régulier.

— J'aime mieux le laisser tranquille, dit le barbier, plus il dort, moins il boit et moins il est violent.

Les deux hommes mangèrent une écuellée de soupe réchauffée en y trempant une tranche de pain noir et fort dur, puis Mathieu revêtit sa pèlerine, coiffa son chapeau de feutre et sortit. Il fit un détour pour passer près de l'enclos des morts où il s'arrêta le temps d'une prière. Le drap mouillé épousait la forme du visage du prêtre.

— Vous n'avez pas chaud, mon Père, murmura-t-il. Mais je vais creuser pour vous.

Il s'éloigna. Le visage du prêtre était devant lui, mais il fut tout de suite dépouillé du linceul. Il apparut tel qu'il l'avait vu au moment de l'ensevelissement, et, le retrouvant ainsi, il fut frappé par sa sérénité. Il y avait sur ces traits que la mort n'avait guère métamorphosés, comme la marque de quelque chose d'infiniment secret. Un peu l'indication mal formulée d'un grand mystère dont la clef se trouvait peut-être sous ces paupières qui ne s'ouvriraient plus.

Mathieu marcha un moment en regardant autour de lui toute cette grisaille liquide qui vernissait le chemin et les arbres de reflets gris que les restes de neige faisaient paraître plus sales encore. Il pensa que ce redoux, s'il durait un peu, risquait de redonner force à l'épidémie. Le barbier en avait parlé pendant qu'ils mangeaient leur soupe, et, à ce moment-là, il avait senti renaître ses craintes. A présent, c'était presque de la satisfaction qu'il éprouvait, et il comprit que ce sentiment venait de la présence du prêtre. Car le Père Boissy était là, devant lui, débarrassé de son suaire et parfaitement vivant avec son beau regard.

Tout naturellement, il se mit à bavarder avec lui. Une bonne conversation toute d'amitié, peut-être plus libre encore que celles qu'ils avaient eues de son vivant. Le Jésuite semblait tout à fait satisfait de lui, et il éprouvait à le constater un grand réconfort. Ils parlèrent de son voyage, de ce qu'il avait fait en cours de route et aussi des gens qu'il avait rencontrés. En réalité, c'était surtout le charretier qui racontait. Le prêtre se contentait d'écouter et d'approuver avec un bon sourire.

Malgré la légère pente du pré, la terre des morts était imbibée d'eau et Mathieu peina beaucoup pour enlever les premières couches qui collaient à l'outil. Il travaillait pourtant sans s'arrêter et, malgré la boue, malgré les manches de pioche et de pelle que la pluie rendait froids et glissants, il allait grand train, se redressant seulement de temps à autre pour souffler un peu. L'eau du ciel et la transpiration se mêlaient sur son visage et sa nuque. Ces gouttelettes ténues pénétraient ses vêtements. Elles semblaient venir de partout, aussi bien de la terre que de cet espace gris où se perdait la vue et que baigna jusqu'à la mi-journée la même lueur d'aube incertaine.

Lorsque le bruit du char d'enterrement se fit entendre, Mathieu avait à peu près terminé sa besogne. Il se redressa et, les mains posées sur le bord de la fosse, il se hissa péniblement. Ses brodequins pesaient lourd et il les nettoya sur le fer de sa pelle. Le cheval émergea bientôt du rideau gris tendu au bas du pré, et, en même temps que lui, la silhouette de l'ensevelisseuse marchant à côté de la bête. Mathieu comprit qu'elle était venue seule, et une grande peur l'envahit. La femme arrêta le cheval à quelques pas de lui et s'avança, le fouet autour du cou à la manière des charretiers. Elle était enveloppée dans une longue capeline dont le capuchon et le col haut dressé ne laissaient voir que son visage qui paraissait très mince. Dans l'ombre du capuchon, son regard noir était presque sans reflet. Elle sourit et, d'une voix ferme, elle dit :

— Le Père était certain que tu reviendrais, et moi aussi. Seulement, moi, je ne l'ai dit à personne.

Elle se mit à rire. Mathieu était là, les mains lourdes de fatigue pendant le long de son pantalon trempé, incapable d'un geste, incapable d'un mot.

— On va se dépêcher de descendre les morts, reprit-elle. Et on file avec la voiture. J'ai mis dedans des couvertures et de quoi manger pour au moins huit jours... J'espérais pas une pareille chance. Le sergent est ivre mort et il y a tellement de malades à inciser que le barbier était tout content quand je lui ai dit qu'on pourrait faire le travail tous les deux.

— Bon Dieu, dit le charretier, mais tu es folle ! Tu penses pas que je suis rentré pour repartir !

Elle s'approcha de lui et voulut le prendre par le cou, mais il la repoussa, presque brutalement.

— Non, grogna-t-il. Me touche pas. T'es une sorcière.

Dans le geste qu'elle fit pour rétablir son équilibre, le capuchon partit en arrière. Ses cheveux noirs se répandirent sur ses épaules et son regard s'alluma d'une lueur inquiétante.

— Une sorcière, peut-être bien... Mais si tu es encore vivant, c'est à mon pouvoir que tu le dois. Regarde ton ami jésuite. S'il est mort, c'est qu'il a pas voulu porter de gui.

— Et les autres...

Elle l'interrompit :

— Ils en portent tous. En cachette. J'ai vu celui du sergent pendant qu'il dormait. Et même le barbier en a coupé un brin une nuit à la branche que j'ai accrochée au-dessus de sa loge. On l'a vu faire, avec la nourrice. Elle aussi, elle en a. Depuis le premier jour. C'est moi qui lui ai donné.

Mathieu s'était mis à trembler. Il eût aimé trouver des mots cinglants pour en fouetter cette créature, mais il cherchait en vain. Sa peur le paralysait.

Le cheval avança seul de quelques pas, et Mathieu put libérer son regard du piège où l'avait emprisonné celui d'Antoinette. Voyant la voiture, il pensa que le prêtre était là, tout près de lui. Et, aussitôt, il l'entendit lui répéter ce qu'il lui avait dit la veille de son départ :

— Ce gui n'est pas un remède. C'est une croyance païenne, une superstition indigne d'un vrai chrétien. Le porter en pensant qu'il peut vous préserver du mal, c'est manquer de confiance en Dieu.

Son regard revint à l'ensevelisseuse qui le fixait toujours, le visage tendu par la colère. Tandis qu'elle commençait à le traiter de lâche en le menaçant des pires maux, il ouvrit sa chemise, empoigna le brin de gui, tira un coup sec sur le lacet qui se brisa en lui brûlant la nuque.

— Voilà ce que j'en fais, de ta sorcellerie du diable ! hurla-t-il.

Et il jeta le gui au visage de la femme.

Il y eut un silence avec juste le souffle du cheval et le bruit des gouttes qui tombaient de la bâche sur le bourbier du pré. Puis, pareil à un hululement d'oiseau de nuit, le rire de la femme monta.

— Tu es perdu, Guyon, glapit-elle... Perdu. Tu peux faire ce que tu veux, tu es perdu. Je te dis que tu mourras et que ton agonie sera terrible.

Mathieu se précipita et l'empoigna à la gorge en criant :

— Tu vas te taire, vouerie ! Tu vas te taire, dis !

Antoinette suffoqua, mais ses mains nerveuses se crispèrent autour des poignets de Mathieu où elle enfonça ses ongles longs. Le charretier desserra son étreinte et la femme, d'un mouvement brusque, se libéra. A peine eut-elle repris son équilibre que son pied partait en avant. Mathieu reçut la pointe de la chaussure sous la rotule. Il poussa un cri rauque et s'accroupit pour empoigner son genou à deux mains tant la douleur était vive. L'ensevelisseuse qui avait conservé le fouet autour du cou s'en saisit, et, de toutes ses forces, elle cingla le dos du charretier.

— Tu crèveras ! hurlait-elle. Tu crèveras !

Trois fois la lanière siffla. La femme cherchait à atteindre le visage de Mathieu qui dut rouler sur le côté pour éviter les coups avant de se relever. Le temps qu'il soit debout, la jeune femme avait pris sa course. Mathieu n'essaya même pas de la poursuivre, son genou était trop douloureux et ses chaussures trop lourdes de terre.

Du chemin, la femme lança le fouet sur le pré et cria :

— Débrouille-toi avec les morts... Et crève donc ! Moi, je ne risque rien !... Rien du tout, tu entends... Moi, je serai là pour te regarder crever ! Il viendra un autre enterreur, et je serai avec lui pour te mettre au trou !

Malgré l'humidité de l'air épais, son cri courut jusqu'aux bois et revint à Mathieu comme si, des quatre points de la rose des vents, la terre lui eût souhaité la mort.

27

Mathieu fut longtemps avant de retrouver son calme. Le souffle court, les mains agitées de tremblements, il demeura d'abord à fixer le pan de grisaille où avait disparu la jeune femme, puis, lentement, il vint près du cheval qu'il se mit à caresser.

— Une vouerie, répétait-il. Tu vois, mon pauvre vieux, c'est une sorcière... Dire que j'aurais pu l'étrangler... Sûr que je me vouais à l'enfer... Je l'ai échappé belle... J'aurais même pas pu l'enterrer avec les autres et dire qu'elle s'était ensauvée... J'aurais pas pu. On ne met pas une créature du diable avec un homme de Dieu comme le Père Boissy. Ce serait un sacrilège.

Plus calme, il s'efforça de fixer sa pensée sur le Père Boissy qui attendait là, dans la voiture, parmi les autres morts. A l'idée qu'il allait être seul pour le descendre en terre, il se sentit réconforté. Ce ne serait pas facile, mais c'était une bonne chose. Car il était persuadé que personne, durant son séjour ici, ne l'avait aimé autant que lui. Et avant ? C'était curieux, il ne savait rien du passé de cet homme. Il venait de Dole où il enseignait. Il avait vécu le siège et la peste là-bas, c'est tout. Jamais le prêtre n'avait parlé ni de sa famille ni de son enfance.

Peu à peu, la pluie se faisait moins dense et la lumière se colorait d'un jaune encore pâle mais qui annonçait que le ciel, dans les hauteurs invisibles, avait dû se déchirer. Mathieu regarda autour de lui. Les bois sortaient peu à peu de leurs voiles. Les taches de neige étaient moins ternes, les prés paraissaient moins cendrés.

Il prit doucement le cheval par le bridon et, lui parlant sans élever la voix, il le fit avancer, puis reculer de telle sorte que la voiture se trouvât le cul contre le seul bord de la fosse où il n'avait pas jeté de terre. Il cala les roues avec des pierres, puis, avec une certaine appréhension, il souleva le pan de bâche qui fermait l'arrière et l'accrocha sur le côté. L'odeur fade de la mort le fit hésiter un instant. Elle n'était plus telle qu'au temps de son arrivée, lorsque les mouches tourbillonnaient par milliers et que les corbeaux s'enhardissaient jusqu'à venir se poser sur le bord de la fosse. Aujourd'hui, il n'y avait ni mouches ni oiseaux. Mathieu le remarquait seulement à présent. Il se dit qu'il était naturel que le froid ait tué les mouches, mais cette absence totale d'oiseaux l'inquiétait. Ce silence absolu du ciel et de la terre lui parut soudain tout chargé de menaces mystérieuses. Il n'y avait que les coups de sabot que le cheval donnait sur le sol meuble et le léger cliquetis qu'il faisait en mâchonnant son mors. Et ces bruits étaient là pour rendre plus pesant encore le silence du monde.

Mathieu enleva son chapeau qu'il alla poser sur le siège de la voiture, puis il revint à l'arrière et tira le premier cadavre. C'était une femme. Il le vit aux cheveux dont une mèche passait par une ouverture du suaire mal cousu. Il la prit à pleins bras et la posa tout au bord du trou. Il tira ensuite deux enfants pas lourds du tout, puis un autre plus grand. Les suaires avaient été souillés par les matières gluantes qui les traversaient. L'odeur se fit plus forte et le charretier s'éloigna de quelques pas pour respirer deux ou trois fois en regardant la forêt.

Le Jésuite fut le sixième qu'il sortit. Il le reconnut facilement à une croix de tissu noir qui avait été cousue sur son suaire. Il était lourd. Le charretier dégagea les jambes et le bas du corps, puis il passa son bras gauche sous les cuisses avant d'engager le droit sous les épaules. La raideur du corps rendait la tâche plus facile. Ces cadavres étaient un peu comme les bûches qu'il avait si souvent chargées et déchargées. Il le porta de façon à le poser un peu à l'écart. L'idée lui vint de découdre une partie du drap pour regarder encore une fois ce visage, mais il y renonça en pensant qu'il n'avait rien pour le recoudre.

— Je vous mettrai dessus, mon Père, dit-il. Et au milieu.

Il y avait onze cadavres. Il était donc mort six malades durant la nuit. On avait dû les charger directement au sortir des loges avant d'aller à l'enclos, car ils se trouvaient dessous les autres. Les corps étant moins raides, il fut plus malaisé de les descendre. Mathieu transpirait. Il besognait, les dents serrées, s'accrochant au regard du prêtre et se répétant les propos qu'il lui avait tenus sur la mort et le monde dont elle ouvre les portes.

Lorsque tous les corps furent au bord de la fosse, Mathieu s'y laissa glisser. Déjà le fond était bourbeux.

— Pauvres gens, fit-il. Vous ne serez pas au sec.

Il fit descendre les corps un à un et les coucha côte à côte, se ménageant un passage pour ne pas les piétiner. Il plaça les enfants sur les autres avec deux femmes, en se disant qu'elles étaient peut-être les mères de ces petits. Ce faisant, il pensait à Marie et à ses deux enfants. Enfin, au milieu, il allongea le prêtre. L'odeur était si forte, dans cette fosse, que l'enterreur avait peine à respirer. Dès qu'il eut terminé il remonta, éloigna l'attelage, s'essuya les mains sur l'herbe mouillée, et revint s'agenouiller au bord de la fosse. Il ne connaissait pas la prière des morts que le prêtre avait toujours récitée en latin, mais il dit, cherchant parfois ses mots :

— Mon Dieu, accueillez-les en votre royaume de lumière. Ils ont avec eux le meilleur des guides... Mon Dieu, donnez-moi la force de me montrer digne de ce serviteur de votre sainte Eglise qui m'avait donné son amitié... Mon Dieu, épargnez-moi les tentations... Mon Dieu, faites que tous ces gens qui ont tant souffert trouvent la paix en votre demeure...

Il s'arrêta, puis, fixant la forme allongée du prêtre, il dit :

— Mon Père, vous qui êtes déjà à la droite du Seigneur, donnez-moi le courage de vivre bien, pour qu'un jour il me soit accordé de vous retrouver. Pardonnez-moi mes fautes. Je m'engage à lutter contre les tentations et à servir mon prochain comme vous m'avez appris à le faire.

Ensuite, il demeura longtemps ainsi, sans parler, à revivre par la pensée les heures vécues en compagnie du prêtre.

Le ciel s'était encore éclairé, et un vent du nord léger s'en vint faire murmurer la forêt. Mathieu pensa que le froid reviendrait peut-être.

Il se releva, empoigna la pelle, et attaquant la

terre détrempée, il se mit à la lancer sur les corps où elle faisait un bruit sourd.

Peu à peu le blanc des suaires disparut. Il ne resta plus bientôt qu'une tache large comme deux mains étalées à l'endroit où se trouvait le visage du prêtre. Mathieu s'arrêta, la regarda un moment avant de dire :

— Pardonnez-moi, mon Père.

Puis il reprit sa besogne sans savoir s'il avait dit cela en pensant à ses fautes ou à cette pelletée de terre qu'il lançait à présent sur le visage du prêtre.

28

Le soleil sur le déclin avait achevé de disperser les grisailles alors que le charretier regagnait lentement les loges. Tout le val luisait, et les bois aussi avec leurs branches trempées qui finissaient de s'égoutter sur les restes de neige. Le chemin était un bourbier où le cheval pataugeait, glissant parfois lorsqu'il devait accentuer son effort pour sortir d'une flaque de boue les quatre roues du char. Mathieu se tenait sur le siège. Il avait en main son fouet ramassé où l'ensevelisseuse l'avait lancé. Il le regardait. Jamais encore on ne l'avait frappé ainsi. Il pensait à cette femme, aux moments qu'il avait passés avec elle dans la forêt, et à la haine qu'il avait lue dans ses yeux lorsqu'elle l'avait fouetté. A cause du prêtre, et surtout depuis qu'il avait jeté le gui, il s'efforçait de repousser les idées de magie, de sorcellerie, de pouvoir occulte, mais les menaces proférées par cette furie lui revenaient sans cesse. Etait-ce vrai que sa mère avait fait mourir Weimar ? Si c'était vrai, pour quelles raisons la fille n'eût-elle pas détenu le même pouvoir ? Désormais, Mathieu serait seul à ne pas porter un brin de gui. Seul, comme l'avait été avant lui le Jésuite. Le Jésuite était-il réellement mort pour avoir refusé cette protection ? Mais peut-être la sorcière avait-elle menti. Rien ne prouvait que le sergent et le barbier portaient du gui en cachette.

Le cheval allait lentement et, par habitude, Mathieu claquait la langue pour l'inciter à allonger un peu le pas. La bête habituée au charretier sentait qu'il était absent du moment. Elle forçait un peu sur quelques foulées puis, progressivement, reprenait son pas de flânerie.

Lorsqu'ils arrivèrent aux loges, le soleil commençait à faiblir. Déjà orangé, il tournerait bientôt au rouge avant de plonger dans la cendre violacée qui s'entassait à l'horizon comme une respiration de toute la terre.

Mathieu finissait de dételer lorsque le barbier vint à lui. Il crut un instant qu'il allait lui parler de l'ensevelisseuse et redouta des difficultés, mais la femme avait dû tenir sa langue, car l'homme dit simplement :

— C'est malheureux. Ce pauvre garçon qui s'est tant dévoué et qui s'en va au moment où le mal est en régression. Et dire que je n'ai même pas pu aller avec vous.

Il eut un regard du côté de l'enclos, et il ajouta :

— Il en est mort encore cinq depuis que le char est parti te rejoindre. Mais l'épidémie est bien terminée. Non seulement il n'est arrivé aucun malade, mais un cavalier est monté me remettre un pli du maire de Salins. Dès que nous aurons vécu quatre jours sans décès, nous pourrons redescendre.

Il eut un hochement de tête et une moue qui plissa ses joues amaigries par la fatigue et le manque de nourriture, puis il dit encore :

— Quatre jours, ce n'est rien à côté de ce qu'on vient de vivre, mais il faut y ajouter certainement une bonne semaine... Après, il ne restera plus guère de vivants ici.

Le barbier parlait avec une infinie lassitude. Mathieu qui l'écoutait ne pensait qu'au prêtre. Pourtant, comme le vieil homme se baissait pour ramasser un morceau de bois et décoller la boue de ses semelles, le charretier remarqua sur sa nuque un petit lacet blanc. Bien sûr, le barbier pouvait porter une médaille pieuse, mais pourquoi pas un brin de gui ? Il n'osa pas le questionner, mais, lorsqu'ils se couchèrent, il observa le vieil homme. Au moment où celui-ci quittait sa collerette, sa chemise s'écarta et le gui apparut.

Comme toujours, le sergent qui était ivre ronflait. Mathieu attendit que le barbier fût endormi, se leva sans bruit, et, à la lueur du foyer où deux grosses bûches de foyard se consumaient, il alla dégrafer les vêtements de l'ivrogne. Sur la poitrine velue et moite d'une sueur qui sentait fort, une cordelette de cuir tressé retenait aussi quelques feuilles recroquevillées et trois boules grises. Les mains de Mathieu se mirent à trembler. Il n'avait pas peur du sergent, qu'un coup d'arquebuse claquant dans la pièce n'eût sans doute pas tiré de son sommeil, mais il sentait que son geste était une espèce de trahison. S'il agissait ainsi, c'est qu'il continuait de croire au pouvoir de l'ensevelisseuse. C'était la preuve que sa foi en Dieu n'était pas assez solide. Un lien invisible l'attachait encore à ce mystère de ténèbres opaques d'où montaient ces voix de la terre et des choses qui usent d'un langage que seuls peuvent percevoir les gens attachés à la glèbe, mais dont le sens précis leur échappe toujours.

Mathieu revint se coucher avec mille précautions. Le souffle des dormeurs n'était pas ce qui tenait le plus de place dans cette baraque où dansaient les lueurs et les ombres. Tout un monde se levait des angles obscurs et envahissait l'espace. Des vieux paysans parlaient du jour consacré aux semailles et qu'il fallait respecter sous peine de voir les génies de la terre anéantir la récolte. D'autres marchaient à genoux le long de leurs labours, un morceau de pain à la main pour séduire les déesses de la forêt. Un curé pourchassait une femme du village qui avait fait mêler au grain à semer les cendres d'un crâne de mouton. Et tout ce monde s'accordait à dire que le gui est vraiment la plante de vie qui préserve de tous les maux. A quelques pas de là, dans une autre loge, Antoinette était peut-être en train de penser à lui. Est-ce qu'elle le haïssait vraiment ? Est-ce qu'elle détenait le pouvoir de lui donner la peste ?

Avant de s'assurer que les autres portaient le gui, Mathieu avait redouté que la confirmation des propos de l'ensevelisseuse ne lui apportât de nouveau la peur. A présent, il savait qu'il était seul à ne pas porter sur lui cette protection et il ne parvenait pas à se débarrasser de l'idée qu'il était davantage que les autres à la merci du mal.

Et pourtant, il ne cessait de se répéter qu'il était plus fort, plus à l'aise pour se défendre.

Encore chancelant, il se disait qu'en quittant ce monde, le Père Boissy lui avait certainement légué une part de cette foi qui lui donnerait la force de surmonter son envie de fuir.

Car cette envie était en lui, animal à moitié endormi et qu'un rien risquait de remettre sur pied. Sa pensée lui échappait à chaque instant pour s'en aller rejoindre les voyageurs qui devaient avoir atteint la frontière si rien de fâcheux n'était venu les retarder.

Incapable de dormir, Mathieu écoutait la nuit. La bise s'était levée à nouveau, mais bien plus faible que les jours précédents. Elle gémissait aux angles des toits. A peine plus présente que la plainte des malades, c'était surtout dans les hauteurs qu'elle devait courir. Le ciel bas qui avait écrasé la journée s'était peut-être appliqué à dégager les cimes. Si le soleil avait un peu fait fondre la neige entre les sapins, le retour du gel croûterait la surface et permettrait aux traîneaux de glisser plus facilement. Les chevaux n'enfonceraient plus. Sans doute les conducteurs avaient-ils déjà enveloppé les pieds de vieux sacs pour éviter les chutes. Peut-être le vieillard à cheveux blancs et Bisontin-la-Vertu avaient-ils décidé de marcher la nuit pour mieux profiter du gel.

A plusieurs reprises, les loups hurlèrent non loin des loges, et il y eut même une bataille où le glapissement d'un renard blessé se mêla à leurs cris. Mathieu pensa que la première nuit, Colin Huffel s'était levé pour tirer sur les loups. Mais Colin était mort, et le Jésuite aussi qui avait fait construire l'enclos des morts.

Et puis ce fut le silence. Le silence avec ce grondement sourd qui ressemble au roulement lointain des torrents encaissés entre les falaises sonores, ce roulement qui annonce l'engourdissement et le sommeil.

CINQUIÈME PARTIE

AUX PREMIÈRES LUEURS

29

Le vent du Nord revint bientôt et chassa la pluie. En une nuit, la terre détrempée se bloqua. Tout devint luisant, glissant, dur et sonore comme de la bonne pierre. Le ciel trouva une intense luminosité et l'air qui courait en chantant semblait éloigner les miasmes, purifiant tout sur son passage.

Dès que la peste fut vaincue, les loges prirent un autre aspect. Les quelques malades qui avaient survécu ne pensaient plus qu'à regagner Salins, et le sergent dut reprendre la garde. Enfin, le matin arriva du jour qui terminait le délai imposé. Les rescapés descendirent vers la ville par la Beline et le sentier entrecoupé d'escaliers ; le personnel des loges emprunta l'autre chemin, avec les chevaux et les chars chargés de matériel.

Lorsque les attelages atteignirent la porte de Bracon, un échevin et un peloton de gardes les attendaient. Mathieu qui menait la bête de tête l'arrêta en faisant signe au barbier qui suivait avec le deuxième cheval. Le vieil homme vint le rejoindre accompagné par le sergent.

— Que les femmes descendent de voiture ! cria l'échevin.

Antoinette sauta du siège tandis que la grosse Ercilie Maclot descendait péniblement. Lorsqu'ils furent là tous les cinq, l'échevin dit :

— C'est bon, nos hommes vont s'occuper des chars. Vous, on va vous conduire où vous devez habiter.

Il y eut un flottement, tous remuèrent, se regardèrent avec inquiétude, puis, timidement, le barbier dit :

— Mais, moi, je vais chez moi.

— Non, Maître Grivel, dit l'échevin. Vous connaissez la loi qui donne au conseil le droit de désigner les personnes qui iront habiter les maisons abandonnées avant le retour des...

Il n'eut pas le temps de terminer sa phrase. Avec une vigueur étonnante, le barbier se jeta contre lui, l'empoigna par son pourpoint et se mit à le secouer en criant :

— Mais oui, toujours les mêmes !... Ceux qui ont de l'argent à ne savoir qu'en faire ne veulent pas risquer leur peau. Quand l'épidémie arrive, ils se sauvent. Ils vont dans des châteaux en pleine campagne, ou encore à l'étranger. Et avant qu'ils ne rentrent, on oblige des pauvres bougres à habiter chez eux pour voir si la peste ne s'y est pas cachée...

Des gardes s'étaient précipités qui arrachèrent l'échevin des mains du barbier. L'échevin était un gros homme dont le visage bouffi venait de s'empourprer. Il suffoquait, incapable de prononcer un mot. Les gardes écartèrent le barbier, mais ils ne purent l'empêcher de lancer :

— C'est toujours pareil, le conseil nous désigne, mais on ne sait jamais de quelle manière !

— Vous n'êtes pas les seuls, réussit à crier le gros homme...

L'officier des gardes s'interposa.

— Calmez-vous, dit-il. Il n'y a pas à récriminer. Normalement, vous auriez dû rester dix jours de plus dans les loges. Mais le froid est tel que le conseil a eu pitié de vous. Il a préféré vous isoler dans les maisons encore inoccupées. Vous aurez de quoi vous chauffer et on vous portera à manger.

L'échevin, qui avait à peu près retrouvé son souffle, s'adressa au barbier :

— Voyons, Maître Grivel, dit-il, vous me connaissez, vous savez bien que je suis un homme qui aime la justice... Mais que voulez-vous faire ? La ville est aux trois quarts vide. S'il n'y avait pas la garnison, on ne verrait pas une âme dans les rues... Tenez, si vous voulez, vous pourrez demander que votre femme soit autorisée à vous rejoindre.

— Bien sûr, fit le barbier, pour qu'elle soit contaminée !

Il avait dit cela d'une voix où il n'y avait déjà plus qu'un pauvre écho de sa colère. Tristement, il ajouta :

— Ça fait rien, nous aurons été exploités jusqu'au bout.

Les gardes l'avaient lâché. L'échevin s'approcha de lui et le prit par l'épaule en disant :

— Vous savez mieux que personne qu'il n'y a aucun risque. C'est une formalité... Avec les événements, si on se met à ne plus respecter les lois, c'est la fin... Vous comprenez bien ?

Mathieu les observait. Lui qui avait toujours vécu en dehors des villes n'était pas au fait de cette loi et ne comprenait pas bien ce qu'on attendait de lui.

— Allons, dit l'officier des gardes, en route.

Deux sergents s'éloignèrent avec les attelages et prirent la direction de l'Hôtel de Ville. L'officier consulta un papier et appela :

— Maclot Ercilie !

La vieille nourrice s'avança en grognant :

— C'est moi... Et comme je pensais jamais en sortir, de vos loges, vous pouvez bien faire de moi ce que vous voudrez... Moi, j'ai plus personne sur cette terre.

— Allez avec le sergent, dit l'officier.

La grosse femme fit quelques pas derrière le garde, puis, s'arrêtant, elle se retourna et cria aux autres :

— Adieu... Des fois qu'on se reverrait pas ici-bas, soyez tranquilles, on se retrouvera là-haut... On l'a bien mérité... C'est le Père Boissy qui me l'a dit... Il est en train de nous chauffer notre place.

— Adieu ! crièrent-ils.

Et la bonne femme s'éloigna de son pas qui roulait de gauche à droite. La longue capote qu'elle portait atténuait encore les contours de son corps énorme, et c'était un peu comme une grosse boule brune qui s'en allait poussée par la bise.

L'officier avait appelé Antoinette Brenot qui ne répondit même pas à l'au-revoir du barbier. Le visage fermé, elle suivit un grand sergent efflanqué et voûté qui traînait sa hallebarde d'un air écœuré. Au passage, elle lança à Mathieu un regard chargé de menaces où il crut lire, nettement exprimés, les propos qu'elle avait tenus dans le pré des morts :

— Tu crèveras... Et je serai là pour te voir crever...

Ce fut ensuite le tour du sergent Vadeau qui protesta en disant qu'il avait été engagé pour faire la guerre, mais l'officier lui imposa silence et, lui ayant fait enlever ses armes par un autre garde, il dit :

— On te les rendra quand tu sortiras. Et crois-moi, si tu veux te battre, on t'en trouvera l'occasion.

Puis ce fut le tour de Mathieu qui dit adieu au barbier et suivit un sergent.

Ils marchèrent un moment en silence. La ville était déserte. Peu de cheminées fumaient. Le sergent était un homme de la taille du charretier, avec une bonne face ronde et rougeaude.

— Tu as de la chance, dit-il. Tu vas avoir la maison d'un notable pour toi tout seul. Tu pourras te chauffer tant que tu voudras... Nous autres, on passe notre vie dehors. Et faut pas croire qu'on est épargnés par le mal. Moi je ne suis ici que depuis un mois, et j'ai vu mourir bien du monde.

— Je sais, dit Mathieu. Des hommes d'armes malades, j'en ai vu monter au moins vingt à nos loges.

— T'aurais pas vu un nommé Bourdelier ?

— Tu sais, moi, j'étais enterreur. Alors, les noms...

— Bien sûr, fit le sergent. Mais c'était mon frère... Mon jumeau. On se ressemblait... Quand il est monté, il avait déjà le ventre tout gonflé. Il est sûrement mort.

L'homme disait cela sans tristesse. Comme il eût parlé de la bise et du froid.

Mathieu lui expliqua que les malades guéris avaient pris l'autre chemin pour redescendre, mais ce soldat avait trop vécu avec la peste pour conserver beaucoup d'espoir.

— Ceux qui en sont sortis, dit-il, c'est qu'ils n'étaient pas vraiment malades. Ce sont les gens qu'on avait fait monter parce qu'ils avaient des malades dans leur famille. Pour nous autres, c'est pas pareil. Les autorités manquent d'hommes pour défendre la ville. Alors, on ne faisait monter aux loges que ceux qui étaient vraiment foutus. Mais tous ceux qui reviennent des loges sont comme vous, isolés dans des maisons vides. Alors, je saurai vite si mon frère y est. Mais il est mort, ça fait pas de doute.

Ils étaient arrivés dans une ruelle qui grimpait en direction de Saint-Anatoile et le sergent s'arrêta devant une maison de deux étages, cossue et presque neuve. Il décrocha de sa ceinture une énorme clef et ouvrit une épaisse porte de chêne.

— Voilà, dit-il en riant. T'es chez toi... C'est la maison du sieur Courvoisier qui est aussi propriétaire d'un château dans le haut pays. Mais c'est pas là-bas qu'il se trouve. Les Gris l'ont fait flamber, son château. Paraît qu'il est en Savoie. Tu trouveras de quoi te chauffer. On t'apportera à manger tous les jours... Je vais fermer à clef. Bien sûr, tu peux te sauver par une fenêtre, mais tu pourras pas sortir de la ville. Alors, vaut mieux que tu restes tranquille. Une semaine, c'est vite passé.

Mathieu entra. Le sergent resta sur le pas de la porte et dit encore :

— Quand on est de garde à l'enceinte, on a ordre de tirer sur tous ceux qui essaient de passer... Alors, vaut mieux te tenir tranquille... Allez, salut, charretier ! Tu vas te donner du bon temps.

— Salut, sergent !

La porte se referma et la clef tourna dans la grosse serrure. Très atténué par l'épaisseur du bois, le bruit des bottes s'éloigna, puis ce fut le silence. Un silence parfait que protégeaient les murs de bonne pierre. La pénombre régnait. Mathieu attendit que son regard s'y fût habitué, puis il avança vers un large escalier de pierre à rampe de fer forgé. Son pas résonna dans cette demeure où stagnait une odeur de renfermé. Le métal de la main courante était glacé et la pierre des murs transpirait, déjà salpêtrée par endroits. Le peu de jour éclairant la montée coulait d'une étroite fenêtre donnant sur le premier palier. Mathieu atteignit ce palier, mais la fenêtre était trop haut placée pour qu'il fût possible de regarder vers l'extérieur. Trois portes à double battant ouvraient sur ce palier. Le charretier en poussa une timidement. Il lui semblait à chaque instant que le sieur Courvoisier ou ses gens allaient apparaître et le recevoir à coups d'épée. Il pénétra dans une vaste salle dont la moitié d'un mur était occupée par une cheminée de pierre plus haute qu'un homme. Une longue table à plateau de marbre luisait au centre de la pièce, reflétant comme une eau calme deux larges fenêtres d'où l'on découvrait une partie des troits de la ville avec, par-delà, la falaise inondée de soleil au-dessus de la dégringolade des vignes.

Il faisait froid et humide dans cette pièce, et l'odeur de moisi était pénible à un homme qui avait passé sa vie sur les routes. Mathieu hésita un long moment, puis, avec mille précautions, il manœuvra l'espagnolette de métal luisant et ouvrit toute grande l'une des fenêtres.

Une large bouffée d'air entra, soulevant les tentures, donnant vie aux draps qui recouvraient les sièges, creusant des remous et des courants dans l'air trop lourd de cette demeure qui semblait sans vie depuis des siècles.

30

Pour le charretier qui n'avait vu des demeures des notables que les caves où il lui était arrivé de livrer un fût de vin, la première journée passa rapidement. Tout était sujet d'étonnement. La grandeur et la hauteur des pièces, leur nombre, leur mobilier, le fait qu'il y eût partout des cheminées de pierre, des lustres, des torches et de grandes tapisseries qui représentaient les travaux des champs tels que peuvent les imaginer ceux qui n'y ont jamais pris part.

Dans un petit salon du deuxième étage, Mathieu découvrit un tableau peint qui l'intrigua beaucoup. On y voyait un charretier d'une autre époque, vêtu seulement d'une peau de bête qui lui cachait les fesses, et conduisant deux animaux de front qui tiraient une espèce de char à roues de bois sans barreaux. Sur le char, étaient allongées une femme nue et deux fillettes également nues. Les animaux ressemblaient vaguement à des bœufs, mais ils avaient le poil fort long, une tête et un poitrail énormes, et des cornes en croissant d'une taille extravagante.

Mathieu eût aimé savoir de quel temps et de quel pays était cet étrange équipage. Il avait commencé par rire de ce tableau, mais il y revint plusieurs fois et finit par prendre beaucoup de plaisir à le regarder. C'est que son métier et la route lui manquaient. Aux loges, il ne faisait pas son métier, mais il y avait tout de même deux chevaux et des voitures. Enterrer les morts n'était pas une besogne agréable, mais elle occupait. Ce qui lui pesait le plus, c'était l'inaction. La solitude aussi, car s'il lui était arrivé souvent de passer plusieurs journées dans la forêt ou sur la route sans rencontrer visage humain, du moins avait-il eu toute sa vie la compagnie de ses chevaux et de tout ce qui vit dans la nature. Ici, rien ne vivait que le feu qu'il avait allumé dans la cheminée de la cuisine et qu'il entretenait.

S'il avait choisi cette pièce pour s'y tenir, c'est qu'elle était celle où il se sentait le moins mal à l'aise. Certes, elle ne ressemblait à aucune des cuisines qu'il avait fréquentées même dans les auberges, mais on y sentait le travail, et c'était déjà un semblant de compagnie. Et puis, la réserve de bois était toute proche, dans un bûcher auquel on accédait directement par une petite porte basse donnant sur une cour intérieure étroite et sombre entre de hauts murs gris. Il s'y rendait souvent, regardait le ciel, respirait longuement, puis regagnait la cuisine où le feu dévorait des rondins de charmille et de frêne.

Le bois et le feu étaient une présence, une compagnie dont il découvrait l'importance. Cela faisait partie de sa vie depuis toujours alors que le reste de la maison était mort. Traversant les autres pièces, il se disait :

— Je me demande comment des gens peuvent bien

vivre là-dedans. Ça doit pas être drôle. Moi, je pourrais pas. J'oserais pas remuer. J'oserais rien toucher.

Il ne s'approchait des meubles et des objets qu'avec crainte, plus intimidé par ces choses inanimées qu'il ne l'avait jamais été par un être de chair et d'os.

Vers le milieu de la journée, un sergent vint lui apporter une marmite pleine de soupe et une miche de pain. Dans la soupe, il y avait une vraie tranche de lard. Ce sergent ne parlait pas la même langue que Mathieu qui ne put même pas comprendre de quel pays il était.

Les deux premiers jours, par désœuvrement, Mathieu explora tout de même la maison, découvrant des livres illustrés dont il put regarder les gravures. Puis, moins pris par ce qu'il y avait de nouveau autour de lui, il passa le plus clair de son temps à chercher en lui ce que la vie lui avait laissé de souvenirs. Il faisait certains voyages. Il passait de longs moments avec ses parents, avec sa femme, au travail, avec ses chevaux, dans la Saline, avec le Père Boissy, avec Colin Huffel, avec le barbier et aussi avec l'ensevelisseuse.

A présent qu'il se sentait loin de la menace de la peste, les propos du Père et ceux de l'ensevelisseuse s'atténuaient. Cette femme n'était peut-être pas réellement sorcière. Quant au Jésuite, il lui avait permis d'accomplir un bout de chemin qui ne lui serait certainement pas inutile, et il lui arrivait constamment de s'adresser directement au prêtre lorsqu'il parlait à haute voix pour secouer le silence de cette trop vaste demeure. Il priait également, et beaucoup plus souvent en pensant au Jésuite qu'à un dieu auquel il n'avait jamais su donner de visage.

Enfin, Mathieu pensait aussi à son avenir. Certes,

il pouvait envisager de reprendre son travail aux Salines, mais, s'il parvenait à sortir de la ville, il retrouverait avec joie un attelage et la route. Imaginant cela, c'était vers le compagnon charpentier qu'allait sa pensée. Il se voyait fort bien partageant l'existence de ces gens qu'il n'avait pas voulu accompagner en pays de Vaud. Car si la peste était vaincue, la guerre demeurait sur le pays comtois.

Seul et à pied, il passerait. Une fois de l'autre côté de la frontière, il demanderait, il se renseignerait. Les gens auraient sans doute conservé le souvenir de ces voitures transformées en traîneaux. Le compagnon lui avait parlé d'un lac immense, et d'une ville où il avait travaillé. Le nom un peu étrange de cette ville lui était resté : Morges. C'était là que le compagnon savait trouver des gens qui l'aideraient ; c'était là qu'il espérait travailler de nouveau, car on y avait apprécié ses qualités de charpentier.

Mathieu imaginait un attelage, de belles bêtes, un chariot chargé de poutres et le compagnon l'accueillant sur un chantier de charpente. Il voyait cela avec précision, et il voyait aussi le visage souriant de Marie. Et cette vision avait quelque chose de rassurant.

Sept jours passèrent ainsi, puis, le matin du huitième jour, alors qu'il était encore loin de l'heure où on lui apportait sa soupe, Mathieu entendit la porte s'ouvrir. Du bas, une voix cria :

— Guyon ! Tu es là !

Il s'avança sur le palier et, se penchant par-dessus la main courante, il vit deux sergents qu'il ne connaissait pas.

— Prends tes vêtements et descends, cria l'un d'eux... C'est terminé.

Mathieu éprouva un grand soulagement. Il se hâta

de mettre son feutre et sa pèlerine, il regarda le feu une dernière fois, puis il descendit. Il se sentait léger. Il éprouvait une curieuse sensation de lumière, même en descendant cet escalier sombre. Dehors, c'était le grand froid immobile avec du soleil, un air vif et quelques restes de neige.

Les deux sergents l'attendaient dans la rue. Dès qu'il les eut rejoints, l'un d'eux ferma la porte à clef.

— Alors, dit Mathieu, c'est fini ?

— Oui, fit le sergent avec un gros rire. C'est fini la prison de luxe, à présent, tu vas tâter de l'autre. Et je te dis tout de suite que c'est moins drôle.

Mathieu eut un mouvement de recul. Les hommes d'armes pensèrent sans doute qu'il voulait fuir et ils l'empoignèrent chacun par un bras.

— Ne fais pas l'imbécile, dit celui qui paraissait le chef. Tu ne pourrais même pas faire vingt pas que je te tirerais comme une bête.

Tous deux portaient un mousquet.

— Mais je veux pas m'ensauver, dit Mathieu. Je veux seulement savoir ce que vous avez contre moi.

— Nous autres, on n'a rien. Mais si on nous a donné l'ordre de te conduire en prison, doit bien y avoir une bonne raison. Et toi, tu dois la connaître.

Ils s'étaient mis à descendre la rue en l'entraînant. Mathieu put seulement savoir que c'était le maire et le juge du Tribunal qui avaient signé l'ordre de l'arrêter et de le conduire au cachot.

Il était tellement abasourdi que la tête lui tournait. Il lui semblait que le sol pavé des rues ondulait tandis que les façades des maisons s'inclinaient dangereusement sur son passage.

— Dis donc, cria l'un des sergents, on va pas te porter, tout de même !

Ils croisèrent plusieurs personnes qui les regardèrent avec curiosité. Un homme demanda :

— C'est un espion que vous avez arrêté ?

— Peut-être bien, fit l'un des sergents.

— Alors, si c'est un espion, lança le passant, faut le pendre tout de suite !

Tout ce qui lui arrivait était tellement inattendu, que le charretier se laissait conduire, marchant dans une espèce de brouillard lumineux presque palpable. C'est à peine s'il sentait le sol sous ses pieds, à peine si la poigne pourtant terrible des sergents meurtrissait ses bras.

Ils entrèrent dans la cour de l'Hôtel de Ville et se dirigèrent vers une porte basse que Mathieu avait remarquée chaque fois qu'il était venu faire boire ses bêtes à la fontaine, car il s'y tenait toujours un factionnaire en armes.

A la vue de cette porte et du garde, le charretier se raidit en criant :

— Qu'est-ce qu'on me veut ? Je voudrais savoir !

Les sergents le firent entrer de force et l'un d'eux cria :

— T'en fais pas, tu sauras toujours assez tôt. Allez, avance. Et fais pas taut de bruit !

Ils le poussèrent vers un escalier glissant dont les marches étroites plongeaient vers un couloir obscur où se consumait une mauvaise torche fichée au mur. Un vieillard qui était assis sur une pierre se leva et ouvrit une porte de gros bois clouté.

— Allez, entre, ricana l'un des sergents, tu seras mieux là que dehors.

31

Le cachot était une petite cave voûtée assez longue mais à peine large de quatre pieds. A part la porte qui venait de se refermer, elle n'avait d'ouverture qu'un soupirail en demi-œil de bœuf étroit, portant deux barreaux en croix et placé au ras de la voûte. Les yeux encore pleins de la lumière du dehors, Mathieu resta le dos à la porte, essayant de s'habituer à l'obscurité. Il était là depuis quelques instants lorsqu'une forme remua de l'autre bout de la pièce, sous le soupirail. Une voix grave dit doucement :

— Quand on arrive, on ne voit rien, n'est-ce pas ? Mais vous verrez, vous vous habituerez très vite.

La forme se leva et des cheveux blancs accrochèrent au passage un peu de lumière. Dans le contre-jour, Mathieu ne put voir qu'une silhouette plus haute et plus large que lui qui s'avançait lentement. L'homme le prit par le bras avec beaucoup de douceur en disant :

— Venez. Il y a peu de jour ici, il est préférable d'en avoir la source derrière soi. On distingue beaucoup mieux ce petit univers.

Ils traversèrent le cachot dans le sens de la longueur, et l'inconnu fit asseoir le charretier sur un banc de pierre scellé à la muraille. Au passage, Mathieu avait senti de la paille sous ses pieds et, lorsqu'il fut assis le dos au mur, il vit luire quelques brins à peine éclairés.

— Qui que vous soyez, dit l'homme, je vous souhaite la bienvenue. Le séjour n'est pas des plus agréables, mieux vaut que nous le rendions le moins pénible possible en nous aidant l'un l'autre à le supporter. Permettez que je me présente : Pierre de Malbosc. Je suis ici pour avoir refusé de livrer à la ville de Salins ce que j'avais encore de vivres chez moi. Etant donné que je suis noble et que la Comté est dirigée par un Parlement de bourgeois, étant donné les temps de famine, de peste et de guerre que nous traversons, étant donné la peur et la veulerie de ceux qui auront à me juger, ce peut être la mort.

Il se mit à rire en ajoutant qu'il avait bien profité de la vie, puis il reprit :

— Je ne vous demande pas de quoi vous êtes accusé, ce serait indiscret, mais j'aimerais savoir qui vous êtes et d'où vous êtes.

Mathieu était intimidé, il dit son nom, qu'il était charretier et venait d'Aiglepierre. Il allait se mettre à raconter son histoire, lorsque la porte s'ouvrit. La torche du couloir fit luire le casque et la cuirasse d'un homme d'armes qui cria :

— Guyon Mathieu ! Interrogatoire !

Mathieu se leva et son compagnon de cachot lui dit :

— Ils ne vous auront pas laissé moisir longtemps. N'ayez pas peur, ils veulent instruire votre procès.

— Allons, dit l'homme d'armes, plus vite !

Il poussa Mathieu dans le couloir tandis que Malbosc lui criait :

— Surtout, demandez bien un avocat !

Les yeux du charretier s'étaient déjà habitués à la pénombre et, lorsqu'il déboucha dans la grande lumière de la cour, il fut ébloui.

— Allons, marche, grognait le sergent. Tu crois que j'ai que ça à faire, moi ! Avance, gibier de potence !

Le mot fit peur à Mathieu, mais l'homme lui battait les mollets du manche de sa hallebarde et il pressa le pas. Ils traversèrent la cour et entrèrent dans un bâtiment par une porte basse. Ils firent une dizaine de pas dans un vestibule dallé et le sergent s'arrêta devant une autre porte où il cogna de son poing ganté.

— Entrez ! cria une voix.

Ils pénétrèrent dans une salle assez vaste et éclairée par deux grandes fenêtres. Un bon feu de rondins flambait sous une cheminée plus haute encore que celle de la maison où Mathieu venait de vivre quelques jours. Le dos au foyer, deux hommes étaient assis qui s'accoudaient à une table où se trouvaient empilées des liasses de papiers. Un autre homme se tenait à droite de cette table, debout et appuyé au dossier d'un fauteuil. Mathieu découvrit tout cela d'un regard, tandis que le sergent le poussait devant cette table où était un petit tabouret à trois pieds. Les deux hommes assis portaient une robe rouge à col d'hermine. Celui qui se trouvait debout était vêtu d'une robe noire à rabat blanc. Le plus âgé des deux juges dont la perruque blanche luisait comme de l'argent dit à Mathieu de s'asseoir. Il lui demanda s'il était bien Guyon Mathieu, charretier né à Aiglepierre, puis, consultant un papier, il poursuivit :

— Guyon, la Comté est en guerre. Elle subit les pires épreuves. Elle a besoin de tous ses fils. Vous êtes accusé d'avoir failli à votre devoir. Désigné pour assumer les fonctions d'enterreur aux loges des malades de la peste, vous avez abandonné votre poste et tenté de prendre la fuite. De plus, vous avez essayé de séduire la fille Brenot Antoinette, ensevelisseuse des loges, dans le but de l'entraîner avec vous vers la Savoie où vous comptiez vous rendre.

— Mais...

— Taisez-vous, Guyon. Vous parlerez quand je vous donnerai la parole.

La voix du vieil homme avait tonné et les murs nus sonnèrent comme un gouffre. Il y eut un silence, puis, retrouvant un ton mesuré, l'homme poursuivit :

— Votre première tentative ayant échoué, vous avez décidé de recommencer. Non plus à pied, mais en volant la voiture des morts à bord de laquelle vous aviez dissimulé des vivres. Nous avons vérifié, ces vivres se trouvaient encore dans le caisson, sous le siège du conducteur. Comme la femme Brenot menaçait de vous dénoncer, vous avez tenté de l'étrangler et elle n'a dû son salut qu'à la fuite et au fait qu'elle a pu prendre votre fouet pour se défendre. Seule la peur d'être arrêté si vous partiez sans elle vous a empêché de mettre votre projet à exécution.

Il marqua un temps, puis, comme Mathieu remuait sur son tabouret, il leva la main pour lui imposer silence, et dit encore :

— J'attire votre attention sur le fait que la loi punit de mort pareille trahison, et que le vol de nourriture ajoute encore à la gravité de votre cas. A présent, Guyon, vous pouvez parler.

Mathieu était comme assommé. Il avait seulement compris qu'on le menaçait de mort, et même davantage, ce qui lui paraissait extraordinaire. Ayant avalé un flot de salive qui emplissait sa bouche, d'une voix à peine audible, il dit :

— C'est pas vrai... Elle en a menti...

— Faites attention, Guyon, vous accusez un témoin de mensonge. Vous risquez d'aggraver votre cas... Si vous avancez que cette femme a menti, vous aurez à le prouver.

Le charretier tenta de se calmer et de réfléchir un instant. Puis, se souvenant d'un coup des paroles de son compagnon de cachot, il dit :

— Je demande un avocat.

Les deux juges se regardèrent en souriant, puis se tournèrent vers l'homme en noir qui se tenait debout. L'homme en noir eut un hochement de tête et le juge dit :

— Je pense que Maître Desprel acceptera la lourde tâche de vous défendre.

— J'accepte, dit l'homme en noir dont la voix grave semblait venir du fond de sa poitrine.

Il était grand et assez ventru. Le visage lourd, l'œil petit et noir sous un front bas.

— Voulez-vous vous entretenir avec votre client ? demanda le juge.

— Voilà qui me paraît indispensable, Monsieur le Juge, fit l'avocat. Je n'ai aucune connaissance de ce dossier.

Le juge lui tendit quelques feuilles de papier qu'il appela « acte d'accusation ».

— Venez, Guyon, dit l'avocat.

Mathieu suivit cet homme. Le garde les accompagna le long du couloir jusqu'à une petite pièce aux boiseries toutes neuves éclairée par une étroite fenêtre à barreaux dont la lumière tombait sur une table de hêtre clair. Le garde les laissa et ferma la porte à clef derrière lui. Dès qu'ils furent seuls, l'avocat fit asseoir Mathieu sur un tabouret et s'installa sur un autre, en face de lui. Posant les papiers sur la table qui les séparait, il s'accouda, croisa ses gros doigts boudinés, planta son regard dans les yeux de Mathieu et demanda :

— A Aiglepierre, vous étiez charretier à votre compte ?

— Non... J'étais chez le sieur Coulon qui a été tué par les Français pendant le siège de Dole.

— Vous n'avez donc point d'équipage à vous ?

— Non.

— Mais je pense que vous avez un peu d'argent quelque part ?

— Non. Comment voulez-vous que j'aie de l'argent ? Je n'ai même plus de maison.

— Est-ce que quelqu'un peut payer les frais qu'exigera votre défense ?

— Les frais ? demanda Mathieu.

— Oui. Les frais de dossier et mes honoraires.

— Mais je ne connais personne qui...

Il n'eut pas le temps d'en dire davantage. Le gros homme se leva en déclarant :

— Dans ce cas, mon garçon, il faudra trouver un autre avocat... Mais à Salins, en ce moment, je doute fort que ce soit possible.

Il alla frapper à la porte que le garde ouvrit aussitôt et il dit :

— Garde, vous pouvez reconduire le prisonnier aux magistrats instructeurs. Et vous leur rendrez le dossier.

Mathieu essaya de dire quelque chose, mais les mots s'emmêlaient dans sa gorge serrée. Poussé par le garde, il regagna la salle où les deux juges attendaient. Le plus vieux dit avec un ricanement :

— Pas de chance, Guyon. Je connais Maître Desprel, s'il renonce à vous défendre, c'est que votre cas est vraiment désespéré. Les avocats sont comme les magistrats. Ils n'ont pas de temps à perdre... Voyons, pouvez-vous citer des témoins.

— Des témoins ?

— Oui, des personnes qui seraient susceptibles de dire que vous êtes un brave garçon. Que vous n'avez pas tenté de fuir. Que l'ensevelisseuse a menti...

Le regard du Père Boissy apparut, et Mathieu ne put empêcher un sourire triste de venir sur ses lèvres.

— Vous souriez, Guyon. C'est donc que vous pensez à des témoins... Je vous signale que nous avons déjà décidé d'entendre la nourrice, le barbier et le sergent qui étaient aux loges avec vous.

Mathieu pensa encore au prêtre, puis, d'un coup, comme si un rayon de soleil l'eût pénétré, il entendit :

— T'es un bon garçon... Un bon garçon comme était mon fils.

La voix du vieux saunier était en lui. Alors, s'accrochant à elle, il dit :

— Oh oui... Il y a le saunier... Le vieux saunier. Il le dira, lui.

Etonnés, les juges se regardèrent. Puis le Président inscrivit le nom que lui donnait Mathieu.

32

Dès que Mathieu eut regagné le cachot, Malbosc lui donna une tranche de pain dur qui sentait le moisi.

— Tenez, fit-il. C'est tout ce qu'on nous apporte pour nous nourrir. Et la cruche d'eau est dans ce coin.

— Je n'ai guère envie de manger, dit le charretier.

L'homme le réconforta. Il avait une voix chaude et il parlait bien, employant parfois des mots que Mathieu ne comprenait pas. Lorsqu'il apprit ce qui s'était passé avec l'avocat, il entra dans une violente colère. Arpentant le cachot à grands pas, gesticulant, il se mit à crier :

— C'est une crapule ! Je le connais. Et il est le seul qui soit resté en ville... Moi, j'ai préféré me défendre seul plutôt que de donner mon argent à cette fripouille qui aurait cherché à m'enfoncer. Il a déjà plaidé contre moi dans un procès de bornage... Mais pour vous, tout de même, c'est fâcheux. Moi, je connais les lois, je peux en faire autant qu'un avocat de cette espèce, mais vous, mon petit, je doute fort que vous puissiez vous défendre.

Il revint s'asseoir à côté du charretier et lui dit :

— Il faut me donner tous vos éléments. Nous réfléchirons ensemble. Vous m'écouterez bien, et je vous dirai comment vous y prendre.

Mathieu commença de raconter. Lorsqu'il dit qu'il avait travaillé pour le compte du sieur Coulon, son compagnon l'interrompit :

— Mais bien sûr, fit-il. Je le connaissais. Il a sorti du bois de mes coupes dans la forêt du Chaumois d'Amont. Du bon travail...

— Oui, dit Mathieu, des gros chênes et du charme de qualité.

— Comment, vous en étiez ?

— C'est moi qui ai tout sorti.

L'homme lui posa la main sur l'épaule, le regarda dans la pénombre et dit :

— Mon garçon, je n'ai jamais vu des coupes aussi bien nettoyées. Vous êtes quelqu'un de bien. J'avais d'ailleurs donné ce qu'il fallait à votre patron...

— Je m'en souviens... Il me l'a remis... Je vous remercie.

L'homme se mit à rire.

— Vous n'avez pas à me remercier, dit-il. Vous voyez comme vont les choses. Hier, j'étais un homme riche. Vous avez besogné pour moi sans même me connaître. Si j'étais venu au bois tant que vous y étiez, vous m'auriez regardé avec beaucoup de timidité, et aujourd'hui, nous voici dans le même cachot. Pas plus avancés l'un que l'autre et à peu près aussi démunis. Vous n'avez pas d'argent pour vous offrir un avocat, moi je pourrais m'en payer cent, mais il n'y en a plus qu'un seul et je n'en veux pas... Quelle ironie ! Vous ne trouvez pas ?

Il se leva, fit deux aller et retour, puis, se plantant

devant Mathieu, la tête dans le peu de lumière qui tombait du soupirail, il croisa les bras et dit :

— Voyez-vous, Guyon. Tout le monde maudit la famine, la peste et la guerre, et pourtant, elles ont engendré la justice... Mais oui, mon garçon. C'est ça, la justice. Vous et moi dans le même sac. Promis peut-être à la même potence.

Il s'assit de nouveau et posa sa main sèche sur le bras de Mathieu.

— Mais non, mais non, s'empressa-t-il de dire. Je plaisante. On ne pend pas les gens aussi facilement. Allons, regardons de près votre affaire. Donc, cette femme, me dites-vous, aurait déclaré...

Mathieu qui se sentait en confiance avec cet homme se remit à raconter. Il fit d'ailleurs un premier récit où il parla de tout excepté de la nuit où il était allé couper le gui avec l'ensevelisseuse. Lorsqu'il eut terminé, Malbosc resta un moment la tête dans les mains et les coudes sur les genoux, puis, se redressant lentement, il dit :

— C'est curieux, il y a quelque chose qui m'échappe dans le comportement de cette femme. Vous êtes certain de n'avoir rien oublié ?

Mathieu hésita encore, puis, d'une voix qui tremblait un peu, il raconta la nuit avec Antoinette. L'homme se mit à rire.

— C'est très drôle, dit-il. Très drôle. Sacré gaillard, va... J'aime qu'on n'hésite pas à trousser une fille... Bon, mais évidemment, ce n'est pas ce qui vous donnera du crédit. Seulement, sacrebleu, il y a le gui ! Sorcellerie ! Il faut vous défendre en attaquant. Bien sûr que vous avez voulu fuir. Mais pas la peste. Pas du tout la peste : la sorcière qui vous effrayait. Bon chrétien, vous n'avez pas voulu cohabiter plus longtemps avec cette créature inspirée de l'enfer.

Il s'était levé une fois de plus et, avec des gestes larges, battant parfois de la main sa poitrine sous son pourpoint dont les fermoirs d'argent luisaient, il s'adressait directement aux juges. Et il parlait à la première personne. Il disait :

— Moi, moi Mathieu Guyon, honnête charretier et bon chrétien je suis parti. Oui, Messieurs, je le confesse : j'ai pris peur et j'ai voulu fuir. Car le diable que cette femme portait en elle me semblait un mal plus redoutable que la peste, la guerre et la famine réunies. Moi, patriote comtois, j'ai vu ce mal si grand que j'ai cru ma patrie abandonnée de Dieu et livrée aux puissances démoniaques ! Certes, j'ai eu tort. Mais qui peut affirmer que mis en présence du diable il n'eût pas cédé à la panique ? Que celui qui ose se dire sûr de lui me condamne... J'ai compris ma faute, Messieurs. J'ai senti que le prêtre que j'avais abandonné détenait la vérité et saurait terrasser le démon que cette femme portait en elle... Et je suis revenu, Messieurs. Revenu alors que j'avais presque atteint la frontière... Je suis revenu pour assister à l'agonie de celui qui avait apporté Dieu en ces lieux de douleur et de mort...

Il parla longtemps ainsi, mais Mathieu avait cessé d'écouter vraiment ce qu'il disait. Impressionné surtout par la musique de cette voix qui savait tonner, prier, implorer, se faire tour à tour tranchante et charmeuse, il écoutait sans comprendre.

Lorsque l'homme se tut soudain et se planta devant lui, il lui sembla que quelque chose venait de se briser. Il eut un frisson.

— Alors, demanda Malbosc, vous comprenez ?

Mathieu eut un geste qui voulait dire :

— Pas très bien.

— Ça ne fait rien, dit le noble. Nous allons mettre ça au point. Je vous ferai répéter. Le tribunal est un théâtre. Croyez-moi, je vous apprendrai votre rôle et, avec de la volonté, vous posséderez ces messieurs et vous les roulerez comme des crêpes autour d'une purée de fruits... Allons bon, voilà que je dis des choses qui vont me donner faim... Un théâtre, je vous assure. Une comédie, vous verrez.

Et il se reprit à discourir, entamant un procès de la justice que Mathieu n'était pas en mesure de suivre.

Malbosc en était à reparler de l'avocat, lorsque la porte s'ouvrit. Un garde appela :

— Malbosc, au tribunal.

— Au tribunal, cria Malbosc, et l'instruction ?

— Au tribunal, répéta le garde. Et plus vite.

Mathieu s'était levé. L'homme le prit dans ses bras et le serra contre lui en disant :

— A tout à l'heure, mon petit... Souhaitez-moi bonne chance.

— Bonne chance, Monsieur, murmura le charretier.

La lourde porte claqua et la voûte retint longtemps l'écho de ce coup qui semblait avoir ébranlé les murs épais. Puis ce fut le vide. Mathieu le sentit autour de lui, pesant comme de la glace. Le vide qui avait suivi la mort du Jésuite et qu'il retrouvait.

Il demeura assis sur la pierre, à mâcher lentement le reste de son pain moisi, puis il but en levant la lourde cruche au goulot ébréché. L'eau était fraîche mais saumâtre, et il pensa qu'elle avait dû être puisée dans la Furieuse, tout près de l'Hôtel de Ville, en aval des Salines. Pensant aux Salines, il en revint au vieux saunier. Il l'avait un peu oublié durant son séjour aux loges, mais il lui semblait à présent que cet homme pouvait l'aider. Le juge avait noté son nom, donc il le ferait venir. A l'idée de le retrouver, Mathieu se sentait un peu rassuré. Il lui semblait que le monde qui l'entourait était moins hostile. Et puis, Malbosc allait revenir. Il lui enseignerait la manière de parler aux juges.

Le jour commençait à baisser et le cachot se noyait peu à peu d'une obscurité et d'un silence angoissants. Mathieu eût aimé se lever et marcher à la manière de Malbosc en essayant de répéter ce que cet homme lui avait dit, mais il n'osait pas. Ce calme était trop parfait. Mathieu restait acagnardé dans l'angle du mur, assis sur la pierre où il avait également posé ses pieds en ramenant ses genoux sous son menton. Malgré sa pèlerine où il s'était enveloppé, il sentait le froid le gagner. Il pensa à la paille, mais il se dit qu'il ne devait pas être convenable d'y coucher avant le retour de son compagnon.

Il faisait presque nuit et le charretier s'était assoupi lorsqu'il sursauta. Un bruit de porte claquée de l'autre côté de la cour, puis des pas avec un tintement de chaîne traînant sur les pavés, puis la porte du couloir donnant accès aux cachots. Par la fente du judas, il vit danser la lueur d'une torche. Des pas encore dans le couloir et un bruit de chaîne.

— Quoi, vous ne me remettez pas avec Guyon ?

C'était la voix de Malbosc. Puis celle d'un sergent :

— Allez, avance. C'est tout au fond.

Il y eut comme un bruit de lutte et Malbosc cria :

— Ecoute-moi, Guyon. Ce n'est plus une justice. Ils m'ont condamné. Demain à l'aube ce sera fini. J'espérais votre compagnie pour ma dernière nuit. Mais on me la refuse... Adieu, charretier ! Et défends-toi bien, mon petit... Ils sont coriaces, les bourgeois ! Que Dieu te garde, Guyon ! Les bourgeois n'exercent pas la justice autrement que les rois !

La voix décrut rapidement. Il y eut des bruits de ferraille, de bottes, des coups sourds, des gémissements, puis le choc lourd d'une porte de cachot. Les bottes repassèrent avec le flambeau qui découpait le judas... Plus rien.

Plus rien que l'écho que Mathieu entendait au fond de lui. L'écho des paroles prononcées par cet homme qui allait mourir.

L'odeur de résine des torches entra jusque-là, Mathieu la respira, puis, dans l'obscurité devenue totale, il se laissa tomber sur la paille, s'adossa au mur humide et, comme il ne l'avait pas fait depuis bien longtemps, la tête dans les mains, il se mit à pleurer.

33

A plusieurs reprises au cours de la nuit, le charretier avait sombré dans le sommeil pour se réveiller brusquement, quelques minutes plus tard, avec la sensation d'avoir dormi durant des semaines. L'air glacial qui ruisselait de la cour le pénétrait malgré sa pèlerine et le peu de paille qu'il avait tiré sur lui. La lueur de la lune dessinait un demi-cercle pâle sur les pierres épaisses. La croix noire des barreaux se devinait, mais au fond du cachot, l'obscurité restait intense. Tendu, Mathieu écoutait. Lorsque l'aube commença de blanchir, il perçut des bruits de bottes dans la cour. Cela dura un long moment, puis le silence se reforma.

Dans sa tête sonore, des mots revenaient qu'il eût aimé saisir pour les mettre en ordre et leur donner un sens, mais tout était pêle-mêle. Les propos de Malbosc se confondaient avec ceux du Père Boissy. Les questions du juge revenaient aussi comme autant de coups de fouet. Il fut longtemps avant de comprendre qu'il avait la fièvre. Son front et ses mains étaient moites et, lorsqu'il se leva, il dut s'appuyer au mur tant ses jambes avaient du mal à le porter. Machinalement, il palpa son bas-ventre comme il l'avait souvent fait aux loges pour s'assurer que la peste ne l'avait pas atteint. Il n'éprouvait aucune douleur et, intérieurement, il se mit à rire. Il imagina soudain une poussée tardive de la maladie et il se vit devant les juges, leur disant qu'il était gravement atteint et qu'il leur donnait le mal. Mais cette idée l'effraya, qui lui rappelait l'ensevelisseuse et ses malédictions. Tout ce qui lui arrivait de mauvais venait de cette femme. Peut-être était-il puni pour avoir couché avec elle et porté le gui en cachette du prêtre.

Est-ce que ce n'était pas le Père Boissy qui le punissait ? S'il était au ciel, il devait détenir une terrible puissance. A présent, il savait tout. Il découvrait ce que Mathieu lui avait caché et il lui refusait son pardon. En regagnant les loges, Mathieu avait bêtement espéré une absolution que le prêtre lui refusait aujourd'hui. Et cet homme qu'il avait cru plein de bonté le livrait aux juges et laissait l'envoyée du Diable en liberté. N'était-ce pas la preuve que le diable était plus fort que le bon Dieu ?

Non seulement cette femme n'était pas inquiétée, mais c'était elle que les forces de l'au-delà choisissaient pour porter l'accusation.

Si, pour un motif de rien du tout, le Tribunal avait condamné à mort un noble capable de se défendre, comment un charretier accusé de trahison parviendrait-il à s'en tirer ?

— Mon Dieu, pourquoi vous me laissez tout seul ?... Mon Dieu, je sais bien que je suis un grand pécheur, mais j'ai lutté... Je suis revenu. J'ai dit non à la sorcellerie... J'ai jeté le gui que je portais... Si vous laissez vivre en paix ceux qui continuent de le porter et si vous m'abandonnez, qu'est-ce que je dois penser ?

Il n'osait pas dire : « Je dois penser que vous êtes moins fort que la sorcière et qu'il vaut mieux servir le diable que de vous servir. » Il n'osait pas le dire même sans remuer les lèvres, mais les mots étaient en lui. Ils l'effrayaient. Il eût aimé les effacer de sa pensée, mais ils lui résistaient. Il les entendait sans les prononcer et c'était pourtant le timbre de sa voix qui lui parvenait.

— Pourquoi avez-vous laissé mourir le prêtre ? Il vous aimait. Il ne vous avait pas trahi. Est-il vraiment mort parce qu'il ne portait pas le gui ?

Il demeura un moment le dos au mur, terrorisé par ce qu'il venait de dire. Car le prêtre était là. Son regard clair inondait d'une lumière d'aurore ce cachot plein d'ombre. Il regardait Mathieu avec douceur, mais avec, malgré tout, une lueur de reproche.

— Pardonnez-moi, mon Père. J'ai tellement peur que je n'ai plus toute ma tête. Aidez-moi... Aidez-moi... Donnez-moi des forces.

Il se laissa tomber à genoux et voulut prier. Mais sa mémoire mêlait les prières apprises aux propos du prêtre et à ceux de l'ensevelisseuse.

Il allait se relever lorsque le bruit des bottes reprit dans la cour. Le bruit approcha et s'arrêta. Mathieu était tendu. Le battement de son cœur semblait emplir le cachot d'un grondement de torrent. La porte extérieure grinça et des hommes parlèrent. Le bruit des bottes reprit dans le couloir et la torche passa devant son cachot. Une autre porte s'ouvrit. Des voix. Un ferraillement de chaîne. Le tintement d'un marteau sur l'enclume. Un silence. Des bruits qu'il ne pouvait identifier, puis des pas approchant.

— Adieu, charretier ! Bonne chance ! Ne ménage pas cette sorcière... Attaque, c'est la meilleure défense... Et pense à ton ami jésuite... La vraie justice, charretier, elle n'est pas en ce bas monde, mais elle nous sera rendue !

Toute la nuit, Mathieu avait regretté de n'avoir rien dit à cet homme, la veille au soir. Il s'était promis de lui parler ce matin, et voilà qu'il le laissait passer devant sa porte sans pouvoir tirer le moindre son de sa poitrine serrée. Les pas s'éloignèrent et la lueur s'éteignit. La porte extérieure claqua. Mathieu se retourna et courut sous le soupirail. De toutes ses forces, il cria :

— Merci, Monsieur ! Adieu !

Le bruit des bottes traversait la cour.

— Adieu, Guyon ! Et sois courageux. La foi en Dieu donne du courage... Je les méprise, Guyon... Ils vont me pendre et ils ont beaucoup plus peur que moi ! Ils vont me pendre alors qu'un noble peut exiger qu'on le décapite. Mais c'est un Parlement de bourgeois, Guyon. Une justice de bourgeois. Ils méprisent aussi bien les pauvres que les nobles. Méfie-toi, Guyon...

La voix se métamorphosa. Il devait lutter avec ses gardes, mais il put encore lancer :

— Ils vont me pendre parce qu'ils n'ont même pas un bourreau capable de trancher une tête proprement...

Mathieu eut l'impression qu'on étouffait cette voix. Le bruit des bottes qui avait changé de rythme un instant reprit et décrut pour disparaître. Le silence fut épais quelques secondes, puis le roulement voilé d'un tambour monta. Il y eut des cris, mais Mathieu ne put comprendre ce que l'on disait.

L'aube avait grandi. Elle devait noyer la ville de

cette clarté sans ombre qui précède le moment où le soleil jaillit des monts.

Mathieu crut voir cette ville pareille à ce qu'elle était lorsqu'il la traversait avec son attelage, à l'heure où les portes venaient de s'ouvrir. Cette vision fut si précise et si forte qu'il perçut nettement le sabotis des chevaux et le roulement des bandages de fer sur les pavés. Il ferma les yeux pour tenter de conserver ce souvenir. C'était un peu comme s'il eût recouvré sa liberté et repris sa vie heureuse du temps de paix. Mais un deuxième roulement de tambour le tira de son rêve. Un roulement plus sec et plus bref que le premier.

Et puis plus rien.

Plus rien durant une éternité de quelques minutes que suivit bientôt le retour des bottes dans la cour. Un portail s'ouvrit. Ce devait être celui de l'écurie... Oui. Il ne s'était pas trompé. Un cheval sortait, s'arrêtait, reculait. Silence. Le cheval repartit, qui tirait une charrette assez légère.

Mathieu eût aimé ne rien entendre. Ne rien savoir, mais les images s'imposaient à lui de cet homme que l'on devait dépendre à présent, charger sur la charrette pour le conduire en terre.

Il se signa, puis, ne retrouvant aucune prière dans sa tête malade, il murmura seulement :

— Mon Dieu, faites que son âme monte vers vous, car je sais bien que cet homme était bon et qu'il vous aimait.

34

La matinée fut interminable avec le retour de la charrette, des passages de gens qui parlaient dans la cour, la venue d'un sergent accompagné du vieux geôlier portant une tranche de pain aussi moisi que celui de la veille. Mathieu le mangea malgré tout, car il se sentait tenaillé par la faim et le froid. Il se tenait accroupi sur la paille rassemblée en un seul tas, sa pèlerine bien serrée autour de lui, frissonnant et transpirant. De loin en loin, il murmurait :

— Je vais peut-être crever avant qu'on me juge.

Il n'avait plus la tête à penser réellement, mais il lui arrivait de souhaiter une mort qui coulerait sur lui comme le faisaient le vent froid et la pauvre lumière de la cour. Son corps et son esprit s'engourdissaient progressivement, sans qu'il éprouvât aucune douleur. Il ne sentirait pas le moment précis du passage de la vie à la mort.

Car la seule chose à peu près nette qui se trouvât en lui, c'était la vision de sa mort. Il ne pensait plus ni aux juges, ni à celle qui l'accusait, mais seulement qu'il allait mourir pendu comme cet homme en qui il avait un moment espéré trouver un soutien. Il était sur sa paille comme un oiseau sur un nid, et c'était sa mort qu'il couvait. Elle allait éclore au moment où il quitterait sa vie. Mille fois il avait tenté de se représenter l'autre monde, mais la mort n'avait plus à présent aucun visage. C'était l'inconnu. Un vide de ténèbres. Une espèce de cachot sans fond. Il allait passer de la prison où il était à ce cachot qu'il voyait un peu comme un puits d'ombre.

Il avait depuis longtemps fini de mâcher son pain lorsque les bottes approchèrent. La porte s'ouvrit et un garde entra qui dit :

— Guyon, au tribunal !

Sans bien savoir ce qu'il disait, Mathieu répéta les mots qu'avait prononcés Malbosc lorsqu'on était venu le chercher.

— Au tribunal ? Et l'instruction ?

Mais Malbosc avait crié, alors que Mathieu put à peine murmurer. Le garde le poussa dehors. Un soleil vif le contraignit à fermer les yeux un instant. L'air glaça la sueur sur son front et dans ses mains. Il traversa la cour entre deux sergents qui le tenaient chacun par un bras et l'obligeaient à hâter le pas. Ils empruntèrent le passage qu'ils avaient pris la veille, mais pour continuer jusqu'au bout et tourner à droite dans un couloir conduisant à une petite porte devant laquelle ils s'arrêtèrent. L'attente ne fut pas longue, mais Mathieu eut le temps de remarquer que les gardes ne portaient pas d'armure. Ils étaient vêtus d'un pourpoint gris lamé d'argent et coiffés d'un large feutre vert dont le bord droit était relevé. Ils étaient armés d'une hallebarde à fer luisant et leur ceinturon à boucle de bronze retenait à leur côté une pertuisane. La petite porte s'ouvrit et un garde pareillement vêtu les fit entrer dans une vaste salle éclairée par quatre fenêtres percées dans le même mur, face à l'endroit où ils se trouvaient. Au fond de la salle, devant une toile peinte représentant des juges, se tenaient trois vrais juges beaucoup plus petits que ceux du tableau. Mathieu reconnut tout de suite les deux hommes qui l'avaient interrogé la veille. Le troisième était fort jeune, avec un visage de femme un peu bouffi. De part et d'autre de la table qu'occupaient les juges, deux personnages également vêtus de rouge étaient assis chacun devant un petit bureau. Avant que le charretier ait eu le temps de regarder les autres personnes composant l'assistance, l'un de ces hommes se mettait à lire très vite un texte où il ne put guère comprendre que son nom, celui de son village et la dernière phrase, prononcée plus lentement, où il était question de pendaison.

Le plus âgé des juges lui demanda ensuite s'il reconnaissait les faits. Comme il ne répondait pas, le juge cria :

— Je vous parle, Guyon ! Le silence n'est pas un bon moyen de défense ! Répondez, reconnaissez-vous les faits ?

Mathieu eut un geste des bras et ses mains retombèrent lourdement le long de son corps. Il bredouilla :

— Monsieur le Juge, c'est une sorcière.

Plusieurs personnes se mirent à rire, et, regardant sur sa gauche d'où venaient ces rires, Mathieu vit une vingtaine d'hommes qui étaient assis sur des bancs et qui l'observaient. Parmi eux, au premier rang, il y avait l'échevin qui l'avait envoyé aux loges. Il portait un vêtement de velours bleu avec, brodé au fil d'or sur sa poitrine, un écu aux armes de la ville.

Le vieux juge agita une clochette et, lorsque les rires furent calmés, il dit :

— C'est bien, puisque vous ne voulez pas parler, nous allons entendre les témoins.

Il prononça le nom du vieux saunier, et l'homme qui se trouvait à la petite table de gauche se leva pour dire :

— Monsieur le Président, ce témoin est décédé. Nous avons vérifié sur le registre que le barbier tenait aux loges. Il y a été enterré le dernier jour.

Les juges échangèrent des regards entendus, puis le plus vieux dit à Mathieu :

— Eh bien, vous voyez, c'est vous qui l'avez enterré et vous n'en saviez rien.

Il y eut encore des rires, mais, pour le charretier, ce fut comme si on lui eût arraché le dernier souffle de vie. Il se mit à penser au vieux saunier et, durant un long moment, il fut vraiment absent de cette salle d'audience. Il essayait de se souvenir des enterrés du dernier jour, mais, sous les suaires, tous les morts se ressemblaient avec, simplement, des différences de taille et de poids.

Lorsqu'il reprit pied dans le moment, c'était le barbier qui parlait.

— Cet homme faisait bien son travail, disait-il. Quand il a disparu, j'ai cru que le Père Boissy lui avait confié une mission. J'ai demandé où il était. Le Père m'a dit : « Ne vous inquiétez pas, il reviendra. » Et de fait, il est revenu.

Le barbier regarda Mathieu, et son regard semblait dire qu'il ne pouvait mieux faire pour le défendre, mais qu'il ne ferait rien pour le charger.

Vint ensuite Antoinette qui se mit à crier, à se lamenter, à se tordre les mains en disant que le charretier avait essayé d'abuser d'elle et qu'il lui avait demandé de l'accompagner dans sa fuite.

Mathieu l'écouta un moment, puis, n'y tenant plus, il se mit à hurler :

— C'est pas vrai ! T'es une vouerie... C'est toi qui voulais...

— Taisez-vous, tonna le Président. Vos insultes au témoin aggravent votre cas.

Il redonna la parole à l'ensevelisseuse qui, d'un ton doucereux, commença par dire :

— Cet homme prétend que je voulais partir, mais c'est bien lui qui a tenté de le faire. Enfin, si j'avais voulu fuir, je n'avais qu'à le suivre...

Mais la colère empêchait Mathieu d'écouter vraiment ce qu'elle racontait. Il ne parvint à se calmer que lorsqu'elle eut terminé et que le sergent entra. Le sergent n'avait pas l'air ivre. Il portait un uniforme bleu bien propre, avec de larges broderies d'argent au col et aux poignets. Il regarda Mathieu intensément. Il commença par répondre en bafouillant un peu, puis retrouvant sa voix puissante et son assurance, il lança :

— C'est un brave homme. Je sais pas où il était parti, mais il est revenu. Et j'en connais pas beaucoup qui seraient revenus.

Comme il marquait une pause, Mathieu lança :

— Dis-leur que c'est une sorcière, qu'elle voulait nous faire porter le gui !

Le sergent hésita, regarda longuement Mathieu tandis que le Président criait :

— Taisez-vous ! Et finissez avec vos histoires de gui et de sorcière !

Les trois juges se consultèrent à voix basse, puis le plus âgé dit au sergent d'aller s'asseoir. Le sergent ne bougea pas.

— Vous avez quelque chose à ajouter ? demanda le magistrat.

— Ben oui, dit le sergent. C'est vrai qu'elle voulait nous faire porter du gui. Et c'est vrai que le Jésuite a dit que c'était de la magie.

Antoinette qui était allée s'asseoir à côté du barbier bondit comme une furie et vint se planter devant le sergent dont elle essaya d'agripper le vêtement au col.

— Montre, cria-t-elle. Montre si tu le portes pas... Vous l'avez tous porté ! Même lui !

Elle désignait Mathieu de sa main qui tremblait. Le Président agita sa sonnette et, toujours à voix basse, il consulta les autres juges avant de déclarer.

— Si cette pratique de sorcellerie est confirmée, le tribunal s'assurera de la personne de Brenot Antoinette, en attendant que soit en mesure de siéger le tribunal ecclésiastique habilité à juger de tels méfaits.

L'ensevelisseuse se mit à crier. Le barbier cria aussi. Le sergent gesticulait en hurlant, le juge criait en agitant sa sonnette, et il y eut ainsi un long moment de tumulte.

Le calme revenu, ce fut le tour de la grosse Ercilie Maclot. Plus rouge de visage que la robe des juges, bégayant, lançant partout des regards de bête traquée, elle ne dit rien que Mathieu pût saisir. Simplement, au moment où elle allait s'asseoir, il l'entendit qui disait :

— Mon pauvre petiot, Dieu te garde... Dieu te garde.

Sur la demande du juge, le barbier confirma ce qu'avait dit le sergent à propos du gui.

— Je sais qu'elle en portait, qu'elle en avait cloué

aux loges et qu'elle voulait nous en faire porter. A ma connaissance, personne n'a accepté de le faire...

Une fois de plus Antoinette bondit en hurlant :

— Menteurs ! Vous en avez tous porté !...

— Gardes, assurez-vous de cette femme ! cria le Président. Emmenez-la, qu'on ne l'entende plus !

Presque portée par deux hommes d'armes, se débattant comme une furie, elle sortit en insultant le barbier, le sergent et en blasphémant.

Lorsqu'elle eut quitté la salle, le Président dit :

— Greffier, prenez note des blasphèmes proférés par cette femme !

Mathieu avait regardé Antoinette s'en aller sans éprouver de haine, mais avec, au fond de lui, un immense espoir. Puisqu'elle était arrêtée, on allait le remettre en liberté. On admettrait certainement qu'elle l'avait accusé par méchanceté. Déjà cette salle, ces juges, ces gardes, ces spectateurs lui paraissaient moins hostiles. Il lui semblait que le prêtre n'était plus absent, qu'il se trouvait à côté de lui pour le soutenir.

— Merci, mon Père, murmura-t-il, c'est sûrement vous qui l'avez voulu ainsi.

Il y avait quelques conversations dans la salle, tandis que les trois magistrats s'entretenaient à voix basse. Mais Mathieu voyait tout cela à travers une buée lumineuse. Aussi, lorsque celui qui était à la petite table de droite se leva et se mit à parler, il l'écouta sans prêter attention à ce qu'il disait. Il redevint attentif quand cet homme s'adressa à lui directement :

— Guyon, vous avez trahi la confiance de ceux qui croyaient pouvoir compter sur votre dévouement. Vous avez trahi la Comté martyrisée. Rien ne nous dit que durant votre absence vous n'avez pas cherché à prendre contact avec l'ennemi.

L'homme se tourna vers les juges et, baissant la voix, d'un air mystérieux, comptant ses mots, il reprit :

— D'ailleurs, Monsieur le Président, j'attire votre attention sur un point de la déposition du barbier des loges. Maître Grivel dont la bonne foi ne saurait être mise en doute, mais dont la candeur saute aux yeux, nous a dit : « Cet homme faisait très bien son travail. Quand il est parti, j'ai cru que le Père Boissy lui avait confié une mission. J'ai demandé où il était. Le Père m'a dit : « Ne vous inquiétez pas, il reviendra. » Mais voyons, messieurs, c'est ici que se trouve la clef du mystère. Ce garçon qui fait bien son travail, qui se comporte de façon à donner le change, n'est-ce pas le type même de l'espion ? Il n'est pas de Salins. Nul ne sait au juste d'où il venait lorsqu'il s'est introduit dans la ville. Il y a retrouvé le Jésuite volontaire, j'insiste sur le mot, volontaire pour venir ici. Allons, messieurs, est-ce qu'on est volontaire pour la peste lorsqu'on est professeur à Dole ?

Il prit un temps, fit des yeux le tour de la salle, l'air triomphant, il se remit à déclamer avec de grands gestes un peu fous :

— Ah, messieurs, la pauvre Comté martyrisée aura connu bien des trahisons. Vous le savez aussi bien que moi, combien de prêtres ont déjà été confondus qui étaient des espions à la solde de ce maudit cardinal qui saigne notre malheureux pays. Si la mort n'avait pas frappé ce Jésuite félon, il serait ici aujourd'hui, au banc d'infamie pour répondre...

Le sergent Vadeau se leva d'un bloc en hurlant de sa voix qui fit trembler les vitres :

— Holà ! Doucement ! Ce Jésuite, j'étais pas

d'accord avec lui... J'aime pas les curés... Mais c'était un homme courageux...

Le juge agita sa clochette en criant :

— Gardes, faites sortir ce témoin qui interrompt le réquisitoire... Faites-le sortir...

Quatre gardes entraînèrent Vadeau qui, jusqu'à la porte, se débattit en criant :

— Il le connaissait pas, qu'est-ce qu'il parle de lui... Nous autres, on l'a vu avec les malades... Votre espionnage, il s'en foutait...

Le silence fut long à revenir dans la salle et la clochette s'énerva plusieurs fois. Enfin, lorsqu'il n'y eut plus que des murmures, l'accusateur public reprit la parole, mais Mathieu n'écoutait plus. Il pensait au Père Boissy, au sergent, à tout ce qui s'était passé à la maladière. Il comprit seulement la dernière phrase du réquisitoire parce que l'homme qui parlait, de nouveau s'adressa à lui :

— Guyon, vous avez trahi notre cité et votre patrie, complice d'espion si vous n'étiez pas assez intelligent pour être espion vous-même, c'est le châtiment suprême que vous méritez, c'est lui que je réclame pour vous qui refusez d'avouer votre crime.

L'homme se laissa tomber sur son siège tandis que la salle résonnait encore de son propos. Le vieux juge regarda Mathieu et demanda :

— Accusé, qu'avez-vous à dire pour votre défense ?

Mathieu avait été tellement surpris par ces histoires d'espionnage et cette accusation portée contre le Jésuite, qu'il était incapable de reprendre pied dans l'instant. Le juge répéta sa question d'une voix que l'impatience faisait vibrer. Le charretier comprit qu'il devait parler. Il chercha fébrilement ce qu'il pourrait dire, puis, à mots hachés, il lança :

— C'est pas vrai... Le Père c'était pas un espion...

L'Antoinette, c'est une sorcière, tout le monde le sait... C'est une sorcière...

Il y eut dans la salle des murmures et des rires que le juge laissa se calmer avant de dire :

— Précisément, tout le monde commence à le savoir. Mais j'ai peur que ce ne soit pas pour vous un élément de défense bien solide. Qu'avez-vous à dire pour répondre aux accusations portées contre vous ?

— J'ai pas fait de mal, moi... J'ai voulu aider des gens qui s'étaient perdus dans le brouillard... C'est tout... Après, je suis revenu aux loges...

— Oui, vous l'avez dit à l'instruction. Si vous n'avez rien à ajouter, le tribunal va délibérer. La salle est invitée à garder le silence.

Les trois juges se mirent à parler à voix basse. Mathieu ne savait plus du tout s'il pouvait encore espérer. Les propos de cet homme de la petite table l'avaient effrayé. Pour quelle raison avait-il manifesté autant de haine ? Qu'avait-il donc à le détester pareillement, lui qui ne le connaissait même pas ? Et pourquoi voulait-il avec un tel acharnement salir la mémoire du Père Boissy ? Mathieu ne comprenait rien à cette attitude, mais, puisque les trois juges se concertaient sans le consulter, c'était peut-être que son opinion n'avait aucune importance.

Le conciliabule des magistrats dura peu de temps. Le vieux juge reprit sa sonnette, l'agita et dit :

— Attendu que la culpabilité de Guyon Mathieu est établie de façon formelle, attendu que le tribunal siège dans une cité que l'ennemi menace et que ses décisions sont sans appel et immédiatement exécutoires, attendu que chaque Comtois doit se donner totalement à la défense de son pays, attendu qu'en pareille circonstance toute clémence serait une faiblesse coupable, le tribunal condamne Guyon

Mathieu à être conduit en place publique et pendu par le cou jusqu'à ce que mort s'ensuive.

Il y eut un murmure dans la salle que le magistrat arrêta d'un geste pour ajouter :

— La sentence sera exécutée demain, aux premières lueurs.

35

Lorsque la sentence était tombée, Mathieu avait voulu crier qu'il était innocent, mais son cri s'était étranglé dans sa gorge. Tandis qu'un brouhaha montait de la salle, les gardes, sans brutalité, presque amicalement, l'avaient poussé vers le couloir. Au lieu de reprendre le chemin de la prison, ils l'avaient conduit vers une petite pièce donnant sur la cour intérieure, où un forgeron lui avait rivé aux chevilles et aux poignets des anneaux de fer réunis entre eux par de lourdes chaînes. L'un des sergents lui avait dit :

— On peut pas faire autrement, mon pauvre vieux, c'est le règlement.

Et, à présent, ils traversaient la cour. Pour marcher sans traîner trop long de chaîne sur les pavés, Mathieu devait lever les bras et écarter les jambes. Les fers étaient lourds et le bruit insupportable. Malgré le mal qu'il avait à avancer, Mathieu regarda du côté de l'écurie dont l'une des portes était ouverte. Il aperçut la croupe luisante d'un cheval et, dans la pénombre, il reconnut Marioz, un charretier de Salins avec lequel il avait souvent travaillé. D'un coup, une large bouffée de tout un passé de route, de charroi et de liberté l'envahit. Obliquant vers l'écurie, il cria :

— Marioz !... Marioz, aide-moi !... Je suis foutu !

Mais l'autre se cachait. Un poids de solitude plus écrasant que les chaînes tomba sur lui. Sa voix s'étrangla et il se laissa conduire par les gardes qui disaient :

— Allons, viens donc, tu vois bien qu'il n'y a personne.

Dès qu'ils entrèrent dans le couloir, la voix d'Antoinette se fit entendre :

— Enchaîné, charretier ! Enchaîné ! cria-t-elle. Ça veut dire que tu vas être pendu. Je te l'avais prédit... Tu vas mourir, charretier ! Tu devrais être loin, à l'heure qu'il est... tu devrais...

L'un des sergents lui coupa la parole.

— Sorcière, tu as insulté un des nôtres au tribunal ! Tu vas voir comment je vais te fermer ta sale gueule, moi... Allons, ouvrez-moi ce cachot !

Le vieux geôlier se précipita et ouvrit le cachot que Mathieu avait quitté. Puis, levant sa torche, il donna de la lumière au sergent qui se jeta sur Antoinette en criant :

— Regarde, Guyon, ce qu'on fait aux sorcières en attendant de les brûler vives... A genoux, vouerie, à genoux !

Il empoigna les longs cheveux d'Antoinette, tira en arrière puis en avant jusqu'à ce qu'elle tombe à genoux. La couchant alors sur ses jambes repliées il la maintint d'une main et, de l'autre, pour la faire taire, il lui fourra dans la bouche une poignée de paille. La femme se mit à tousser et à gémir sourdement. La torche allumait dans ses yeux des éclairs de haine. Le sergent lui arracha le devant de son corsage et ses beaux seins blancs furent un instant le point le plus lumineux de cette pièce sombre.

— Pas vilain, fit le sergent, on reviendra s'en occuper cette nuit.

Comme il touchait cette poitrine, elle lui griffa le dos de la main. Il lâcha ses cheveux et la gifla, puis, s'étant relevé, d'un coup de botte dans les côtes, il l'envoya rouler contre la pierre du mur.

Dès qu'il l'eut lâchée, elle arracha la paille qu'elle avait dans la bouche, cracha et cria :

— Tu mourras aussi de mauvaise mort !

Le sergent lança un jet de salive dans sa direction mais sans l'atteindre, puis, revenant vers Mathieu, il lui demanda :

— Ça te ferait plaisir, de lui cogner un peu dessus ? C'est elle qui t'a fait condamner.

Mathieu fit non de la tête.

— T'as raison, dit le sergent. Faut pas se salir avec de pareilles ordures.

Tandis qu'ils sortaient, Mathieu eut encore un regard pour l'ensevelisseuse qui s'était recroquevillée à peu près à l'endroit où il avait lui-même passé la matinée. Il n'y avait plus dans ce regard noir aucune haine, mais seulement une immense détresse. Alors, avant que le geôlier ne referme la porte, Mathieu demanda :

— Pourquoi tu as fait ça, dis ? Pourquoi ?

Le vieillard leva sa torche. Le regard noir eut encore un éclair, puis Antoinette laissa tomber sa tête sur ses genoux et un sanglot venu de loin la secoua tout entière.

Les sergents partirent tous deux d'un gros rire, et celui qui venait de lâcher Antoinette dit :

— Ah, la voilà la sorcière, qui chiale comme une gamine. T'en fais pas, ma vieille, on va venir te consoler... On a de quoi te faire rigoler, nous autres... On a de quoi !

Ils lancèrent encore quelques obscénités, tandis que le vieux refermait la porte, puis ils conduisirent Mathieu tout au fond du couloir où ils entrèrent dans un cachot beaucoup plus petit et absolument sans ouverture extérieure. Ils expliquèrent qu'ils n'avaient pas le droit de mettre ailleurs un condamné à mort et invitèrent Mathieu à s'asseoir sur la paille. Lorsqu'il fut adossé au mur, l'un des sergents passa l'extrémité de sa chaîne dans un anneau scellé entre deux pierres. Un cadenas claqua.

— C'est la règle, dit le sergent. Mais je t'ai laissé long de chaîne... Et le vieux fichera sa torche devant ta porte. Tu vois, avec le guichet ouvert, t'auras un peu de lumière... Et on va s'arranger pour te donner quelque chose avec ton pain...

Ils allèrent jusqu'à la porte, puis le sergent se retourna et dit :

— Faut pas t'en faire, le mayeur peut encore t'accorder sa grâce.

Ce mot fut comme une tache de lumière dans l'obscurité du cachot. Le temps que le geôlier qui avait accompagné les gardes revienne avec le flambeau, ce fut le noir opaque avec ce mot de clarté : la grâce. Le mayeur, est-ce que c'était cet échevin qui leur avait parlé le jour du départ et qui venait d'assister au procès sans rien dire ? Mathieu tenta de se rappeler le moment de leur départ dans les moindres détails. C'était cet homme qui l'avait envoyé aux loges en prétextant que sa femme était morte de la peste. Aujourd'hui, il n'avait rien dit, mais les juges avaient mentionné cela dans leur dossier. S'ils le savaient, c'était donc que cet homme leur en avait parlé. S'il en avait parlé, c'était pour accabler Mathieu. S'il avait tant désiré le faire condamner, pour quelle raison irait-il à présent lui accorder sa grâce ?

Lorsque le geôlier revint pour planter la torche dans un anneau en face de sa porte, Mathieu l'appela :

— Oh, bonhomme !

La clef tourna et la porte s'ouvrit. Le vieux fit de la tête un signe interrogatif.

— La grâce, demanda Mathieu, qu'est-ce que ça fait, après ?

Le vieillard fit des gestes pour expliquer qu'il était muet. Comme la torche se trouvait derrière lui, Mathieu ne pouvait voir son visage, mais quelque chose lui disait que cet homme n'était pas méchant et regrettait de ne pouvoir lui parler. Il s'éloigna en laissant la porte ouverte, puis il revint avec une brassée de paille propre qu'il posa sur celle, très humide, où Mathieu était assis. Il sortit, referma la porte et le charretier l'entendit s'en aller lentement. Il avait laissé une torche dans l'anneau et un peu de lumière dansait en face du guichet. Un rectangle du sol, au centre du cachot était éclairé assez nettement, et, sur le reste, allaient et venaient quelques lueurs incertaines. Mathieu en fit le tour des yeux. L'idée qu'après ce lieu obscur et froid il ne verrait plus que la place et la potence n'était pas encore vraiment entrée en lui. A cause de la guerre et de la peste, il avait souvent pensé que la mort pouvait survenir d'un moment à l'autre, mais cette vision n'avait rien de commun avec la certitude qui, depuis moins d'une heure, se dressait devant lui. Quelque chose lui répétait qu'il lui restait à vivre une fin de journée et une nuit, mais il avait peine à le croire. Lorsqu'il parvenait à s'en persuader, il lui semblait que ces heures qui le séparaient encore de l'aube représentaient une éternité. Il était dans un espace extrêmement réduit et relié au mur par une chaîne qui ne lui permettait même pas d'en faire le tour. Lui qui avait vécu de courses à travers tout le pays, lui qui s'était senti prisonnier chaque fois qu'on l'avait retenu quelque part pour deux ou trois jours, voilà qu'il regardait son cachot comme un univers immense dont il n'envisageait même pas d'entreprendre une exploration. Lui qui avait si longtemps vécu avec l'espoir d'aller longtemps en liberté avec son attelage, voilà qu'il se demandait comment il parviendrait à cette aube pourtant si proche.

Mais ce n'était pas possible. L'aube était un mot qui désignait une chose trop vague pour qu'elle pût marquer l'instant de sa mort.

Il se sentait dans l'attente d'un événement qui le jetterait de nouveau dans la vie. Et lui qui n'avait jamais beaucoup imaginé, se mettait à chercher ce qui pourrait bien survenir pour le tirer de là. Durant longtemps, il ne trouva rien. Puis, d'un coup, comme si une digue se fût rompue en lui, un flot d'images déferla. Le sergent qui l'avait soutenu devant les juges volait les clefs à ses collègues, venait le délivrer et fuyait avec lui sur des chevaux préparés dans la cour. Le vieux saunier n'était pas mort. Furieux qu'on ait condamné Mathieu sans l'entendre, il venait assommer les gardes et le libérer. Puis c'était Malbosc délivré par des cavaliers noirs au moment où il montait au supplice qui venait le chercher. Et puis c'était le compagnon charpentier qui revenait avec les réfugiés et forçait les portes de la ville. Il l'entendait lui crier :

— C'est moi, Bisontin-la-Vertu !... J'arrive ! Tiens bon, charretier !

Et puis, c'était les Français et les Gris qui attaquaient la ville et libéraient tous les prisonniers. Et puis c'était l'ensevelisseuse qui se repentait de l'avoir fait condamner et qui jetait un sort aux gardes. Il se voyait fuyant avec elle. Il retrouvait son corps tel qu'il l'avait découvert la nuit de la cueillette du gui.

Tout déferlait à une vitesse qui lui donnait le vertige. De nouveau son front et ses mains étaient moites. Son regard qui fouillait les recoins d'ombre fut arrêté soudain par un objet qu'il n'avait pas encore remarqué. C'était derrière la porte, dans une encoignure où se trouvait entassée la paille pourrie. Pour y parvenir, il dut se mettre à plat ventre et tirer sur sa chaîne. Du bout des doigts, il réussit à faire basculer sur la paille un morceau de bois qu'il put empoigner et approcher de la zone éclairée.

Aussitôt, il lâcha l'objet et eut un geste de recul. Ce qu'il venait de prendre était une petite potence maladroitement assemblée où était un pendu. Il détourna les yeux, secoué de frissons, mais une force qu'il ne dominait plus attira son regard. Lentement, presque malgré sa volonté, il approcha la main et dressa la potence. Le petit pendu se balança deux ou trois fois avant de s'immobiliser. Mathieu le serra entre son pouce et son index. Le pendu était froid et mou. Il le respira et retrouva sur lui l'odeur du pain moisi.

Si ce pain était encore mou, si les rats ne l'avaient pas mangé, c'est qu'il se trouvait ici depuis peu de temps. C'était donc Malbosc qui avait taillé cette potense et modelé ce pendu. L'examinant de plus près, Mathieu vit que ce qui tenait lieu de corde était un gros fil de laine bleue, du même bleu que le pourpoint de Malbosc. Pour quelle raison cet homme avait-il passé sa dernière nuit à fabriquer une image de sa propre mort ? Savait-il que Mathieu serait là ce soir ? Avait-il voulu lui laisser un message ? Etait-ce pour lui faire peur ou lui donner du courage qu'il avait imaginé cela ?

Mathieu ne parvenait pas à comprendre. Il fixait l'objet dressé dans la lueur de la torche et dont l'ombre en équerre dansait sur le sol de terre battue jonché de paille.

Lorsque les bottes des gardes sonnèrent dans le couloir, il empoigna la potence qu'il cacha sous sa litière comme il eût fait d'un trésor.

Les sergents entrèrent. Ils lui apportèrent une cruche d'eau, le quart d'une miche et un morceau de lard.

— C'est tout ce qu'on a pu trouver, vieux. Mais le sergent Vadeau t'envoie ça. Et tu le connais, tu sais ce que c'est, pour lui, la boisson.

Mathieu prit le flacon et bredouilla :

— Merci... Vous lui direz merci pour moi...

L'autre garde lui tendit un petit crucifix de métal et dit :

— C'est le curé qui te l'envoie pour si tu veux prier cette nuit. Tu lui rendras demain matin quand il viendra te confesser... Il fait toujours comme ça.

Mathieu remercia encore, puis, comme les autres allaient se retirer, il leur demanda :

— La grâce, qu'est-ce que ça veut dire au juste ?

Les deux sergents se regardèrent, puis, celui qui parlait le plus volontiers dit :

— Ma foi, tu es pas pendu... Mais tu restes en prison jusqu'à ta mort.

Ils eurent une hésitation, puis, ils sortirent sans un mot, laissant le muet refermer la porte. La torche secouée par le déplacement d'air fit danser davantage le rectangle de lumière. Mathieu y posa le petit crucifix qui était sur un socle, exactement comme celui que le Père Boissy portait avec lui pour dire sa messe. Simplement, celui-là était légèrement plus haut et en métal jaune alors que celui du Père Boissy était blanc.

Il fallut longtemps au charretier pour qu'il se décide à manger son pain et son lard. Il mâcha lentement. Il y avait des jours et des jours qu'il n'avait pas absorbé un morceau de lard. Le pain n'était ni dur ni moisi, et il devait contenir une bonne quantité de froment. L'alcool aussi était bon. Mathieu en but plusieurs rasades et, en lui, une bonne tiédeur se fit que son sang se mit à charrier, jusqu'aux extrémités de ses pieds et de ses mains glacés sous la transpiration.

Lorsqu'il eut fini son lard, il lui restait un bon morceau de pain qu'il posa dans la lumière pour pouvoir le protéger des rats. Puis, retirant de sa litière la petite potence, il la dressa derrière le crucifix qu'elle dominait de moitié.

Sans doute à cause de l'alcool, il ne pensait plus. Il regardait le Christ et le pendu, et, derrière eux, défilaient des images sereines où son enfance rejoignait les dernières journées de sa vie. Des images où les moments les plus pénibles de son existence avaient à peu près la même couleur et le même goût que les heures de joie. Des images où le visage serein et le regard de source du Père Boissy revenaient de plus en plus souvent à mesure que s'égouttaient les premières heures de la nuit. Dans le silence qui semblait s'être épaissi depuis que Mathieu avait cessé de manger, le moindre froissement de paille prenait l'ampleur du crépitement que font les grands feux de broussailles. A plusieurs reprises, le charretier les évoqua, et il lui semblait en retrouver l'odeur mouillée qui vient balayer les chemins avec le vent d'octobre. Il fit plusieurs fois ce bruit simplement pour éloigner de lui le silence qui l'écrasait, puis il s'immobilisa. Il retint sa respiration et prêta l'oreille. On cognait quelque part, très loin sous la terre.

Aussitôt, Mathieu fut inondé d'espoir. Quelqu'un creusait une galerie pour le délivrer. Le compagnon peut-être, ou le sergent, ou d'autres prisonniers ? Un moment sa tête fut en ébullition. Il dut faire un effort pour retrouver son calme et écouter mieux. Se couchant sur le côté, il écarta la paille pour coller son oreille à la terre. Le bruit était bien là, régulier et tenace.

Trop régulier et trop tenace. Quelques minutes suffirent à Mathieu pour l'identifier. Ce battement pareil au pouls d'un homme sans fièvre, c'était l'énorme pompe du puits à muire. Il l'avait vue à plusieurs reprises, cette roue trois fois haute comme un homme et qui actionnait ce bras fait d'un tronc d'arbre entier. Il revoyait la voûte de la cathédrale souterraine où cette pompe fonctionnait nuit et jour, actionnée par l'eau qu'un canal amenait de la Furieuse. Sans doute la galerie venait-elle jusque sous la prison. Là, juste en dessous de ce cachot, il y avait une autre voûte de pierre. Si Mathieu pouvait creuser, il déboucherait dans les souterrains de la Saline. De là, il gagnerait facilement le lit de la rivière qu'il lui suffirait de descendre ou de remonter pour quitter la ville. Malgré lui, ses ongles se mirent à gratter la terre humide, mais le froid du métal coupant lui rappela la présence des fers. Avant de creuser, il devait se libérer. De nouveau, il tenta de secouer l'anneau scellé à la muraille, mais ses forces s'épuisèrent. Il se remit à transpirer, s'arrêta, retint sa respiration pour écouter encore cette pompe qui était bien le cœur vivant de la terre.

A présent, il lui semblait que ce bruit devenait énorme. Il résonnait en lui comme sous les voûtes de pierre, mais dix fois, cent fois plus fort. Et le charretier finit par laisser tomber sa tête sur ses genoux et par se boucher les oreilles de ses mains pour ne plus entendre ce battement qui lui semblait marquer le rythme d'un chant de vie et de liberté. Une vie et une liberté qu'il ne connaîtrait plus jamais.

36

Assis le dos au mur, les jambes repliées et le menton sur ses genoux, Mathieu avait fini par s'endormir. Il fut réveillé par une brusque sensation de chute dans un abîme sans fond. Il lui sembla qu'il avait crié. Et pourtant, le silence était toujours aussi écrasant avec le seul battement de la pompe qui n'était pas vraiment un bruit. Lorsque Mathieu avait ouvert les yeux, son regard était tombé sur le rectangle de lumière où la torche projetait les ombres dansantes et déformées de la potence et du crucifix. Il était occupé à la fois par cette vision et ce battement sourd montant des tréfonds inaccessibles mais dont le souvenir demeurait en lui. Il pensa un moment à cette galerie avec intensité, puis, fixant plus intensément la petite potence, machinalement, il porta ses mains à son cou. Le jour où il avait arraché le gui, le lacet lui avait un peu brûlé la nuque et ses doigts cherchèrent en vain la trace de cette brûlure.

Il se demanda combien de temps il avait dormi, mais rien ne pouvait lui en donner la moindre idée. La lueur de la torche était toujours la même, mais le geôlier avait pu la changer durant son sommeil.

Mathieu se dit qu'il avait peut-être perdu ainsi plusieurs heures de sa vie dont l'aube marquerait le terme. Cette pensée aiguisa son angoisse et il songea que ces heures étaient autant de gagné sur la peur. N'eût-il pas été préférable qu'il dorme jusqu'à l'aurore ? Que les gardes viennent sans bruit et l'emportent encore endormi au lieu de son supplice ? Etait-il possible qu'un homme fût pendu endormi pour se réveiller dans l'autre monde ?

Il se laissa aller à imaginer sa mère le tirant de son sommeil. A côté d'elle, il retrouvait son père, sa femme et le Père Boissy.

— C'est stupide, fit-il.

Sa voix sonna dans le silence. Il en laissa s'éteindre l'écho, puis, peut-être parce que ce silence lui sembla plus épais encore, il reprit :

— Après tout, pourquoi pas ? S'il y a un paradis, ils y sont tous... Et moi, pour quelle raison j'irais pas ? J'ai fait de mal à personne. Ce sont les autres qui m'en font.

Il parlait bas, et pourtant, les sons lui paraissaient s'en aller jusqu'aux limites de cette nuit.

Quelques minutes demeurèrent figées sous cette voûte humide. Puis la nuit s'éveilla. Un bruit lointain, impossible à identifier. Un temps, et le grincement de la porte donnant sur la cour. Mathieu se mit à trembler. Instantanément son visage et son corps se couvrirent d'une sueur glacée. Avait-il dormi si longtemps ? L'aube, invisible de ce cachot aveugle, était-elle déjà là ?

Des bruits de pas, de clefs, des voix, une autre porte ouverte et, aussitôt, un cri de femme rapidement étouffé. Des rires d'hommes.

— Antoinette...

Il murmura ce prénom. Il cessa de trembler et

soupira longuement tandis que son corps se détendait. Du revers de sa manche, il essuya la sueur qui lui brûlait les yeux. Une ample bouffée de joie l'envahit dont il eut honte aussitôt à l'idée de ce qui devait se passer dans la cellule qu'il avait occupée la veille. Non seulement il n'éprouvait plus de haine pour l'ensevelisseuse, mais, brusquement, il comprit que s'il se fût trouvé libre, il eût bondit pour tenter de l'aider. Sans le vouloir, il tira sur ses chaînes et sentit le fer lui scier les poignets. Le corps nerveux aux seins fermes fut devant lui un instant, plus présent que la croix et la potence, plus présent que l'ombre du cachot et la lueur de la torche, plus présent que l'idée du supplice que lui réservait l'aube.

Avait-il donc aimé cette femme ?

D'interminables minutes passèrent avec les rires étouffés des soldats, avec des jurons et des coups.

Puis ce furent de nouveau les bruits de portes et de pas, et leur écho avant que ne retrouve toute sa densité cette nuit sans durée.

Longtemps Mathieu pensa à Antoinette et aux gardes, puis l'idée s'imposa à lui que ces hommes n'avaient sans doute pas attendu des heures avant de venir. La nuit ne faisait peut-être que commencer. Une nuit effroyable mais qu'il eût aimée éternelle.

Le geôlier muet vint enlever la torche dont la lueur baissait, pour la remplacer par une autre plus vive. Il y eut un mouvement de fumée, d'ombre et de lumière.

— Vous savez l'heure ? cria Mathieu.

Le vieux regarda par le guichet puis s'en alla lentement, de son pas un peu traînant.

Mathieu revit l'ensevelisseuse et murmura :

— J'ai eu une mauvaise pensée. Quand ils sont

arrivés, j'ai cru qu'ils venaient pour moi. La peur m'a retourné le sang. Quand j'ai entendu qu'ils entraient dans son cachot, j'ai été soulagé. Pourtant, je savais bien ce qu'ils allaient y faire.

Il s'aperçut soudain que, depuis qu'il était condamné, il n'avait pas prié un seul instant. Il se demanda quelle prière il pouvait bien dire à quelques heures de sa mort. En dehors de la grâce, que pouvait-il demander ? Son pain de chaque jour ?

— La mort, souffla-t-il, c'est ça aussi. Plus jamais manger ni pain, ni rien. Plus boire. Plus voir clair.

Il s'efforça de revenir à la prière et l'idée lui vint de dire à Dieu qu'il pardonnait à ses juges et à l'ensevelisseuse.

— Certainement que le Père Boissy me conseillerait de le faire... Mais qu'est-ce que j'ai fait de mal, moi ? Les juges, qu'est-ce que je leur ai fait, moi ? Je les connais même pas.

Il demeura un moment avec cette idée de pardon, puis il dit :

— J'étais parti. Si j'étais pas revenu, en ce moment, je serais à Morges, avec les autres.

Il vit les autres et en particulier Marie et Bisontin, mais, ce qui retint surtout son attention, c'est la certitude qu'il était responsable de son malheur. Rapide comme l'éclair, une espèce de vision traversa son esprit qu'il chassa aussitôt en disant :

— Non. Le Père n'y est pour rien. C'est moi qui ai voulu revenir... Non, mon Père, je vous en veux pas, pas du tout.

Il se sentait profondément troublé. Est-ce qu'il ne pardonnait pas au Jésuite uniquement parce que, au seuil de la mort, il avait absolument besoin de son aide ?

— Mon Père, vous devez pouvoir m'obtenir la grâce.

Il eut un peu honte de demander cela à un homme qui l'attendait au royaume de Dieu, mais pourtant il se laissa aller un long moment à imaginer que la grâce lui était accordée par le mayeur. On ne le sortait pas de prison, mais on lui enlevait les fers et on le conduisait dans un cachot contigu à celui qu'occupait Antoinette Brenot. A eux deux — et sans qu'il pût imaginer par quel procédé — ils parvenaient à quitter la prison et la ville. Ils gagnaient à pied le village des huttes où ils passaient la nuit, puis la Suisse où ils retrouvaient le compagnon et les autres réfugiés.

Depuis son arrestation, Mathieu évoquait souvent le souvenir de ces gens qui avaient traversé son existence en laissant derrière eux une bouffée de chaleur. Le regard de Marie au moment où il avait été question de la peste lui revenait sans cesse comme revenait le rire d'oiseau et le nom merveilleux du compagnon.

— Bisontin-la-Vertu, murmura-t-il, compagnon charpentier... C'est un charpentier qui a monté la potence... La potence et l'estrade avec la trappe.

Mathieu n'avait jamais assisté à une exécution, mais, un matin qu'il partait pour la montagne avec un chargement de sel, il avait vu des ouvriers dresser les bois de justice sur la place. Il se souvenait fort bien qu'ils étaient commandés par un maître charpentier. Cette fois, les hommes avaient dû monter leurs bois dans la journée, la veille de l'exécution du sieur de Malbosc. Mathieu crut se souvenir qu'il avait entendu des coups de marteau.

Son esprit restait occupé par cette vision de potence, d'estrade et de trappe. Il allait sentir le plancher s'ouvrir sous ses pieds. Cette sensation de chute qui l'avait arraché au sommeil, c'était un avant-goût de ce qui l'attendait.

Il se mit à trembler. Il avait froid et peur.

Il le savait : plus peur que froid.

Il prit le flacon envoyé par le sergent et le regarda par transparence. Il restait plus de la moitié du contenu d'alcool. S'il le buvait d'un coup, il s'endormirait certainement. Il irait jusqu'au bout de cette nuit sans plus une seule pensée.

— Et sans prier, fit-il.

Est-ce que ce ne serait pas là une manière de hâter sa mort ? Il savait, en tout cas, que le Père Boissy n'eût pas aimé cette façon d'attendre la dernière minute. Le prêtre lui avait souvent parlé de regard droit, de l'attitude à avoir face à la mort qui n'est qu'un passage de cet univers souvent sombre et glacial vers une éternité de lumière et de douceur. Ici bas, il ne lui restait qu'un tout petit bout de nuit à vivre, et voilà qu'il ne savait plus comment l'occuper. Entre le moment qu'il vivait et le moment où s'ouvrirait la trappe, il lui sembla soudain qu'une éternité aussi se dressait. Une éternité noire, froide, visqueuse. Un pays où l'on ne se déplaçait qu'au prix d'un effort inouï, un pays de vase, de tourbe, de marécages immenses.

— Et si la mort, c'était rien... Rien du tout.

Il fit un effort pour faire disparaître le marécage, le ciel, les routes, les chevaux, le soleil, la lueur même de la torche éclairant la potence et le crucifix. Même derrière ses paupières closes, le monde demeurait. Le monde et sa lumière.

— Rien, qu'est-ce que c'est ?

La peur revint. Elle amena des images de sa vie, mais surtout des visions d'agonie. L'agonie des êtres qu'il avait vu mourir et celle des gens connus ou inconnus dont on lui avait raconté la mort. Rien, même les supplices comme celui du curé brûlé par les Français, n'était aussi terrible que l'attente qu'on lui imposait.

Comme Mathieu était immobile depuis un bon moment, un rat se mit à remuer la paille pourrie. Mathieu retint son souffle. La paille se souleva, le rat apparut, mais il dut voir ou sentir l'homme, car il disparut aussitôt. Le charretier ne l'avait aperçu que dans l'ombre et un très court instant, mais il éprouva le sentiment que cette visite était importante.

Pourquoi ? Il ne savait pas, mais il se prit à penser que ce rat était un être libre. S'il habitait cette prison, c'était librement. Il devait monter directement du lit de la Furieuse par des galeries souterraines. Etait-il venu pour montrer à Mathieu le chemin de la liberté, ce rat sans chaîne, ce rat libre et bien vivant ? Il avait échappé à la peste, à la chasse que les hommes avaient menée en disant que la peste vient par les rats. Il était peut-être le seul rat encore vivant à Salins.

Mathieu se dit qu'il était moins que ce rat puisqu'il lui restait moins de temps à vivre. Il lui était arrivé de tuer des rats sans même penser qu'il donnait la mort. Bientôt, c'est lui que l'on tuerait. Le bourreau était une espèce de chasseur de rats. La prison et les chaînes, un piège à rats.

Ce rat allait continuer sa petite existence. S'il lui prenait envie de remonter le cours de la rivière, il sortirait de la ville et suivrait son chemin à travers les prés et les bois. S'il voulait gagner le Pays de Vaud ou la Savoie, personne ne l'en empêcherait. Il suffirait qu'il s'applique à éviter les hommes, les renards, les loups, les grands rapaces de la montagne.

Mathieu tenait toujours le flacon du sergent. Il but une gorgée mais l'alcool lui brûla l'intérieur et il mâcha une bouchée de pain pour éteindre ce feu. Ce mélange de pain et d'alcool lui donna envie de vomir, mais il se retint. Pour uriner, il se leva et alla au bout de sa chaîne. Il urina sur le tas de paille pourrie où le rat avait disparu. Ce bruit d'eau coulant ramena sa pensée vers la rivière et il imagina que son urine s'en allait jusqu'à la Furieuse par la galerie du rat. C'était une partie de lui qui gagnait l'extérieur, qui s'évadait. Mais lui restait au bout de sa chaîne. Ses mains suivirent cette chaîne jusqu'à l'anneau fiché à force entre deux énormes pierres. Il empoigna cet anneau et tenta encore de l'ébranler, tous ses muscles bandés, toute sa volonté tendue, il fut un long moment à lutter avant de s'asseoir, épuisé, le corps couvert de sueur. Il s'était vu un moment libéré de cette entrave et appelant le vieux geôlier qu'il assommait avec ses chaînes. Il lui prenait ses clefs, il allait chercher Antoinette, ils assommaient aussi le sergent de garde dans la cour, ils volaient des chevaux et forçaient le passage d'une porte de la ville. Ensuite, il suffisait de monter jusque sur le plateau. La peur de rencontrer des Français ou des Suédois empêcherait les soldats de la ville de les poursuivre. Sur le plateau où tous les villages brûlés étaient déserts, il trouvait dans les ruines des outils de forgeron pour se débarrasser de ses chaînes. Après, c'était la fuite dans la forêt.

Devait-il emmener Antoinette ou la laisser condamner comme sorcière ? Il lui semblait que si elle détenait vraiment un pouvoir magique, elle pourrait l'aider à réussir.

Ayant repris son souffle et retrouvé un semblant de calme, il eut envie de rire de lui. Un rire qui avait le même goût que ce pain aigre et cet alcool trop fort au fond de la gorge. Il souleva la cruche et but de l'eau glacée. Mais l'eau saumâtre avait aussi un arrière goût de moisi.

Durant longtemps, il demeura vide de toute pensée. Il prit la petite potence et l'écarta de la tache de lumière où le crucifix resta seul avec le pain. C'est à ce moment-là que la lueur baissa de nouveau et que le geôlier vint avec une torche neuve. Il ouvrit la porte, s'assura que Mathieu était toujours là, il allait sortir lorsque le charretier demanda :

— Quelle heure il est ?

Le vieux s'accroupit devant lui et dessina trois traits sur le sol. Puis il se releva et, après avoir refermé la porte, il ficha la torche neuve à la place de l'autre qu'il emporta. L'air sentait la résine. Une bonne odeur de vie.

S'il était trois heures, c'est donc qu'il restait au moins quatre heures avant l'aube. Ayant fait ce compte, Mathieu se dit que ceux qu'on exécutait en été étaient désavantagés. Il éprouva un instant le sentiment d'être privilégié, puis il se dit que c'était au contraire une prolongation de son supplice.

A présent, il luttait contre lui-même. Il luttait contre une terrible envie d'appeler à l'aide, de hurler pour qu'on le délivre, qu'on le fasse évader, qu'on lui accorde sa grâce.

Il allait certainement se passer quelque chose. Lui-même ne pouvait rien, mais les autres avaient tout pouvoir puisqu'ils étaient libres. Le barbier, le sergent, et même les sergents qui l'avaient conduit ici et qui en voulaient tant à Antoinette. Au fait, lorsqu'ils étaient allés la violenter, ne les avait-elle pas ensorcelés pour pouvoir s'évader ? Si elle y parvenait, est-ce qu'elle viendrait le délivrer pour qu'ils puissent s'enfuir tous les deux ?

Le regard de Mathieu ne quittait plus le petit crucifix. Tendu de tout son être, il épiait la nuit dans l'attente du bruit qui lui annoncerait sa délivrance. En silence, il s'était mis à prier, et sa prière était une seule phrase qu'il répétait sans bien se rendre compte de ce qu'il disait :

— Mon Dieu, faites qu'ils réussissent à me faire évader.

« Ils », c'étaient tous ceux sur qui Mathieu croyait pouvoir compter encore. C'était un mélange de vivants et de morts. Une espèce de personnage étrange, composite, où se retrouvaient des traits du charpentier et de Marie, du Père Boissy et de l'ensevelisseuse, du sergent et de la femme de Mathieu, de ses parents et de son ancien patron, de Malbosc et du barbier, des Français envahissant la ville ou de Lacuzon venant le délivrer pour avoir un soldat de plus dans sa troupe.

Et sa prière continuait, toujours la même, toujours tendue vers cet espoir de vie.

Rien ne l'habitait plus que l'idée de cette éternité de vie qui s'ouvrirait devant lui au moment où disparaîtrait de sa vue l'ombre de la potence.

Il connut ensuite un moment plus paisible, presque heureux, durant lequel il vécut avec une intensité surprenante de longues heures de son passé. Ce qui l'étonnait le plus, c'était de retrouver des détails dont il ne savait même pas qu'ils s'étaient gravés au fond de sa mémoire. Des petits riens sans importance. Une tache du mur dans la maison qu'il avait habitée avec sa femme. Un tic d'un homme qu'il avait rencontré dans une auberge et dont il ignorait le nom. Les habitudes de caractère d'un des premiers chevaux qu'il avait conduits et qu'il croyait avoir oublié. Les accidents de route. Une roue cassée. Un travail fait.

Pris par tout cela, il ne sentit pas couler le temps. Et, lorsqu'il perçut des murmures, des pas étouffés dans le couloir, lorsque l'air coucha la flamme de la torche, il ne douta pas un instant que l'on venait le délivrer. Vite, très vite, il dit :

— Merci, mon Dieu. Faites qu'ils réussissent jusqu'au bout.

La porte s'ouvrit et le geôlier s'effaça pour laisser entrer un sergent, puis un vieux curé qui se pencha et ramassa le crucifix en disant :

— J'espère qu'il vous a aidé, mon petit. Pensez que son supplice fut plus cruel que celui que vous allez subir, et pensez aussi qu'il est mort pour nous.

Mathieu eut envie de crier, mais, d'un coup, il s'aperçut qu'il avait contemplé ce Christ en croix une bonne partie de la nuit sans penser un seul instant qu'il s'agissait aussi d'un condamné à mort et que la crucifixion devait être plus terrible que la pendaison.

Le Christ savait où il allait, lui. Il connaissait déjà le royaume de son père. Mais Mathieu Guyon, pauvre charretier chargé de péchés, de quoi pouvait-il avoir la certitude ?

Tout se déroula alors comme s'il eût été un autre. Un étranger assistant à la fin de Mathieu Guyon condamné à mort.

Il répondit sans tricher aux questions du vieux curé demeuré seul avec lui. Il s'accroupit docilement tandis que deux forgerons, l'un tenant une enclume à manche et l'autre un burin et une massette, coupaient ses chaînes. Le fer sonnait très fort sous les voûtes et il se souvint que la veille, entendant ce bruit, il s'était demandé s'il ne venait pas du dehors où l'on ferrait des chevaux.

— Les chevaux sont libres. Les chevaux sont sur les routes.

— Qu'est-ce que tu dis ? lui demanda le forgeron en l'aidant à se lever.

— Rien, souffla Mathieu.

Les sergents lui lièrent les poignets dans le dos avec une cordelette qui lui brûla la peau. Puis, le prenant chacun par un bras, ils l'entraînèrent. Lorsqu'ils passèrent devant le cachot où était Antoinette, il écouta. Est-ce qu'il espérait un cri, un appel, un adieu ? Il ne savait pas. Il n'osa pas demander aux sergents la raison de ce silence. Rien ne bougeait.

Débouchant dans la cour, il regarda le ciel. Il n'y avait pas un nuage. Un vent léger qui devait venir de l'Est ronronnait en dévalant les toits. Une lueur encore pâle éclairait un univers décoloré. Mathieu eut envie de faire remarquer que le jour n'était pas encore levé, mais il crut entendre la voix du juge disant :

— Aux premières lueurs.

Dans un moment, le soleil dépasserait la montagne, mais il ne le verrait pas. Et il éprouva soudain une immense envie de voir encore une fois le soleil. Il y eut sur leur gauche un bruit qui le fit sursauter. Il regarda. La porte de l'écurie était ouverte et un homme sortait un cheval. Une charrette à bâche noire était là, pareille à celle qu'il utilisait aux loges, mais plus petite. Un détail le frappa : la roue avant droite était toute neuve. Le bois en était blanc et le cercle de fer luisait. Il eut envie d'appeler le charretier et le cheval, mais aucun son ne sortit de sa gorge nouée. Ils passèrent sous le porche où les pavés étaient plus larges. Mathieu n'avait jamais remarqué cette différence de taille des pavés. Sur la place, la lumière était plus forte à cause de l'espace. Au fond, il y avait la rue qui mène aux salines puis à la sortie de la ville en direction de la montagne si l'on prend à droite et d'Aiglepierre si l'on prend à gauche. En même temps, il vit le camp dans la forêt avec Marie, le compagnon et tous les autres, et puis, plus nettement encore, l'intérieur de sa maison d'Aiglepierre avec le sol en terre battue, la cheminée, la table, les deux bancs. Sa mère et sa femme l'attendaient. La soupe cuisait dans la marmite. Puis il se vit enfant, avec son père.

En face de lui, un toit luisait. Son regard s'y accrocha. Il crut un moment que son corps allait échapper aux gardes et s'élever vers ce toit. Mais son regard tomba sur sa droite où, devant l'Hôtel de Ville, étaient dressés l'échafaud et la potence. La corde et son nœud. Il ne vit plus que cela et une douleur fulgurante traversa son corps et sa tête. Il se raidit, mais les gardes le soulevèrent, l'obligeant à marcher. Ses jambes ne le portaient plus.

Le curé lui montra le crucifix en disant :

— C'est lui que tu dois regarder. Embrasse-le.

Il fixa le Christ et, aussitôt, le regard de source, plus clair et plus lumineux que jamais du Père Boissy fut sur lui. Sa voix aussi qui disait :

— N'oublie jamais que la mort n'est qu'un pas accompli vers la lumière. Vers une éternité de lumière.

Embrassant le crucifix, c'est au Père qu'il pense.

A chaque pas, une image nouvelle s'impose qui n'enlève rien à la présence du regard clair. Il se voit allant tranquillement jusqu'au bout de sa vie en parcourant les routes avec son attelage. Il va tranquille. Heureux de vivre.

Le Père Boissy ne lui a jamais parlé de son passé. Est-ce que cet homme avait un passé ? Est-ce qu'il avait vécu une enfance ? Sans famille, il était certainement un envoyé de Dieu sur cette terre... Venu là, peut-être pour chercher un bon charretier.

Il fait quelques pas sans penser à rien. Dans une espèce de vide brumeux qui est peut-être déjà la mort.

Derrière la croix que tient le prêtre, il y a l'échafaud et la potence immense avec sa corde. Et puis, plus loin, des gardes en armes et des gens. Des gens en petit nombre qui ont tous le même visage. Le même regard pour lui. Un regard qui ne veut rien dire. Ils sont éloignés et très proches, pourtant.

Il sursaute et se raidit encore. Un tambour roule longuement tandis qu'il commence à monter les degrés de l'escalier de bois blanc qui conduit à l'échafaud. C'est là seulement qu'il voit le bourreau avec sa cagoule rouge dont les manches courtes laissent paraître d'énormes bras nus.

Le tambour s'arrête. Le prêtre dit :

— Priez avec moi, mon fils.

Et Mathieu parvient à répéter le Pater d'une voix qui lui paraît appartenir à un autre. C'est étrange, cette sensation. Il ne reconnaît plus sa propre voix.

On lui lie les chevilles comme on lui a lié les poignets. L'envie soudaine le prend de se débattre, de donner des coups de pied, mais ses muscles sont comme de la pierre et déjà les liens sont serrés.

Mathieu lève la tête et fixe le ciel. Le ciel est clair. Aussi clair que le regard du Père Boissy. Ce regard prend une telle intensité que tout s'efface.

Tout sauf sa lumière. Mathieu a-t-il déjà quitté ce monde pour celui où l'attend le Jésuite ?

Après les yeux de source du prêtre, c'est sa voix qui occupe l'espace de ce matin. Le Jésuite parle d'un autre regard pur, celui de la Vierge Marie. Un regard d'enfant qui lave de la honte et console des peines les plus lourdes.

Et puis, ce sont les yeux de l'autre Marie, celle qui fuyait vers le pays de Vaud, que Mathieu retrouve. Ce regard se confond avec ceux de sa femme, de sa mère... Un regard multiple et pénétrant.

Le curé qui n'a pas quitté le condamné lève le crucifix.

Mathieu suit des yeux cette croix qui se détache noire sur le ciel où grandit la lumière. La lumière vient de l'est, du côté du pays Vaudois. Loin. Par-delà les plateaux et les forêts où serpentent des routes parcourues d'attelages conduits par des charretiers

Une idée traverse la tête de Mathieu :

— On ne pend pas les chevaux... Si j'étais un cheval !...

La corde est placée sous son menton.

La croix est de plus en plus noire sur le ciel. Pour ceux du plateau, le soleil est déjà levé. Mais ici, au fond de la vallée...

Le tambour roule et le sol se dérobe.

Un éclair fulgurant brûle les yeux de Mathieu. Quelque chose se déchire en lui du haut en bas de son corps avec un craquement terrible qui lui ouvre les portes de l'inconnu.

Château-Chalon, 17 juillet 1974.
Villeneuve-sur-Yonne, 27 septembre 1975.

TABLE DES MATIERES

ACHEVÉ D'IMPRIMER LE 9 JUIN 1978
SUR LES PRESSES DE L'IMPRIMERIE HÉRISSEY
POUR LE COMPTE DE FRANCE LOISIRS
75015 — PARIS

N° d'édition : 3716 — N° d'impression : 21836
Dépôt légal : 2e trimestre 1978

Imprimé en France